U0904280

唐人绝句精华

刘永济◎编著

人民文学出版社

图书在版编目(CIP)数据

唐人绝句精华/刘永济编著.
—北京:人民文学出版社,2017(2020.6 重印)
(恋上古诗词:版画插图版)
ISBN 978-7-02-013554-7

Ⅰ.①唐… Ⅱ.①刘… Ⅲ.①绝句-诗集-中国-唐
代 Ⅳ.①I222.742

中国版本图书馆 CIP 数据核字(2017)第 296573 号

责任编辑 **朱卫净 尚 飞**
装帧设计 **高静芳**

出版发行 **人民文学出版社**
社　　址 **北京市朝内大街 166 号**
邮政编码 **100705**
网　　址 **http://www.rw-cn.com**

印　　刷 **莱芜市圣龙印务有限责任公司**
经　　销 **全国新华书店等**

开　　本 **890 毫米×1240 毫米 1/32**
印　　张 **14.75**
插　　页 **2**
字　　数 **290 千字**
版　　次 **2018 年 6 月北京第 1 版**
印　　次 **2020 年 6 月第 2 次印刷**

书　　号 **978-7-02-013554-7**
定　　价 **59.00 元**

目录

孟浩然

李　白

韦应物

岑　参

李　贺

刘　叉

元　稹

白居易

缘起及取舍标准

甲、缘起 我自一九五九年夏患风湿性关节炎后，不良于行，承大学党委关注，暂不开课。但我自考虑，虽一时行动艰难，然坐着做研究工作是无妨的，因念王士祯的《唐人万首绝句选》一书流行虽久，今日读之，尚有当改选之处，久思新选一书而无暇，何不趁此时为之。考王氏素以神韵之说为诗家倡。其说出于司空图、严羽两家，曾编《唐贤三昧集》以张其说①。虽人多宗仰，目为大家，而过求空灵，过矜修饰，以吞吐为风致，其流弊所至，遂有"肤廓"与"缥缈无着"之讥②。一时诗家如赵执信即援

---

① 王士祯论诗主神韵。其《池北偶谈》卷十八载："汾阳孔文谷(天胤)云：'诗以达性情，然须清远为尚。薛西原论诗取谢康乐、王摩诘、孟浩然、韦应物。言"白云抱幽石，绿筱媚清涟"，清也；"表灵物莫赏，蕴真谁为传"，远也；"何必丝与竹，山水有清音"，"景昃鸣禽集，水木湛清华"，清远兼之也。总其妙在神韵矣。''神韵'二字，予向论诗，首为学人拈出，不知先见于此。"按据此则王氏前已有倡导者。又王士祯《唐贤三昧集·序》曰："严沧浪论诗云：'盛唐诸人，惟在兴趣。羚羊挂角，无迹可求。透彻玲珑，不可凑泊。如空中之音，相中之色，水中之月，镜中之象。言有尽而意无穷。'(按"羚羊挂角"出《传灯录》："义存禅师谓众曰：'我若羚羊挂角，你向什么处扪摸？'")司空表圣论诗云：'妙在酸咸之外。'康熙戊辰春杪，归自京师，居宸翰堂，日取开元天宝诸公篇什读之，于二家之言，别有会心。"

② 《四库全书总目提要》(赵执信《因园集》提要)曰："平心而论，王以神韵缥缈为宗，赵以思路铲刻为主。王以规模阔于赵而流弊伤于肤廓。赵之才力锐于王，而末派病于纤小。"又《四库全书简明目录》(《谈龙录》提要)曰："王士祯与门人论诗，谓当如云中之龙，时露一鳞一爪。赵执信因作此书以排之。大旨主于诗中有人，不当为缥缈无着之语，使人人可用，处处可移。其说足救新城末派之弊，似相反而实相成。"按《提要》以"肤廓"与"缥缈无着"之弊，归之末派，实则王氏自身即有此失。

引其前冯班之说以斥其非，并专著《谈龙》一书，抨击甚力[①]。他如施闰章、沈德潜、蒋士铨、宋荦、袁枚、纪昀诸人，均有不满的批评。赵氏《谈龙录》既反对王氏称作诗当如“云中之龙，时露一鳞一爪”，复反对其诗中无人，“人人可用，处处可移”；又引《金史·文艺传》周昂的话反对“文章工于外而拙于内”，皆中王氏要害[②]。至施闰章与王氏交谊很好，然施尝语王门人洪升曰：“尔师如华严楼阁，弹指即见。吾诗如作室者，瓴甓木石一一就平地筑起。”则亦不满其缥缈不着实之论也。蒋士铨《忠雅堂集》卷二十六有《论诗杂咏》三十首。其论王诗曰：“兰麝绕珠翠，美人在金屋。若使侍姬姜，未免修眉蹙。唐贤临晋书，真意苦不足。”又卷十八有《说诗一首示翰泉》，其略曰：“同时王新城，俗士群相推。声色岂不佳，但袭毛与皮。秋谷撰《谈龙》，嫚骂颇有宜。”沈德潜《重订唐诗别裁集·序》曰：“新城王阮亭尚书选《唐贤三昧集》，取司空表圣‘不著一字，尽得风流’、严沧浪‘羚羊挂角，无迹可求’之意，盖味在咸酸外也，而于杜少陵所云‘鲸鱼碧海’、韩昌

---

① 冯班《严氏纠谬》曰：“沧浪论诗，止是浮光掠影，如有所见，其实脚跟未曾点地。故云盛唐之诗‘如空中之音，相中之色，水中之月，镜中之象’。种种比喻，殊不如刘梦得云‘兴在象外’一语妙绝。”按《严氏纠谬》系冯著《钝吟杂录》中之一卷。王氏《唐贤三昧集·序》首引严说，故冯虽非纠王，纠严即可作纠王用，此赵氏所以乐于援引也，而“浮光掠影”、“脚跟未曾点地”之论，实中王氏要害。

② 赵执信《谈龙录》有引金周昂的话一段曰：“余读《金史·文艺传》其定周昂德卿之言曰：‘文章工于外而拙于内者，可以惊四筵而不可以适独坐，可以取口称而不可以得首肯。’又云：‘文以意为主，以言语为役。主强而役弱则无令不从。今人往往骄其所役，至跋扈难制，甚者反役其主，虽极词语之工而岂文之正哉！’”按赵引周说，亦恰中王氏之弊。王氏所作实不免役强主弱，有时且反役其主。周氏所论“文以意为主，以言语为役”云云，尤与“思想性第一，艺术性第二”的理论相合。

黎所云‘巨刃摩天’者，或未之及。”宋荦《漫堂说诗》亦有与沈相同之论曰：“近日王阮亭《十种唐诗选》与《唐贤三昧集》，原本司空表圣、严沧浪绪论，所谓‘言有尽而意无穷’‘妙在酸咸之外’者，以此力挽尊宋祧唐之习，良于风雅有裨。至于杜之海涵地负，韩之鳌掷鲸呿，尚有所未逮。”袁枚《随园诗话》中评王之语极多，其卷二第三十八条有曰：“阮亭先生，自是一代名家。惜誉之者既过其实，而毁之者亦损其真。须知先生才本清雅，气少排奡，为王孟韦柳则有余，为李杜韩苏则不足也。”此论尚平允。其卷三第二十九条又曰：“阮亭主修饰不主性情。观其到一处必有诗，诗中必用典，可以想见其喜怒哀乐之不真矣。或问：‘宋荔裳有绝代消魂王阮亭之说①，其果然否？’余应之曰：‘阮亭先生非女郎，立言当使人敬，使人感且兴，不必使人消魂也。然即以消魂论，阮亭之色，亦并非天仙化人，使人心惊者也，不过一良家女五官端正，吐属清雅，又能加宫中之膏沐，熏海外之名香，倾动一时，原不为过……’”此论则不免伤于轻薄，评文者不应如此，然“喜怒哀乐不真”之评，却非诬罔。纪昀《阅微草堂笔记》卷三《滦阳消夏录》中，载益都李词畹言：秋谷寓一家园中，夜方制一诗未成，窗外有人与之谈话，因日与酬对，但其人不肯入室，且不道姓名。秋谷亦不深究，知为鬼魅，亦不畏惧。“秋谷与魅语时，有客

---

① 按今传宋琬《安雅堂集》未刻稿卷五《题冒青若小像》诗有此句，作“绝代诗人王阮亭”。岂初稿作“消魂”，故招来袁枚之讥笑。据乾隆丙戌彭启丰《序》称琬曾手定诗三十卷，后因蜀乱入都散佚，康熙间重刻一本，迥非原书，则宋氏之诗有与原稿不同者，或经重刻改易，亦意中事。

窃听。魅谓：‘渔洋山人诗如名山胜水，奇树幽花，而无寸土艺五谷；如雕阑曲榭，池馆宜人，而无寝室庇风雨；如彝鼎罍洗，斑斓满几，而无釜甑供炊爨；如纂组锦绣，巧出仙机，而无裘葛御寒暑；如舞衣歌扇，十二金钗，而无主妇司中馈。’”纪昀此文，假设鬼语，讥评王氏，亦犹蒋士铨、沈德潜、袁枚之意，谓其空饰外貌而乏内容，可美观而不切实际，以古语评之则是言之无物，以今理论之则是形式主义也。然统观诸家于王氏所以必取司空图“不著一字，尽得风流”，与严羽“羚羊挂角，无迹可求”的原因所在，尚未能指出。我尝从其所作诗歌及自编诗集中反复玩索，而后知王氏之倡为神韵说，从诗学的角度来说，固有如《四库全书总目提要》所称，与宋荦《漫堂说诗》所论，乃以救清初学宋诗之弊的意思[①]。就神韵说本身作为文学的一种理论来说，原亦非不可。但王氏之倡为此说，其思想深处，尚别有原因。盖当清初，汉民族常思反抗，因之清廷对于其时知识分子猜忌百端，文网至密。文人著述，即其所最注意之处，故每易触其忌讳，甚至杀身灭族。而无耻之辈，辄以告密为晋身之阶。试考清初诸大文字之狱，不难知其镇压手段之残酷。其中如康熙初年庄廷鑨

① 《四库全书总目提要》(《唐贤三昧集》提要)曰："诗自太仓、历下以雄浑博丽为主，其失也肤。公安、竟陵以清新幽渺为宗，其失也诡。学者两途并穷，不得不折而入宋，其弊也滞而不灵，直而好尽，语录、史论皆可成篇。于是士祯等重申严羽之说，独主神韵以矫之。盖亦救弊补偏，各明一义。其后风流相尚，光景流连。赵执信等遂复操二冯旧法，起而相争。"按太仓，王世贞，字元美；历下，李攀龙，字于鳞，当时并称"王李"。公安，袁宏道，字中郎；竟陵，钟惺，字伯敬；谭元春，字友夏，当时称公安体、竟陵体。是为明诗中两大派。二冯，冯舒、冯班兄弟也。

之狱，为王氏亲所闻见，自不能不有戒惧之心[①]。考王氏生于明崇祯七年，明亡时方十一岁，照理未必有故国之思。但当明亡之时，其伯父曾壮烈殉国。而新城被清军攻陷后，其家中人多有受害者。王氏母亲亦险遭不测。王氏对此，必然印象甚深，感动甚大，故其二十四岁所作《秋柳》诗，即含凭吊亡明之意。《秋柳》诗中寓意甚深，尤显著而易犯忌讳者，莫如诗前的《序》。《秋柳》诗原《序》有“仆本恨人，性多感慨。寄情杨柳，同《小雅》之仆夫；致托悲秋，望湘皋之远者”等句。湘皋远者，用屈原《九歌·湘夫人》篇“将以遗兮远者”，暗中乃指明末逃亡的政府。至其“杨柳”、“仆夫”句，系用《小雅·采薇》“昔我往矣，杨柳依依”，及《出车》“忧心悄悄，仆夫况瘁”两处之语组合而成。试检《小雅》此二篇《小序》，则触犯清廷之处，大足招来大祸。《采薇》篇《序》曰：“采薇，遣戍役也。文王之时，西有昆夷之患，北有猃狁之难。以天子之命，令将率，遣戍役，以守卫中国。”《出车》篇则将率还师，歌以劳之也。此等诗语，如一告发，祸且莫测。故王氏后来讳莫如深。其刻《感旧集》时，竟将此《序》删去，一种惧祸之心理，至为显明。即其平生所作诗歌，凡有关当时政治良否、社会情状，绝少反映，岂即所谓“不著一字”、“无迹可求”之义邪？然其全集

① 此如康熙二年的庄廷鑨因私撰《明史》，被吴之荣告发，谓其书多指斥清人之语，酿成大案，株连被杀者七十余人之多。又如冯舒因编《怀旧集》，被人告发，谓其书中有讥谤清室之语，下狱，终亦被杀。此皆王氏亲见亲闻者，能不寒心！然则王氏选诗、作诗不敢稍涉讥讽，原不足为奇。

中间有涉及民生疾苦之作，如《蚕租行》等①，则皆对劳动人民缺乏真挚感情，无非只是旁观者之叹嗟而已。恰如袁枚所讥“喜怒哀乐之不真”，此则非可以司空图与严羽之说为借口也。若其自编诗集，其中大部分系游览山川古迹之作，此等诗篇除运用典故，描绘景色，谐协声律，敷设藻采，别无可观，而尤可怪者，其自编诗集，特以歌颂统治者的《对酒》篇居首，命意何在，固极明显。按管世铭《韫山堂诗集》卷十六有追记旧事诗一首曰：“诗无达诂最宜详，咏物怀人取断章。穿凿一篇《秋柳》注，几令耳食祸渔洋。”自注“秦人屈复注王渔洋《秋柳》诗，‘白下’、‘洛阳’、‘帝子’、‘公孙’等字妄拟为凭吊胜朝，最为穿凿。”又按管又记一事曰：“丁未春大宗伯某（彭元瑞乾隆丁未时官工部尚书，见《梵天庐丛录》卷二十二），掎摭王渔洋、朱竹垞、查他山三家诗及吴园次长短句语疵，奏请毁。事下机庭；时余甫内直，惟请将《曝书亭寿李清》七言古诗一首，事在禁前，照例抽毁，其渔洋《秋柳》七律及他山《宫中草》绝句，园次词语意均无违碍。当路颇韪其议，奏

---

① 按《渔洋山人精华录》乃王氏自编，托名曹禾、盛符升同编。其中古今体诗共计一千七百首，大都游览名胜，题跋书画，投赠亲友及宴饮、即事、论诗、谈艺之作。《四库全书总目提要》称其“以清新俊逸之才，范水模山，批风抹月倡天下”，诚为笃论。通观全集，惟卷一有《复雨》《蚕租行》《春不雨》三题，略及人民勤苦之事。诗中表达的情感，不够热烈和肫挚。此外涉及朝政者，卷六有《漫兴》十首，卷七有《秦中凯歌》十一首（王氏《居易录》自记此诗中“河西三将”云云，曾经御览。此可见清帝留心臣下诗文），及卷十之《滇南凯歌》六首，皆连章叠咏，颂飏清廷平乱战绩之词，别无可取。然王氏官扬州推官时，曾设法募集银两二万余，代清扬州人民积欠，官声甚好。又其官刑部尚书时，遇事谨慎，用法不滥，因而全活者甚多，虽居镇压人民的职位而非一味迎合统治者，固位求荣，不恤民命之流可比。王氏选《唐人绝句》一书，在康熙五十七年戊子，王氏已七十五岁，不能不想保此余龄，归骨丘陇，故其所选定之作，凡涉讥讽，概从刊削，其情亦可悯矣。

上报可。”考乾隆丁未为五十二年，距王氏之殁七十余年，尚有告发之者，若无管世铭为之回护，则祸作矣。管氏称《秋柳》诗注穿凿，正是为王回护，故有“耳食祸渔洋”之语。因此之故，王氏《唐人万首绝句选》一书，虽多脍炙人口之作，然而反映当时政治以及劳动人民生活、讽刺统治阶级的荒淫剥削诸诗，几乎没有（按王选虽也有些《宫怨》、《塞上》等曲，都是合于他的艺术观点而入录的）。此固由王氏本人的阶级立场所决定，而王氏心中畏惧以文字取祸，亦占重要地位。我所谓今日读之，尚觉有待改选之处，即在于此。

考王氏选此书时，乃七十五岁退居故乡以后。其书凡例称“每欲删定宋洪氏《万首绝句》，以其浩瀚，辄尔中辍，后二十年始成”。可见王氏对于删定洪氏书之计划，筹虑已久，至老方定。我乃取洪书细读，于可以补充王选之作，悉行录出，初稿得诗约千首，几经增删，及今作注释时，乃厘定为七百八十八首。所录比王选较少而内容充实过之，因遵毛主席“取其精华”的指导，名之曰《唐人绝句精华》。惟凭我个人一孔之见，是否尚有去取不当之处，仍乞国内诗家赐以指正，实为厚幸。

乙、去取标准　绝句在诗的各体中为最小，或以为截取五七言律诗中四句而成，绝非事实。其发生与发展在唐律之前，却与唐律同其盛概。观郭茂倩《乐府诗集》第八十六卷以下所载民间歌谣，绝句的雏形已具，但当汉魏之际，绝句尚未定型，故每于五七言中杂以三四言之句，又不必皆为四句一章，或二句或三句或六句不等。及至晋宋以后，渐多四句一章之作，究与唐宋人绝句不同。故许学夷《诗源辩体》称之为“五言四句”“七言四句”，以别于唐宋绝句。是以论此体之成为定型及其丰富多彩，郁成壮观，却在李唐一代①。我今所选大体亦不出洪迈的《万首唐人绝句》一书。至于王氏《唐人万首绝句选·凡例》所称新都杨氏的《绝句增奇》，我未之见，但参以宋赵章泉、韩涧泉《唐诗绝句精选》、元杨士弘《唐音》、明高棅《唐诗品汇》第三十八至五十五卷绝句部分及明唐光允《唐诗拾遗》第四卷绝句部分，再加以宋郭茂倩《乐府诗集》、清代所编《全唐诗》、沈德潜《唐诗别裁》、管世铭《读雪山房唐诗》两书的绝句部分、姚鼐《唐人绝句诗钞》、王闿运《唐诗选》中绝句部分及近人邵裴子《唐诗绝句》，此外还参考诸家诗话中所论及的唐人绝句名作，如计有功《唐诗纪事》等，斟酌损益，几经改定，唐人绝句之可选者，大体已具。

绝句之体裁虽小，诗家皆认为难工。盖必作者的艺术手段

① 王夫之《姜斋诗话》曰：“五言绝句自五言古诗来，七言绝句自歌行来。此二体本在律诗之前，律诗从此出，演令充畅耳。有云绝句者，截取律诗一半，或绝前四句，或绝后四句，或绝首尾各二句，或绝中两联。审尔，断头刖足为刑人而已。”又刘大勤《师友诗传续录》，大勤问：“或论绝句之法，谓绝者，截也，须一句一断，特藕断丝连耳。然唐人绝句如‘打起黄莺儿’、‘松下问童子’诸作，皆顺流而下，前说似不尽然？”王士祯答：“所谓截句，谓或截律诗前四句，如后二句对偶者是也，或截律诗后四句，如起二句对偶者是也，非一句一截之谓。然此等迂拘之说，总无足取。今人或竟以绝句为截句，尤鄙俗可笑。”又钱木庵《唐音审体》曰：“二韵律诗谓之绝句，所谓四句一绝也。《玉台新咏》有古绝句，古诗也。……宋人有谓绝句是截律诗之半者，非也。”又曰：“绝句之体，五言七言略同。唐人谓之小律诗，或四句皆对，或四句皆不对，或二句对，二句不对，无所不可。”又施均父《岘佣说诗》曰：“谢朓以来即有五言四句一体，然是小乐府，不是绝句，绝句断自唐始。”按从上引诸家之说观之，绝句盖出于古乐府，一也；绝句非截取五七言律中四句而成，二也；绝句应断自李唐，三也。盖就形式观之，颇有似律诗中四句者，故有疑为截律诗四句而成，实则五言绝出于齐梁小乐府，七言绝亦有似乐府者，《姜斋诗话》谓出歌行，亦非。

甚高，概括力甚强，方能于区区四句之中，将客观的事物反映在作者思想感情上最切要、最精彩的部分，或作者主观中对于其所接触的客观事物有着最足以感动人的处所，概括出之，又或即使是小小景物或生活细节，皆人人意中所有而未尝形之笔墨者，能写来明白如话，光景犹新，读者由其所已写者可以推见其未写者，由其部分可以推见其全体，即能于吟咏之余，觉其情溢词外，状呈墨中，犁然有当于心，自能意味深长。刘禹锡所谓“片言可以明百意，坐驰可以役万景”，梅圣俞所谓“状难写之景如在目前，含不尽之意见于言外”，尤于绝句为至要之论。王氏论诗，谓“诗如神龙，见其首不见其尾，或云中露一爪一鳞而已，安得全体”，亦于绝句为尤宜。赵氏以此论不全面，恐人但以一爪一鳞为龙，故反对之，实则二人之言可互相补充。绝句正以一爪一鳞为佳，不必全身毕露而全身具在，方为合作。刘勰《文心雕龙·物色》论文人摹绘物色，有“以少总多，情貌无遗”八字，今用以说明绝句的特色性，至为恰当。“以少”则一爪一鳞也，“无遗”则全身具在矣①。李唐一代以诗歌取士，故其时作者辈出，诗学极盛，绝句一体亦即于此时呈灿烂之观，不但作者众多，作品繁富，

① 赵执信《谈龙录》曰：“钱塘洪昉思(升)久于新城之门矣，与予友。一日，并在司寇宅论诗。昉思嫉时俗之无章也，曰：‘诗如龙然，首尾爪角鳞鬣一不具，非龙也。’司寇哂之曰：‘诗如神龙，见其首不见其尾，或云中露一爪一鳞而已，安得全体，是雕塑绘画者耳！’予曰：‘神能者，屈伸变化，固无定体，恍惚望见者，第指其一鳞一爪，而龙之首尾完好，故宛然在也。若拘于所见，以为龙具在是，雕绘者反有辞矣。’昉思乃服。”按王氏“安得全体”之说，谓不必全体写出，全体固在云中。赵氏则强调不可以一鳞一爪即龙之全体。二人之论原不牴牾。即洪氏“不具非龙”之说，在讥时俗作诗。章法不完之弊，用意亦非误。合参三人之说，绝句之章法亦显然矣。

其所涉及的范围亦极为广泛。读洪氏《万首唐人绝句》一书，真如入五都之市，神迷目眩。王氏因以叹其浩瀚，不易删定，诚非过论。今欲于此极众多的作者，极繁富的作品，极广泛的范围中，取其精华，舍其糟粕，不可不先定一去取的标准。此种标准，粗略规定去取各十条列后。至宋贤以后诗话家、诗选家论绝句之语，今除间采入有关作品之释词中外，并择要附录于本书之末，以供省览。诗人小传则列于一作者名下，略可考见其人生平，未能详也。

取的标准：

1. 凡通过作者的思想感情反映当时政治、社会情况而加以批判者，如杜甫的《闻河北诸道节度入朝》，吕温的《旱甚观权门移芍药》，李敬方的《汴河直进船》之类。

2. 凡描写劳动人民生活或代其呼吁者，如陆龟蒙、曹邺的《筑城》，张碧的《农父》，来鹄、杜荀鹤的《蚕妇》，李绅的《古风》，聂夷中的《田家》之类。

3. 凡吊古、怀古之作可为当时统治者鉴戒者，如刘禹锡的《石头城》《台城》，罗邺的《汴河》，鲍溶的《隋宫》，李商隐的《北齐》《齐宫》，陆龟蒙、皮日休的《馆娃宫》之类。

4. 凡咏物之作而有所寄托者，如李益的《隋宫燕》，李商隐的《屏风》，罗隐的《金钱花》，韩偓的《观斗鸡》之类。

5. 凡代征人、征人妇、宫人，或为封建制度所压迫的妇女抒写怨思者，如李白的《玉阶怨》，白居易的《闺怨》，王昌龄的《长信秋词》，张籍的《邻妇哭征夫》，卢纶的《逢病军人》，陈陶的《陇西行》，以及诸家《塞上曲》《塞下曲》《王昭君》之类。

6. 凡摹绘山水，得其精神，或虽小小景物而写来光景犹新，又可见作者体察自然之力及其胸襟气概者，如王维的《辋川》诸作，李白的《望庐山瀑布》，畅当的《登鹳雀楼》，钱珝的《江行无题》之类。

7. 凡论诗或评诗人、吊诗人者，如杜甫的《戏为六绝句》，李商隐的《漫成》，杜牧的《读韩杜集》，元稹的《酬李甫见赠》，戴叔伦的《题三闾大夫庙》，郑谷的《读前集》之类。又如描写音乐、图画等作，亦间有采入。

8. 凡描地方风俗者，如刘禹锡的《竹枝》，白居易的《浪淘沙》，王叡的《祠渔山神女歌》，以及诸家的《江南曲》《采莲曲》之类。

9. 凡悼伤或赠别而具有真情者，如李白的《送孟浩然之广陵》，王维的《送元二使安西》，元稹的《闻乐天授江州司马》，李商隐的《散关遇雪》，陈去疾的《西上辞母坟》之类。

10. 凡已脍炙人口之作，今日读之尚能引人入胜，而无不良影响者，如韦应物的《滁州西涧》，柳宗元的《江雪》，白居易的《问刘十九》，耿沣的《拜新月》，张继的《枫桥夜泊》，杜牧的《秋夕》，韩偓的《已凉》之类。

舍的标准：

1. 凡寻常酬应，既无深意厚感，又不关民生国计者；

2. 凡事关个人升沉，有叹老嗟卑情绪者；

3. 凡描写冶游之事，带有色情者；

4. 凡投赠僧道之作，带有消极思想者；

5. 凡吟咏景物而无所寄托或不足以见作者胸襟者；

6. 凡颓废放荡，带有感伤色彩者；

7. 凡颂扬统治阶级或封建色彩太浓者；

8. 凡滑稽无赖或搬弄文字以为游戏者；

9. 凡涉神仙鬼怪，带有迷信倾向者；

10. 凡属小说中虚构人物之作者；但此类中亦有民间传说，经文人润色流传者，不在此例。

虞世南

世南字伯施，余姚人。少时与兄世基同师顾野王，文章婉缛，见称于徐陵。隋时官秘书郎，入唐为秦王府记室参军，迁太子中舍人。太宗即位，世南历任弘文馆学士、秘书监，赐爵永兴县子，卒谥文懿。太宗称其德行、忠直、博学、文辞、书翰为五绝。有集三十卷，今佚。

蝉

垂緌饮清露，流响入疏桐。
居高声自远，非是借秋风。

〔注〕 緌：冠缨也。蝉首有触须，如人之冠缨。

〔释〕 首二句写蝉，“清露”言洁，“疏桐”言高，“流响”声远闻也。三四句借蝉抒怀，言果能立身高洁者，不待凭借，自能名声远闻也。

王　绩

绩字无功，绛州龙门人。文中子王通之弟。隋末授秘书省正字，不乐在朝，求为六合丞。绩性嗜酒，不任事，未久，弃官还里。唐高祖武德初，以前官待诏门下省。时太乐署史焦革家善酿，绩求为丞。革死，复弃归东皋，著书，号东皋子。有集五卷，今存三卷。

题酒店壁（五首录一）

此日长昏饮，非关养性灵。
眼看人尽醉，何忍独为醒。

〔释〕 按绩生当隋唐之际，世乱未安，故其诗有伤时之感。三四句用屈赋“众人皆醉我独醒”语而反言之，以见己之“昏饮”，乃不忍见世之溷浊也。

卢照邻

照邻字升之，范阳人。十岁从曹宪、王义方授“苍雅”之学，调邓王府典签。王有书十二车，照邻尽披览，略能记忆，王爱重，比之相如。调新都尉，染风疾，去官，居太白山，又客游东龙门山，疾甚，足挛，一手又废，乃去阳翟具茨山下买园居之，自以为高宗尚吏己独儒，武后尚法己独黄老，后封嵩山，屡聘贤士己已废，著《五悲文》以自明。病既久，与亲属诀，自沉颍水。有集二十卷，又《幽忧子》三卷，今存者七卷。

曲池荷

浮香绕曲岸，圆影覆华池。
常恐秋风早，飘零君不知。

〔**释**〕　首二句写池荷，三四句借荷抒怀，与虞世南《蝉》诗同一作法。照邻才学足用而病废。此诗亦《离骚》“恐美人之迟暮”之意。言为心声，发于不觉也。

韦承庆

承庆字延休，郑州阳武人。事继母以孝闻，举进士，官太子司议，屡进忠谏。长寿中累迁凤阁侍郎，三掌天官选事，铨授平允。神龙初以附张易之，流岭表，起为秘书少监，授黄门侍郎，未拜卒。有集六十卷，今佚。

南行别弟（二首录一）

万里人南去，三秋雁北飞。
不知何岁月，得与尔同归。

〔**释**〕　此南迁岭表而作，因南行时，见雁北飞，有感于兄弟远别，不知何日方得如雁北归也。计有功《唐诗纪事》称“韦氏孝友”，此诗正见其友爱之情。

张九龄

九龄字子寿，韶州曲江人。七岁知属文。擢进士第，始调校书郎，进中

南行别弟

书舍人，出为冀州刺史，以母不肯去乡里，表换洪州都督，徙桂州兼岭南按察选补使，以张说荐，为集贤院学士，俄拜中书侍郎同平章事，迁中书令，为李林甫所嫉，改尚书右丞相，罢政事，贬荆州长史，请归展墓，卒谥文献。九龄为相，有謇谔匪躬之诚，尝识安禄山必反，请诛，不许。有集二十卷，今存。

自君之出矣

自君之出矣，不复理残机。
思君如满月，夜夜减清辉。

〔释〕 此乐府古题，作者皆以“自君之出矣”发端，其下抒别情，多用比说，犹有古乐府遗意。

王 勃

勃字子安，绛州龙门人。文中子王通之孙，六岁善文辞，及第后授朝散郎，沛王闻其名，召署王府修撰。是时诸王斗鸡，勃戏为文《檄英王鸡》，高宗以为交构斥之。勃既废，客剑南，久之，补虢州参军，坐事复除名。勃父福畤亦以勃故左迁交阯令。勃往省父，渡海溺水，悸而卒，年二十八。勃好读书，属文先磨墨数升，引被覆面卧，忽起书之，不易一字，时人谓之腹稿。与杨炯、卢照邻、骆宾王齐名，天下称为四杰。有集三十卷，今存十六卷。

别人(四首录一)

江上风烟积，山幽云雾多。
送君南浦外，还望将如何！

〔注〕 南浦:江淹《别赋》:“送君南浦,伤如之何!”

〔释〕 此送别后抒情之作。“江上”送人之地,“山”则诗人所居。“风烟积”“云雾多”,则望去人不复能见,以见别情难遣如此。

普安建阴题壁

江汉深无极，梁岷不可攀。
山川云雾里，游子何时还?

〔释〕 此诗写山高水深,云雾杳冥之中,游子有四顾苍茫之感。写来无迹,久咏自知。

杜审言

审言字必简,襄阳人。善五言诗,少与李峤、崔融、苏味道为文章四友,擢进士第,为隰城尉,累转洛阳丞,坐事贬吉州司户参军,与同僚不叶。司马周季重、司户郭若讷诬以罪系狱,免归。则天召授著作佐郎,迁膳部员外郎。神龙中坐交张易之兄弟，流峰州，寻入为国子监主簿，修文馆直学士卒。有文集十卷，今佚，《全唐诗》存诗一卷。

赠苏绾书记

知君书记本翩翩，为许从戎赴朔边。
红粉楼中应计日，燕支山下莫经年。

〔注〕 燕支山：《通典》："甘州删丹县有焉支山……此山产红蓝，可为燕脂。""焉支""燕脂""燕支"并同。

〔释〕 此诗用代苏书记之室人抒写望归之情，以嘱其早归，为赠别诗别开生面，故古今传诵。

郭　震

震字元振，魏州贵乡人。以字显，少有大志，十八举进士，为通泉尉，任侠使气，拨去小节，尝盗铸及掠卖部中口千余以饷遗宾客。武后召欲诘问，既与语，奇之，索所为文章，震上《宝剑篇》。后览之嘉叹，授右武卫铠曹参军，进奉宸监丞。久之，拜凉州都督。中宗神龙中，迁左骁卫将军、安西大都护。睿宗立，召为太仆卿。景云二年，进同中书门下三品。先天元年，为朔方军大总管，明年，以兵部尚书复同中书门下三品，封代国公。明皇讲武骊山，震以军容不整，流新州。开元元年，起为饶州司马，道病卒。有集二十卷，今佚。

子夜四时歌(八首录二)

春　歌

青楼含日光，绿池起风色。
赠子同心花，殷勤此何极。

陌头杨柳枝，已被春风吹。
妾心正断绝，君怀那得知。

〔注〕　子夜歌:《唐书·音乐志》:“《子夜》,晋曲也。晋有女子名子夜,造此声。”《乐府解题》曰:“后更为四时行乐之词,谓之《子夜四时歌》。”作者多叙男女别情。

蛩

愁杀离家未达人，一声声到枕前闻。
苦吟莫向朱门里，满耳笙歌不听君。

米囊花

开花空道胜于草，结实何曾济得民。

却笑野田禾与黍，不闻弦管过青春。

〔**释**〕　前首借蛩抒写两种不同地位之人对于劳者之歌，感受不同。后首借米囊花名实不符，讥讽居显位者无益于民，反笑无位之志士寂寂一生。两首皆用对比手法倾吐不平，但与盗铸私钱、掠卖人口之行为，适成相反，岂有激而为者邪！郭氏殆晋周处、戴渊一流人物也。周、戴皆初为不法而后改过者，见《世说新语》。

苏　颋

颋字廷硕，京兆武功人，瓌之子。幼敏悟，一览千言不忘。擢进士，调乌程尉。举贤良方正，历监察御史，神龙中迁给事中、修文馆学士、中书舍人。明皇爱其文，制诏多颋作，时称小许公，后罢为益州长史，复入知吏部选事，卒谥文宪。颋以文章显，与燕国公张说称望略等，世称“燕许”。有集三十卷，今佚。

汾上惊秋

北风吹白云，万里渡河汾。
心绪逢摇落，秋声不可闻。

〔注〕 摇落：屈原《九辩》："悲哉秋之为气也，萧瑟兮草木摇落而变衰！"

〔释〕 首二句正写秋声，"心绪"句则内心感于秋风摇落草木而惊起也。刘勰《文心雕龙·物色》有"写气图貌，既随物以宛转；属采附声，亦与心而徘徊"之语，实足说明诗人感物而作之情状。

张敬忠

敬忠自监察御史累迁吏部郎中。开元七年，拜平卢节度使。

边　词

五原春色旧来迟，二月垂杨未挂丝。
即今河畔冰开日，正是长安花落时。

〔注〕　五原：《后汉书·郡国志》："并州五原郡，秦置为九原，武帝更名。"

〔释〕　此边词而不言边塞之苦，但用对比手法将河畔与长安两两相形而意在言外，且语意和平，可想见唐初国力之盛。

骆宾王

宾王义乌人，七岁能赋诗。武后时，数上疏言事，除临海丞，怏怏不得志，弃官去。徐敬业乱，以为府属，为敬业作檄讨武后。后读之嬉笑，至"一抔之土未干，六尺之孤安在"，矍然曰："谁为之?"或以宾王对。后曰："宰相安得失此人。"敬业败，宾王亡命，不知所之。

易水送人

此地别燕丹，壮发上冲冠。
昔时人已没，今日水犹寒。

〔注〕　易水送别：《史记·荆轲传》："（荆轲）遂发，太子（丹）及宾客知其事者皆白衣冠以送之，至易水之上。既祖取道，高渐离击筑，荆轲和而歌，为变徵之声，士皆垂泪涕泣，又前而为歌曰：'风萧萧兮易水寒，壮士一去兮不复还。'复为羽声，慷慨，士皆瞋目，发尽上指冠。于是荆轲就车而去，终已不顾。"

〔释〕　此睹易水而思古事之作，首二句直写送别时事，“壮发”五字写慷慨赴义之状如见。三四抒居今思古之情。“今日”五字加重首二句之意，见荆轲虽早没而其英风义概犹可想见。读此诗可见作者概括力之强。

张　说

说字道济，一字说之，洛阳人。武后策贤良方正，说所对第一，授左补阙，擢凤阁舍人，忤旨，配流钦州。中宗召说还，累迁工部、兵部侍郎，修文馆学士。睿宗拜为中书侍郎，知政事。开元初进中书令，封燕国公，寻出刺相州，左转岳州，召拜兵部尚书，知政事，敕令巡边。后为集贤院学士，尚书左丞相，卒谥文贞。说为人敦气义，重然诺，喜延纳后进，朝廷大述作多出其手，与苏颋号“燕许大手笔”。谪岳州后，诗益凄惋，人谓得江山之助。有集三十卷，今存二十五卷。

送梁六自洞庭山作

巴陵一望洞庭秋，日见孤峰水上浮。
闻道神仙不可接，心随湖水共悠悠。

〔注〕　梁六：梁知微也。　巴陵：《唐书·地理志》：“岳州，隋巴陵郡。”　洞庭：《拾遗记》：“洞庭山浮于水上，其下有金堂数百间，玉女居之，四时闻金石丝竹之声，彻于山顶。”

〔释〕　此说谪居岳州送梁知微而作，说集又有《送梁知微渡海东诗》，当即此诗。诗写别情止末句七字。首二句实写洞庭湖山，中夹第三句遂使实境化成缥缈之景，引起第四句别情便觉悠然无尽。

沈佺期

佺期字云卿，相州内黄人。善属文，尤长七言之作。擢进士第。长安中累迁通事舍人，预修《三教珠英》，转考功郎、给事中，坐交张易之流驩州，稍迁台州录事参军。神龙中，召见，拜起居郎，修文馆直学士，历中书舍人，太子少詹事，开元初卒。建安后汔江左，诗律屡变，至沈约、庾信以音韵相婉附，属对精密。乃佺期与宋之问尤加靡丽，回忌声病，约句准篇，如锦绣成文，学者宗之，号为“沈宋”。有集十卷，今佚。

北邙山

北邙山上列坟茔，万古千秋对洛城。

城中日夕歌钟起，山上惟闻松柏声。

〔注〕　北邙山：杨佺期《洛城记》：“北邙山连岭亘四百余里，实古今东洛九原之地。”《十道志》：“邙山在洛阳县四十里。”

〔释〕　此诗亦用对比法，以城中歌钟与山上松柏声对言，使人读之生感，所以警但知贪乐之人者深矣。

东方虬

虬，武后时为左史。

王昭君（三首）

汉道方全盛，朝廷足武臣。
何须薄命妾，辛苦事和亲。

掩泪辞丹凤，衔悲向白龙。
单于浪惊喜，无复旧时容。

胡地无花草，春来不似春。
自然衣带缓，非是为腰身。

〔注〕　王昭君：《西京杂记》："元帝后宫既多，乃使画工图形，按图召幸之。诸宫人皆赂画工，独王嫱不肯。匈奴求美人为阏氏，上按图以昭君行。及召见，貌为后宫第一。"　丹凤：指宫阙，汉建章宫有凤凰阙，见《三辅黄图》。

白龙：指沙漠，西域有白龙堆，见《汉书·西域传》。　腰身：《管子》："楚王好小腰而美人省食。"

〔释〕　唐梨园有此曲，唐人多以咏昭君。此三首，首言朝无安边之策，乃令女子和亲；次言昭君悲离故国而形容憔悴；末言胡地无欢，自然瘦减，非如楚女，希冀恩幸也。三首皆用代言体为昭君抒写离愁，此等诗贵能曲达人情而不著议论。后来如白居易之“满面胡沙”，王涣之“梦里分明”皆此题佳作。

张　汯

汯（一作纮）久视中登第，后自左拾遗贬许州司户。《全唐诗》存诗三首。

怨　诗

去年离别雁初归，今夜裁缝萤已飞。
征客近来音信断，不知何处寄寒衣。

〔**释**〕　此代征人妇抒情之作。唐人此类诗最多，大都各出新意，体贴入微，比观颇得启发之益。

贺知章

知章字季真，会稽永兴人。少以文词知名，擢进士，累迁太常博士。开元中，张说为丽正殿修书使，奏请知章入书院同撰《六典》及《文纂》，后转太常少卿，迁礼部侍郎，加集贤院学士，改授工部侍郎，俄迁秘书监。知章性放旷，晚尤纵诞，自号“四明狂客”，醉后属词，动成卷轴。天宝初，请为道士还乡里，诏赐镜湖剡川一曲，年八十六卒。

晓　发

故乡杳无际，江皋闻曙钟。
始见沙上鸟，犹埋云外峰。

〔**释**〕　此诗首句揭明作诗之意，次句接写晓发，三四句虽写晓景而首句“杳无际”之意得此点明，盖晓雾初开，近鸟虽明，远山犹隐，愈觉前路杳冥也。

回乡偶书(二首)

少小离家老大回，乡音无改鬓毛衰。
儿童相见不相识，笑问客从何处来。

离别家乡岁月多，近来人事半消磨。
惟有门前镜湖水，春风不改旧时波。

〔注〕　镜湖:《会稽记》:"汉顺帝永和五年,会稽太守马臻创立镜湖,在会稽、山阴两县界。"

〔释〕　此诗前首起两句尚是常语,三四句始将久客他乡之感,用儿童不识之小小情节说来,意趣便生动。次首写久别家乡,人事多变之感,用春风不改水波之无干情事点染,亦包含无穷,此诗家所谓含蓄也。

采　莲

稽山罢雾郁嵯峨，镜水无风也自波。
莫言春度芳菲尽，别有中流采芰荷。

〔注〕　稽山:《汉书·地理志》,会稽郡山阴县会稽山在南,上有禹冢、禹井。

〔释〕　首二句写景,三四句因采莲芰,觉春虽已过而别有芳菲,言外有高人别有可乐之意。

沈如筠

如筠句容人,横阳主簿。《全唐诗》存诗四首。

闺　怨

雁尽书难寄，愁多梦不成。
愿随孤月影，流照伏波营。

〔注〕　伏波营：后汉建武中马援为伏波将军讨交阯。

〔释〕　此亦代征人妇之词。天宝中讨南诏，故用伏波事。

张　旭

旭苏州吴人。嗜酒，善草书，初仕为常熟尉。《全唐诗》存诗六首。

山中留客

山光物态弄春晖，莫为轻阴便拟归。
纵使晴明无雨色，入云深处亦沾衣。

〔释〕　此诗末句最能写出深山云雾溟蒙景色。

桃花矶

隐隐飞桥隔野烟，石矶西畔问渔船。
桃花尽日随流水，洞在青溪何处边？

〔释〕 此诗暗用陶潜《桃花源记》，因矶上桃花联想之者。

崔国辅

国辅吴郡人。开元中应县令举，授许昌令，累迁集贤直学士、礼部员外郎，后坐事贬晋陵郡司马。

怨　词（二首录一）

妾有罗衣裳，秦王在时作。
为舞春风多，秋来不堪着。

〔释〕 此宫怨词，但以旧日舞衣不堪再着为言，而怨情自见。春秋二字表今昔盛衰。“春风多”三字中包含旧情无限。秦王乃泛称，不必指实。

古　意

净扫黄金阶，飞霜皎如雪。
下帘弹箜篌，不忍见秋月。

〔释〕　此亦怨词也。不忍见月者，月圆而人独分离也。崔国辅绝句纯从古乐府出。殷璠《河岳英灵集》称国辅诗“婉娈清楚，深宜讽味，乐府数章，古人不及也”。

长信草

长信宫中草，年年愁处生。
时侵珠履迹，不使玉阶行。

〔注〕　长信宫：《汉官仪》：“帝祖母称长信宫。”《汉书·外戚传》：班婕妤失宠，求供养太后长信宫。

〔释〕　此因珠履不来而怨及无情之草，用意深婉。

采莲曲

玉溆花红发，金塘水碧流。
相逢畏相失，并着采莲舟。

小长干曲

月暗送潮风，相寻路不通。
菱歌唱不辍，知在此塘中。

〔**注**〕 《吴都赋》“长干延属”注：“建业南五里有山冈，其间平地，吏民杂居，东长干中有大长干、小长干，皆相连。”

〔**释**〕 此二诗皆写水乡人民风俗之词也。

王昭君

一回望月一回悲，望月月移人不移。
何时得见汉朝使，为妾传书斩画师。

〔**注**〕 画师：毛延寿也。《西京杂记》言元帝后悔遣昭君，乃穷究其事，画工毛延寿等皆弃市。

王　维

维字摩诘，河东人。工书画，与弟缙俱有俊才。开元九年擢进士第，调太乐丞，坐累为济州司仓参军，历右拾遗、监察御史、左补阙、库部郎中，拜吏部郎中，天宝末为给事中。安禄山陷两都，维为贼所得，服药阳喑，拘于菩提寺。安禄山宴凝碧池，维潜赋诗悲悼，闻于行在。贼平，陷贼官三等定罪，特原之，责授太子中允，迁中庶子、中书舍人，复拜给事中，转尚书右丞。维以诗名盛于开元、天宝间，宁薛诸王、驸马、豪贵之门，无不拂席迎之。得宋之问辋川别墅，山水绝胜，与道友裴迪浮舟往来，啸咏终日。维笃于奉佛，晚年长斋禅诵，一日忽索笔作书数纸，别弟缙及平生亲故，舍笔而卒。有集六卷，今存。

鸟鸣涧

人闲桂花落，夜静春山空。

月出惊山鸟，时鸣春涧中。

〔注〕　本篇为《云溪杂题五首》之一。

鹿　柴

空山不见人，但闻人语响。

反景入深林，复照青苔上。

栾家濑

飒飒秋雨中，浅浅石溜泻。

跳波自相溅，白鹭惊复下。

竹里馆

独坐幽篁里，弹琴复长啸。
深林人不知，明月来相照。

〔**注**〕　三首均录自《辋川二十首》。辋川：《陕西志》："辋川在蓝田县南，去县八里。"

〔**释**〕　以上四诗皆一时清景与诗人兴致相会合，故虽写景色，而诗人幽静恬淡之胸怀，亦缘而见。此文家所谓融情入景之作。

相思子

红豆生南国，春来发几枝。
劝君休采撷，此物最相思。

〔**注**〕　相思子：《资暇集》："豆有圆而红、其首乌者，举世呼为相思子，即红豆之异名也。"

〔**释**〕　此以珍惜相思之情托之名相思子之红豆也。

竹里馆

杂　咏（三首录一）

君自故乡来，应知故乡事。
来日绮窗前，寒梅着花未？

送黎拾遗

相送临高台，川原杳何极。
日暮飞鸟还，行人去不息。

〔注〕　黎拾遗名昕。

〔释〕　二十字中不明言别情，而鸟还人去，自然缱绻。

九月九日忆山东兄弟

独在异乡为异客，每逢佳节倍思亲。
遥知兄弟登高处，遍插茱萸少一人。

〔注〕　茱萸：草决明也。《续齐谐记》："汝南桓景从费长房游学。长房谓之曰：'九月九日，汝南当有大灾厄，急令家人缝囊盛茱萸系臂上，登山饮菊花酒，此祸可消。'"

〔**释**〕　原注“十七岁作”。此诗读之令人生友爱之感。

送元二使安西

渭城朝雨浥轻尘，客舍青青柳色新。

劝君更尽一杯酒，西出阳关无故人。

〔**注**〕　元二：未详其名。　安西：《唐会要》：“贞观十四年，于西州置安西都护府，治交河城。”　渭城：《括地志》：“咸阳故城亦名渭城，在雍州北五里。”　阳关：《元和郡县志》：“陇右道沙州寿昌县：阳关在县西六里，以居玉门关之南，故曰阳关。”

〔**释**〕　此诗经乐工采以入乐，名《渭城曲》。乐工采诗入乐时，用裁截及重叠两种方法，使整齐字句成为长短句，以便歌唱。此诗则每句三叠，故又名《阳关三叠》。

送沈子福归江东

杨柳渡头行客稀，罟师荡桨向临圻。

惟有相思似春色，江南江北送君归。

〔**注**〕　临圻：在今江苏江宁县东北三十里。旧注以为曲岸头，非。　罟师：打鱼人。罟，渔网也。　此诗言罟师荡桨，当是

送元二使安西

沈子福所乘者乃渔舟。

〔**释**〕　王维送别诗各有新意。前首“西出”句看似平常，实未经人道过。且七字中含情深婉，不用凄凉等词而意自黯然。后首以别情与春色结合言之，春满江南江北，情亦同之，亦不必质言别情而情已浓至。

少年行（四首）

新丰美酒斗十千，咸阳游侠多少年。
相逢意气为君饮，系马高楼垂柳边。

〔**注**〕　新丰：《汉书·地理志》新丰县注：“高祖七年置。”应劭曰：“太上皇思东归，于是高祖改筑城市街里以象丰，徙丰民以实之，故号新丰。”

出身仕汉羽林郎，初随骠骑战渔阳。
孰知不向边庭苦，纵死犹闻侠骨香。

〔**注**〕　羽林郎：《后汉书·百官志》：“羽林郎比三百石，掌宿卫侍从，常选汉阳、陇西、安定、北地、上郡、西河凡六郡良家补。”　骠骑：《史记·卫将军骠骑列传》：“元狩二年春，以冠军侯去病为骠骑将军。”　渔阳：章怀太子《后汉书》注：“渔阳郡在渔水之

阳，今幽州。”《汉书·地理志》：“渔阳郡秦置县。” 侠骨香：张华《游侠曲》：“生从命子游，死闻侠骨香。”

一身能擘两雕弧，虏骑千重只似无。
偏坐金鞍调白羽，纷纷射杀五单于。

〔注〕 雕弧：《玉篇》：“弧，木弓也。雕弧谓有雕画之弧。” 白羽：《文选·上林赋》：“满白羽”，注引文颖曰：“以白羽为箭故言白羽也。” 五单于：《汉书·匈奴传》：“稽侯狦为呼韩邪单于，日逐王薄胥堂为屠耆单于，呼揭王自立为呼揭单于，右奥鞬王自立为车犁单于，乌借都尉亦自立为乌借单于，凡五单于。”

汉家君臣欢宴终，高议云台论战功。
天子临轩赐侯印，将军佩出明光宫。

〔注〕 云台：汉图功臣像之台。 明光宫：汉武帝宫名。

〔释〕 游侠是古代社会中常见之人物，司马迁《史记》专为此辈作《游侠传》。历代诗人所写之《少年行》《结客少年场》等诗，也是描绘此辈生活习尚。此辈人从其轻生死、重然诺、舍身赴义一面看，不失为义士，然亦有“设财役贫，豪暴侵陵孤弱，恣欲自快”之类，如司马迁所讥者，则今世所谓土豪矣。王维此题共四首，大抵美游侠能立边功又悯其赏功不及，观第二首“孰知”二句与第四首末句，此意显然。

菩提寺禁闻逆贼凝碧池上作乐作

万户伤心生野烟，百官何日更朝天。
秋槐叶落空宫里，凝碧池头奏管弦。

〔**注**〕 菩提寺：《长安志》：“平康坊南门之东有菩提寺，隋开皇二年陇西公李敬道所奏立。” 凝碧池：《唐禁苑图》：“凝碧池在西内苑重元门之北，飞龙院之南。”《明皇杂录》：“天宝末，群贼陷两京……禄山尤致意乐工，求访颇切，于旬日获梨园弟子数百人。群贼因相与大会于凝碧池……乐既作，梨园旧人不觉歔欷相对泣下。……有乐工雷海青者投乐器于地西向恸哭，逆党乃缚海青于戏马殿支解之。……王维时为贼拘于菩提寺，闻之赋诗云云。”

〔**释**〕 此诗前二句写京都沦陷景象，三句写故宫荒凉，皆以抒悲悼之情，末句则引起悲悼之原因也。

裴　迪

迪关中人，初与王维、崔兴宗居终南，同唱和，天宝后为蜀州刺史，与杜甫、李颀友善。《全唐诗》存诗二十九首。

华子冈

落日松风起，还家草露晞。
云光侵履迹，山翠拂人衣。

茱萸沜

飘香乱椒桂，布叶间檀栾。
云日虽回照，森沉犹自寒。

〔**注**〕 沜：音畔，水岸也。 檀栾：枚乘《兔园赋》："修竹檀栾，夹水碧鲜。"形容竹叶之词。

〔**释**〕 裴迪《辋川》各诗，其佳者可与王维并美，此二篇是也。

崔 颢

颢汴州人，开元十一年登进士第，累官司勋员外郎，天宝十三年卒。

长干曲（四首录三）

君家住何处，妾住在横塘。

停船暂借问，或恐是同乡。

家临九江水，来去九江侧。
同是长干人，生小不相识。

下渚多风浪，莲舟渐觉稀。
那能不相待，独自逆潮归。

〔**注**〕　长干:《舆地纪胜》:“长干是秣陵县东里巷名，江南谓山陇之间曰干。金陵五里有山冈，其间平地民庶杂居，有大长干、小长干、东长干，并是地名。”　长干曲:《乐府诗集》卷七十二《杂曲歌辞》有《长干曲》。古辞曰:“逆浪故相邀，菱舟不怕摇。妾家扬子住，便弄广陵潮。”　横塘:《文选·吴都赋》“横塘查下”，刘渊林注:“横塘、查下在淮水南，近陶家渚，缘江长堤谓横塘。”　九江:此非浔阳之九江，当是江淮之间水道有九也。　下渚:未详。

〔**释**〕　此咏水乡民俗之诗也。

祖　咏

咏洛阳人，登开元十二年进士第，与王维友善。

终南山望余雪

终南阴岭秀，积雪浮云端。

林表明霁色，城中增暮寒。

〔**注**〕 终南山:《长安志》:“万年县:终南山在县南五十里。”

〔**释**〕 《唐诗纪事》:有司试《终南望余雪》诗,咏赋四句,即纳于有司。或诘之,咏曰:“意尽。”按唐时应试诗限以韵数(曾定为五言六韵,共十二句),今咏止四句而意已尽,不求合格式即交卷,故古今流传以为佳话。今观此诗首二句写望终南山雪,三四句形容余雪,更无余义,若勉凑几句,虽合程式,非好诗矣。

李 颀

颀东川人,家于颍阳,擢开元十三年进士第,官新乡尉。有集一卷,今佚。

野老曝背

百岁老翁不种田，惟知曝背乐残年。

有时扪虱独搔首，目送归鸿篱下眠。

储光羲

光羲兖州人。登开元中进士第,又诏中书试文章,历监察御史,坐陷贼贬官。有集七十卷,今存诗集五卷。

江南曲(四首录三)

绿江深见底,高浪直翻空。
惯是湖边住,舟轻不畏风。

逐流牵荇叶,沿岸摘芦苗。
为惜鸳鸯鸟,轻轻动画桡。

日暮长江里,相邀归渡头。
落花如有意,来去逐船流。

〔注〕 江南曲:吴兢《乐府古题要解》:"《江南曲》古词云'江南可采莲'云云,盖美其芳晨丽景,嬉游得时。若梁简文'桂楫晚应旋',惟歌游戏也。"

〔释〕 储光羲此诗与古词同意,皆写水乡民俗之词。

明妃词(四首录二)

日暮惊沙乱雪飞，傍人相劝易罗衣。
强来前殿看歌舞，共待单于夜猎归。

胡王知妾不胜悲，乐府皆传汉国辞。
朝来马上箜篌引，稍似宫中闲夜时。

〔注〕　箜篌引:《古今注》谓霍里子高妻丽玉作,伤狂人渡河堕水死也。

〔释〕　此诗设为明妃在胡中情事,代之抒情,与他作但叙情语者不同,故明顾璘批点《唐音》谓“惟此篇与明妃传神”,又谓“日暮惊沙”一首“直将不对景语,形出凄凉”。是也。

王昌龄

昌龄字少伯,京兆人,登开元十五年进士第,补秘书郎。二十二年中宏词科,调汜水尉,迁江宁丞,晚节不护细行,贬龙标尉卒。昌龄工诗,绪密而思清,与高适、王之涣齐名,世称王江宁。有集六卷。

朝来曲

日昃鸣珂动，花连绣户春。

盘龙玉台镜，惟待画眉人。

〔**注**〕　日昃:日西斜时。　鸣珂:马勒上饰曰珂。　玉台镜:《世说》:刘聪为玉镜台,温峤辟刘越石长史北征得之,后娶姑女,下焉。　画眉:《汉书·张敞传》:"(敞)为妇画眉,长安中传张京兆眉怃,有司以奏敞。上问之。对曰:'臣闻闺房之内,夫妇之私,有过于画眉者。'上爱其能,弗备责也。"

〔**释**〕　此春闺妇人待夫婿朝回之情,诗但写其娇贵之状,与寻常闺怨之作不同。

闺　怨

闺中少妇不曾愁，春日凝妆上翠楼。

忽见陌头杨柳色，悔教夫婿觅封侯。

〔**注**〕　凝妆:犹言妆束。

〔**释**〕　此写少妇春愁也。"不曾"一本作"不知"。作"不曾"与凝妆上楼,忽感春光,顿觉孤寂,因而引起懊悔之意,相贯而有力。“忽见”，则本无愁者亦愁矣。曰“悔教”，有悔不该让其去求幻想之富贵，而失现前室家之乐之意。诗人笔下活描出一天真“少妇”之情态，而人民困于征役，自在言外，诗家所谓不犯本位也。

长信秋词（五首录二）

金井梧桐秋叶黄，珠帘不卷夜来霜。
熏笼玉枕无颜色，卧听南宫清漏长。

〔注〕 长信：宫名。《汉书·外戚传》：孝成班婕妤初入宫为少使，俄而大幸，为婕妤，居增成舍。其后赵飞燕姊弟亦从微贱兴。婕妤恐久见危，求供养太后长信宫。 熏笼：古人取暖、熏衣之具。 南宫：即未央宫。

奉帚平明金殿开，且将团扇暂徘徊。
玉颜不及寒鸦色，犹带昭阳日影来。

〔注〕 奉帚：吴均《行路难》曲：“班姬失宠颜不开，奉帚供养长信台。” 团扇：班婕妤《怨歌行》：“新制齐纨素，鲜洁如霜雪。裁为合欢扇，团团似明月。出入君怀袖，动摇微风发。常恐秋节至，凉飙夺炎热。弃捐箧笥中，恩情中道绝。” 昭阳：汉殿名，赵

飞燕姊弟所居。

〔**释**〕 此诗以《长信》为题，系取班婕妤故事为一般失宠宫人抒写怨情。前首失宠者熏笼玉枕皆无颜色。卧听漏长者，一夜不眠也。后首用班姬怨歌团扇，以明弃捐之意。“玉颜”二句，言不及寒鸦，犹能飞入昭阳，带将日影，以见恩情中绝之人，即寒鸦亦不如也。日影正以比君恩。读此种诗可知封建帝王蔑视女子、喜新厌故、淫荒无道之罪恶，不知葬送若干人于深宫中也。

春宫曲

昨夜风开露井桃，未央前殿月轮高。
平阳歌舞新承宠，帘外春寒赐锦袍。

〔**注**〕 未央：《三辅黄图》：“未央宫周回二十八里，前殿东西五十丈，深十五丈。” 平阳歌舞：《汉书·外戚传》：“孝武卫皇后字子夫……为平阳主讴者。……帝祓霸上，还过平阳主，主见所偫美人。帝不说，既饮，讴者进，帝独说子夫。……主因奏子夫送入宫。”

〔**释**〕 此又另一种写法，但写他人得宠，而己之失宠可知。写得宠者借卫子夫事言之。唐诗人咏唐事皆借汉事言，如白居易《长恨歌》咏明皇、杨妃而曰“汉皇重色思倾国”，高适《燕歌行》感于唐代征戍之事而曰“汉家烟尘在东北，汉将辞家破残贼”，皆是。

采莲曲（二首录一）

荷叶罗裙一色裁，芙蓉向脸两边开。
乱入池中看不见，闻歌始觉有人来。

〔释〕　此写采莲女亦从古词“江南可采莲”来。首二句一言裙与荷叶同色，一言脸与荷花共美，故第三句有“乱入池中”，不能分别之句，而至末句“闻歌始觉”点明，以见采莲女之美。元杨载谓绝句之“宛转变化工夫，全在第三句，若于此转变得好，则第四句如顺流之舟矣”。其理不但此诗可证明，唐绝佳者大都如此写法。

从军行（五首）

烽火城西百尺楼，黄昏独上海风秋。
更吹羌笛关山月，无那金闺万里愁。

〔注〕　从军行：《乐府解题》：“《从军行》皆军旅辛苦之辞。”　海风：北地凡湖泊皆曰海，如蒲昌海（见《汉书·西域传》）、蒲类海（见《后汉书·明帝纪》）、北鞮海（见《后汉书·窦宪传》）。　关山月：《乐府古题要解》：“《关山月》，伤离也。”

无那：即无奈。

琵琶起舞换新声，总是关山离别情。
撩乱边愁听不尽，高高秋月照长城。

〔注〕　琵琶：《释名》："琵琶本出于胡中，马上所鼓也。"　长城：《史记·蒙恬传》："乃使蒙恬将三十万众，北逐戎狄，收河南，筑长城，因地形，用险制塞，起临洮至辽东，延袤万余里。"

青海长云暗雪山，孤城遥望玉门关。
黄沙百战穿金甲，不破楼兰终不还。

〔注〕　青海：《十三州记》："允吾县西有卑禾羌海谓之青海。"　雪山：《后汉书·班超传》注："西域有白山，通岁有雪，亦名雪山。"　玉门关：《元和郡县志》："陇右道沙州寿昌县：玉门故关在县西北一百一七里。"　楼兰：《汉书·西域传》："鄯善国本名楼兰。"

大漠风尘日色昏，红旗半卷出辕门。
前军夜战洮河北，已报生擒吐谷浑。

〔注〕　辕门：黄度"五官解"："会同有兵事则为车宫，所谓兵车之会。今犹称将幕为辕门。"　洮河：《元和郡县志》："陇右道洮州

临潭县：洮水出县西南三百里强台山。” 吐谷浑：《新唐书·西域传》：“吐谷浑居甘松山之阳，洮水之西，南抵白兰，地数千里。”

秦时明月汉时关，万里长征人未还。
但使龙城飞将在，不教胡马度阴山。

〔**注**〕 龙城：《汉书·匈奴传》：“岁正月渚长少会单于庭祠，五月大会龙城，祭其先天地鬼神。”王先谦补注：“‘索隐’崔浩云‘西方胡皆事龙神，故名大会处为龙城’。” 飞将：《史记·李将军传》：“（李）广居右北平，匈奴闻之，号曰汉之飞将军，避之。” 阴山：《汉书·匈奴传》：“（侯）应曰：‘臣闻北边塞至辽东，外有阴山……至孝武世，出师征伐，斥夺此地，攘之于幕北。……边长老言匈奴失阴山之后，过之未尝不哭也。’”

〔**释**〕 唐代诗人作边塞词者极多，大抵多写边塞荒寒、戍卒辛苦、伤离念远之情。王昌龄、岑参等尤长于作此类诗歌。兹录王诗五首，以见一斑。第一首言边烽不息，黄昏登楼，满耳秋风，已十足悲凉，此时更闻羌笛吹出《关山月》曲，安得不生金闺万里之愁。第二首琵琶之新声，亦撩人之怨曲，满腹离绪之人，何堪听此，故有第三句。此诗末句骤读之似与上三句不相连贯，乃诗人用暗接之法。盖离人每以月为异地两情相联系之物，故谢庄《月赋》有“美人迈兮音尘阙，隔千里兮共明月”之句，又如杜甫月夜思家有“今夜鄜州月，闺中只独看”之作，李白牛渚忆人有“登舟望秋月，空忆谢将军”之诗，一写人独看，一写己空忆；而张九龄望月有“清迥城边月，流光万里同。所思如梦里，相望在庭中”之篇，则万里相望也。凡此皆因月生感之作，王诗末句忽接写月，正以见边愁不尽者，对此“高高秋月”但“照长城”，愈觉难堪也。句似不接，而意实相连，此之谓暗接。第三首又换一意，写思归之情而曰“不破楼兰终不还”，用一“终”字而使人读之凄然。盖“终不还”者，终不得还也，连上句金甲着穿观之，久戍之苦益明，如以为思破敌立功而归，则非诗人之本意矣。第四首但写边军战胜之事。据《唐书·西戎吐谷浑传》，太宗征伏允（吐谷浑酋长）入朝，称疾不至。贞观九年，诏特进李靖为西海道行军大总管，兵部尚书侯君集为积石道行军总管，任城王道宗为鄯善道行军总管，仍为靖副，并突厥、契苾之众以击之。诸将频与贼遇，连战破之，伏允西走。将军薛万均率轻锐追奔，入碛数百里，两军会于大非川，伏允自缢而死。国人乃立顺为可汗，称臣内附。诗所写或即此战事。第五首“人未还”言师劳无功也。三四句责将非其人。倘得李广为将，则边境自安矣。“秦时明月”句，沈归愚《说诗晬语》谓“防边筑城起于秦、汉，明月属秦，关属汉，诗中互文”。此句不过见边事乃历代所有也。

芙蓉楼送辛渐（二首录一）

寒雨连江夜入吴，平明送客楚山孤。
洛阳亲友如相问，一片冰心在玉壶。

〔注〕 芙蓉楼:《元和郡县志》:“江南道润州:晋王恭为刺史,改创西南楼名万岁楼,西北楼名芙蓉楼。” 辛渐:未详。 玉壶:鲍照《白头吟》:“清如玉壶冰。”

〔释〕 此昌龄方自龙标贬所归吴,次晨即于芙蓉楼饯别辛渐之作。末句沈归愚谓“言己不牵于宦情也”。按此用鲍诗以明己虽被贬而心地光明如玉壶冰也,不便质言,故托之比喻。

常建

建开元中进士及第,大历中为盱眙尉。有集三卷,今存。殷璠称“建诗似初发通庄,却寻野径,百里之外,方归大道。所以其旨远,其兴僻,佳句辄来,惟论意表”。

三日寻李九庄

雨歇杨林东渡头,永和三日荡轻舟。
故人家在桃花岸,直到门前溪水流。

〔注〕 永和三日:王羲之《兰亭诗序》:“永和九年岁在癸丑,暮春之初,会于会稽山阴之兰亭,修禊事也。” 桃花岸:此暗用《桃花源记》。记称:“晋太元中,武陵人捕鱼为业,缘溪行,忘路之远近,忽逢桃花林。夹岸数百步,中无杂树。”李九当是隐居高

士,故以其所居比之桃花源。此用典使人不觉是典之例也。

塞下曲(五首录二)

铁马胡裘出汉营,分麾百道救龙城。
左贤未遁旌竿折,过在将军不在兵。

〔注〕 塞下曲:《乐府诗集》新乐府辞有《塞上曲》、《塞下曲》,皆述边事之词。 分麾:分兵也。 左贤:匈奴有左右贤王。 旌竿:幡竿也,旗竿也。 旌竿折:言兵败也。《晋书·陆机传》:"(机)讨长沙王乂,始临戎而牙旗折。"

〔释〕 此诗前三句皆言兵败,末句始提出作诗本意,言兵败之过在将不善用兵也。

北海阴风动地来,明君祠上御龙堆。
髑髅皆是长城卒,日暮沙场飞作灰。

〔注〕 龙堆:《汉书·西域传》:"楼兰国最在东垂,近汉,当白龙堆,乏水草。"

〔释〕 此首写沙场惨黩之状,读之令人悚动。可见唐代边患之深,兵士死事之烈,皆其时朝政之失所致。

薛维翰

维翰登开元进士第，存诗五首。一作蒋维翰。

闺　怨（二首录一）

美人怨何深，含情倚金阁。
不笑复不语，珠泪纷纷落。

〔**释**〕　此诗可与李白《怨情》一首参看。

刘长卿

长卿字文房，河间人。开元二十一年进士。至德中，为监察御史，以检校祠部员外郎为转运使判官，知淮南鄂岳转运留后。鄂岳观察使吴仲孺诬奏，贬潘州南巴尉，会有为之辨者，除睦州司马，终随州刺史。长卿以诗驰声上元、宝应间。皇甫湜云："诗未有刘长卿一句，已呼宋玉为老兵。"权德舆谓长卿自诩为"五言长城"。集十卷，今存。

逢雪宿芙蓉山

日暮苍山远，天寒白屋贫。
柴门闻犬吠，风雪夜归人。

逢雪宿芙蓉山

〔注〕 白屋:贫士所居也。

〔释〕 此诗二十字将雪夜宿山人家一段情事,描绘如见。

茱萸湾

荒凉野店绝,迢递人烟远。

苍苍古木中,多是隋家苑。

〔注〕 茱萸湾:《江南通志》:“茱萸湾在江都县东北二十里。” 隋苑:《寿春图经》:“(隋)十宫在江都县北长阜苑内,依林傍涧,因高跨阜,随地形置焉,并隋炀帝立也。曰归雁宫、回流宫、九里宫、松林宫、枫林宫、大雷宫、小雷宫、春草宫、九华宫、光汾宫,是曰十宫。”

〔释〕 此吊古之作也。首二句已极见荒远,三句五字,更具萧森,末句淡淡指出隋苑,而今昔衰盛之感,不言自见。王世贞所谓“愈小而大,愈促而缓”,五绝之妙,此诗有之。

春草宫

君王不可见,芳草旧宫春。

犹带罗裙色,青青向楚人。

〔**注**〕　春草宫：见前《茱萸湾》“隋苑”注。　罗裙色：杜甫《琴台》诗：“野花留宝靥，蔓草见罗裙。”

〔**释**〕　此亦吊古之词。第三句从第二句“芳草”引出，因草色与罗裙同而想见昔日之宫人，故曰“犹带”，又因今日之草色青青，但向楚人，补足首句之意，词意回环入妙。江都故东楚地，故曰“楚人”。

送李穆归淮南

扬州春草新年绿，未去先愁去不归。
淮水问君来早晚，无人偏畏过芳菲。

〔**注**〕　春草：淮南小山《招隐士》：“王孙游兮不归，春草生兮萋萋。”

〔**释**〕　诗因李穆归淮南惜别而作。首二句用《招隐士》篇语，既切淮南，又寓招隐之意。淮南小山招隐，非招贤士隐退，乃招隐退之贤士出仕也。故篇末有“王孙兮归来，山中兮不可以久留”。长卿用其意，故“先愁去不归”，恐其去而久留不出也。第三四句写别情，问君何时从淮南而来，因虽有大好春光而无人共赏，反怕过芳菲时节也。全首无惜别之语而别意极深厚。

新息道中

萧条独向汝南行，客路多逢汉骑营。
古木苍苍离乱后，几家同住一孤城。

〔注〕 新息:《汉书·地理志》:“汝南郡新息县。”

〔释〕 此写汝南新息县道中所见也。李正封(与韩愈)郾城联句“雪下收新息”,乃指李愬破吴元济事。据今人岑仲勉《读全唐文札记》根据权德舆《秦征君校书与刘随州唱和诗序》,知长卿卒于德宗贞元七年以前,破蔡州事已不及知,此诗所指或系德宗建中四年李希烈陷汝州,贞元二年希烈为其将毒杀,淮西始平之事。

王　翰

翰字子羽,晋阳人,登进士第,举直言极谏,调昌乐尉,复举超拔群类,召为秘书正字,擢通事舍人,驾部员外,出为汝州长史,改仙州别驾。日与才士豪侠饮乐游畋,坐贬道州司马卒。有集十卷,今佚。

凉州词(二首录一)

蒲桃美酒夜先杯，欲饮琵琶马上催。
醉卧沙场君莫笑，古来征战几人回。

〔**注**〕 凉州词：《乐府诗集·近代曲辞》有《凉州歌》，引《乐苑》曰："《凉州》宫调曲，开元中西凉都督郭知运进。" 蒲桃酒：《史记·大宛传》："宛左右以蒲陶为酒。" 夜光杯：《十洲记》："周穆王时，西胡献夜光常满杯。杯是白玉之精，光明夜照。"

〔**释**〕 此写从军将士临发之情事也。首二句言其事，三四句言其情。琵琶本马上乐，胡地所为。蒲桃、蒲陶、葡萄一物异名，酒亦胡地所产，夜光杯用《十洲记》亦西胡所有，皆以状边塞风物。将士饮酒方酣，忽闻琵琶之声，顿起从军之感。故即接以三四句，语似放旷，意实悲凉矣。清人施均父《岘佣说诗》谓"作悲伤语读便浅，作谐谑语读便妙"。语犹未的。玩末句何由见其为谐谑，只觉其感慨苍凉耳。

孟浩然

浩然字浩然，襄阳人。少隐鹿门山，年四十乃游京师，尝于太学赋诗，一坐嗟伏。浩然与张九龄、王维为忘形交。山南采访使韩朝宗谓浩然闲深诗律，寘诸周行，必咏穆如之颂，因入奏与偕行，先扬于朝，约日引谒。浩然方饮不赴。明皇以张说之荐，召浩然令诵所作，乃诵"北阙休上书"一诗，至"不才明主弃"，帝曰："卿不求仕，朕岂弃卿。"因放还。张九龄镇荆州，署为从事，开元末疽发背卒，年五十。浩然每为诗伫兴而作，造意极苦，篇什既成，洗削凡近。皮日休《孟亭记》云："明皇世，章句之风，大得建安体，论者推李翰林、杜工部为尤。介其间能不愧者，惟吾乡之孟先生也。"集三卷，今存。按浩然遇明皇，匿床下一事，见《唐摭言》，与《唐诗纪事》不同。明胡震亨《唐音癸签》“谈丛一”谓：“孟襄阳伴直，从床底出见明皇，有诸乎？果尔，不逮坦率宋五远矣。令人主一见，意顿尽，何待诵诗始决也。”此论极是，故今不采《摭言》而从《纪事》。

春　晓

春眠不觉晓，处处闻啼鸟。
夜来风雨声，花落知多少。

〔**释**〕　此古今传诵之作，佳处在人人所常有，惟浩然能道出也。闻风雨而惜落花，不但可见诗人清致，且有屈子“哀众芳之零落”之感也。

宿建德江

移舟泊烟渚，日暮客愁新。
野旷天低树，江清月近人。

〔**注**〕　建德江：《清统志》：“严州府建德县，有新安江。”

〔**释**〕　此诗首二句写宿建德江之时地，“客愁”，旅愁也。第三句写远景，野旷则似天低于树。第四句写近景，江清则觉月近于人。合观之有辽阔凄寂之感，所谓“客愁新”也。诗家有情在

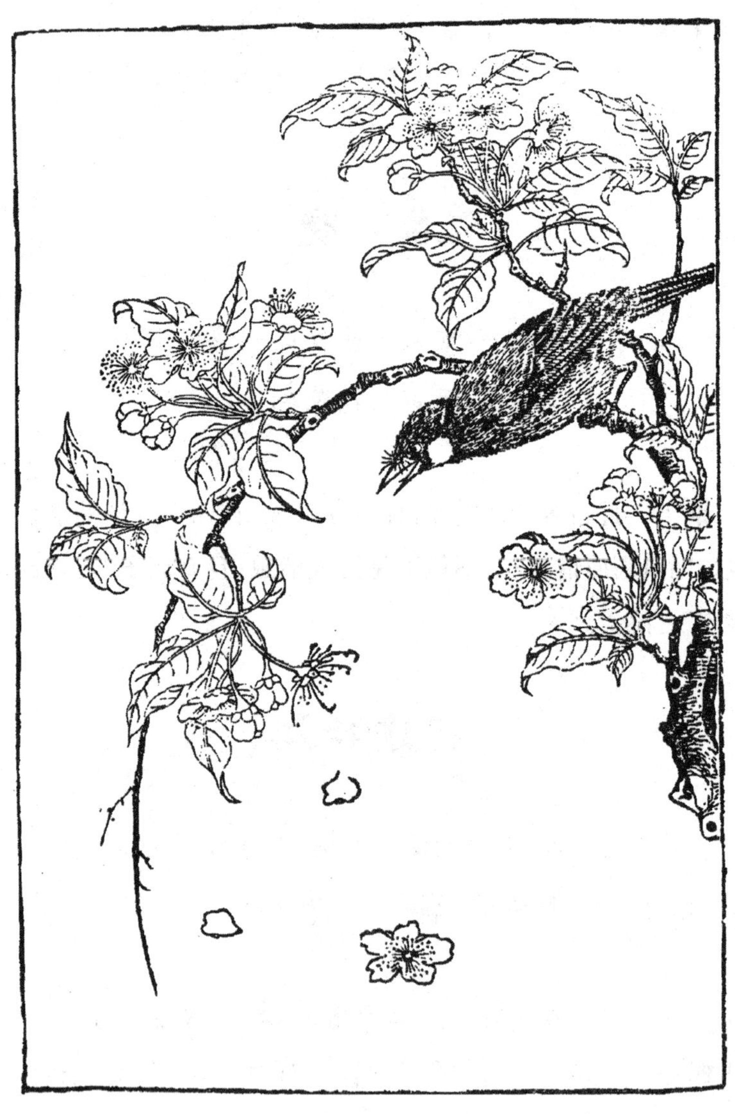

春晓

景中之说，此诗是也。不可但赏其写景之工，而不见其客愁何在。再者，此诗章法与转变在第三句者异，三四两句作对结束，其转变置于第二句末三字。明胡元瑞《诗薮》谓“对结者须意尽，如王之涣‘欲穷千里目，更上一层楼’，高达夫‘故乡今夜思千里，霜鬓明朝又一年’，添着一语不得乃可。”盖对结句如意犹未尽，则成律诗之前半首，故后人有半律之讥。

李 白

白字太白，陇西成纪人，或曰山东人，或又曰蜀人。少有逸才，志气宏放，飘然有超世之心。天宝初，白至长安，贺知章见其文叹曰：“子谪仙人也。”言于明皇，召见金銮殿，奏颂一篇。帝赐食，亲为调羹，有诏供奉翰林。白尝与酒徒饮于市，帝坐沉香亭，意有所感，欲得白为乐章，召入而白已醉，左右以水颒面，稍解，援笔成文，婉丽精切。帝爱其才，数宴见，尝醉使高力士脱靴。力士素贵，耻之，摘其诗以激杨贵妃。帝欲官白，妃辄沮止。白自知不为亲近所容，求还山。帝赐金放还，乃浪迹江湖，终日沉饮。永王璘都督江陵，辟为僚佐。璘谋乱兵败，白坐长流夜郎，会赦得还。代宗立，以左拾遗召而白已卒。集三十卷，今存。

玉阶怨

玉阶生白露，夜久侵罗袜。
却下水晶帘，玲珑望秋月。

〔**注**〕 玉阶怨:《乐府诗集·相和歌辞》“楚调曲”有《玉阶怨》,亦宫怨词也。

〔**释**〕 二十字写一人初则伫立玉阶,立久罗袜皆湿,乃退入帘内,下帘望月,未尝一字及怨情,而此人通宵无眠之状,写来凄冷逼人,非怨而何?

静夜思

床前明月光，疑是地上霜。
举头望明月，低头思故乡。

〔**释**〕 清李重华《贞一斋诗说》谓“五言绝发源《子夜歌》,别无妙巧,取其天然二十字,如弹丸脱手为妙。”李白此诗绝去雕采,纯出天真,犹是《子夜》民歌本色,故虽非用乐府古题,而古意盎然。前人尝言李白曾以乐府学授人,知其于此体功力甚深。

怨　情

美人卷珠帘，深坐颦蛾眉。
但见泪痕湿，不知心恨谁。

越女词（五首录一）

耶溪采莲女，见客棹歌回。
笑入荷花去，佯羞不出来。

〔注〕　耶溪：《寰宇记》：“若耶溪在会稽县东二十八里。”

〔释〕　此与前《怨情》诗，皆体情之作，各极其妙。比而观之，可见诗人笔具造化，塑造形象，皆栩栩如生，王安石《题张司业诗》有“看似寻常最奇崛，成如容易却艰辛”之语，最能道出诗人创作之甘苦。即如太白此二篇，固赖主观虚构，亦需客观实验，非率尔可能也。

独坐敬亭山

众鸟高飞尽，孤云独去闲。
相看两不厌，只有敬亭山。

〔注〕　敬亭山：《郡国志》：“宛陵北有敬亭山。”

〔释〕　首二句独坐所见，三四句独坐所感。曰“两不厌”，则有相看而厌者；曰“只有”，则有不如此山者。此二句既以见山之神秀，令人领略不尽，亦以见己之赏会，独在此山。用一“两”字，便觉山亦有情，而太白之风神，有非尘俗所得知者，知者其山灵乎！

渌水曲

渌水明秋月，南湖采白蘋。
荷花娇欲语，愁杀荡舟人。

〔**注**〕 渌水曲：《乐府诗集·琴曲歌辞》有《渌水曲》，谓蔡邕所作，名《蔡氏五弄》。引《琴书》曰："邕性沉厚，雅好琴道，嘉平初，入清溪访鬼谷先生所居，山有五曲，一曲制一弄。……南曲有涧，冬夏常渌，故作《渌水》。"白诗虽用古题，所咏与采莲、采菱同，盖写所见也。诗中用"南湖"或即南曲之涧。

〔**释**〕 此诗三四两句，造意甚新，言荷花之容态，足令采蘋之女对之生妒，故曰"愁杀"。"杀"或作"煞"，唐宋时常语，有太甚之意。

系寻阳上崔相涣(三首录一)

邯郸四十万，同日陷长平。
能回造化笔，或冀一人生。

〔注〕 系寻阳:永王璘为江陵府都督,充山南东路及岭南、黔中、江南西路四道节度使,重白才名,辟为府僚佐。及璘擅引舟师东下,胁以偕行。至德二载二月,永王璘兵败,太白亡走彭泽,坐系寻阳狱。 陷长平:《史记》:“白起越韩魏而攻强赵,北坑马服,诛屠四十余万之众,尽之于长平之下。”

〔释〕 李白又有《狱中上崔相涣》五古一首与此同时作。崔相即为白昭雪附永王璘事者。其时房琯军败于陈涛斜,安、史势方盛,李白方系身囹圄之中,而不忘国事,献诗为士卒请命,其气度非常人所及。

田园言怀

贾谊三年谪,班超万里侯。
何如牵白犊,饮水对清流。

〔注〕 贾谊:《史记》称“贾谊为长沙王傅三年”。 班超:《后汉书·班超传》,班超行诣相者,相者曰:“祭酒布衣诸生耳,而当封侯万里之外。”后使西域,五十余国悉皆纳质内属,封超为“定远侯”。 牵犊、饮流:《高士传》:“许由洗耳于颍滨,时其友巢父牵犊欲饮之,见由洗耳,问其故。对曰:‘尧欲召我为九州长,恶闻其声,是故洗耳。’巢父曰:‘子若处高岸深谷,人道不通,谁能见子。子故浮游欲闻,求其名誉,污吾犊口。’牵犊上流饮之。”

〔释〕 李白生逢乱世,常有建功立业之心,而所如不合,志气无从发挥，故有此作。诗言仕宦不得志如贾谪长沙，得志如班封侯万里，何如巢父牵犊饮流。言外似有轻功名、慕高隐之志。然其附永王璘，盖思藉以靖乱，虽曰被胁，亦非无意，观其永王东巡歌既曰“但用东山谢安石，为君谈笑静胡沙”，又曰“南风一扫胡尘静，西入长安到日边”，则其志皎然矣。其临卒前一年（上元二年）作《闻李太尉（光弼）大举秦兵百万出征东南，懦夫请缨，冀申一割之用，半道病还，留别金陵崔侍御十九韵》，则此志终生不渝矣。后人喜论李、杜优劣，而尊杜抑李者每以杜甫忧国忧民，欲致君尧舜，为李白所不及，以李白“当王室多难，海宇横溃之日，作为歌诗，不过豪侠使气，狂醉于花月之间耳，社稷苍生不系其心膂”（罗大经《鹤林玉露》）。未免从表面、片面论人，非确论也。惟韩愈有“李杜文章在，光焰万丈长”之语最平允。

结袜子

燕南壮士吴门豪，筑中置铅鱼隐刀。
感君恩重许君命，太山一掷轻鸿毛。

〔注〕　结袜子：《乐府诗集·杂曲歌辞》有《结袜子》，引《帝王世纪》所载文王、武王自结袜事，及《汉书》王生使张廷尉释之为结袜事；又曰：“唐李白辞大抵言感恩之重，而以命相许也。”　燕南壮士：《史记·刺客传》：“荆轲之客皆亡，高渐离变名姓为人庸保，匿作于宋子。……秦始皇召见……使击筑，未尝不称善，稍

益近之。高渐离乃以铅置筑中，复进得近，举筑扑秦皇帝，不中，于是遂诛高渐离。”又曰：“专诸者，吴堂邑人也。……伍子胥知公子光之欲杀吴王僚……乃进专诸于公子光。……四月丙子，光伏甲士于窟室中，而具酒请王僚。……使专诸置匕首鱼炙之腹中而进之。既至王前，专诸擘鱼，因以匕首刺王僚。王僚立死，左右亦杀专诸。” 太山：司马迁《报任安书》：“人固有一死，或重于太山，或轻于鸿毛，用之所趋异也。”

黄鹤楼送孟浩然之广陵

故人西辞黄鹤楼，烟花三月下扬州。
孤帆远影碧空尽，惟见长江天际流。

〔注〕 黄鹤楼：《元和郡县志》：“江南道鄂州：城西临大江，西南角因矶名楼为黄鹤楼。” 广陵：《续汉书·郡国志》：“徐州广陵郡广陵县原注‘吴王濞所都，城周十四里半’。”

〔释〕 此诗写别情在三四句。故人之舟既远，则帆影亦在碧空中消失，此时送别之人所见者“长江天际流”而已。行者已远而送者犹伫立，正以见其依恋之切，非交深之友，不能有此深情也。善写情者不贵质言，但将别时景象有感于心者写出，即可使诵其诗者，发生同感也。又案，“碧空”《万首唐人绝句》作“碧山”。宋陆游《入蜀记》曰：“八月二十八日访黄鹤楼故址。太白登此楼送孟浩然诗云：‘孤帆远映碧山尽，惟见长江天际流。’盖

故人西辭黃鶴樓烟花三月
下揚州孤帆遠影碧空盡唯見
長江天際流李白黃鶴樓送孟
浩然之廣陵 清湘苦瓜老人濟
以張志和烟波子法倣其意

黄鹤楼送孟浩然之广陵

帆樯映远山尤可观，非江行久不能知也。”如其说亦佳，但必改“影”作“映”，恐非原稿。

长门怨（二首录一）

桂殿长愁不记春，黄金四壁起秋尘。
夜悬明镜青天上，独照长门宫里人。

〔**注**〕　长门怨：《乐府古题要解》：“《长门怨》为汉武帝陈皇后作也。后长公主嫖女，字阿娇，及卫子夫得幸，退居长门宫，愁闷悲思，闻司马相如工文章，奉黄金百斤令为解愁之词。相如作《长门赋》，帝见而伤之，复得亲幸者数年。后人因其赋为《长门怨》。”

〔**释**〕　首二句一春一秋，二字表两种情绪。月悬天上，岂独为长门宫里人，而永夕不眠者，独得月照，则似此明月专为宫人而悬照也。《长门赋》有“悬明月以自照兮，徂清夜于洞房”，李白用之而意更深切。

清平调词（三首）

云想衣裳花想容，春风拂槛露华浓。
若非群玉山头见，会向瑶台月下逢。

〔注〕　清平调词:《太真外传》:“开元中,禁中重木芍药,即今牡丹也。得数本红紫浅红通白者,上因移植于兴庆池东沉香亭前,会花方繁开……上曰:‘赏名花,对妃子,焉用旧乐词。’遽命龟年持金花笺宣赐翰林学士李白,立进《清平乐词》三章。”　群玉山:《穆天子传》:“至于群玉之山,四辙中绳,先王之所谓策府。”注:“《山海经》云:‘群玉山,西王母所居者。’”　瑶台:《太平御览》引《登真隐诀》:“昆仑瑶台是西王母之宫,所谓西瑶上台,上真秘文尽在其中矣。”

一枝红艳露凝香,云雨巫山枉断肠。
借问汉宫谁得似,可怜飞燕倚新妆。

〔注〕　云雨巫山:《水经注》:“郭景纯云:‘丹山在丹阳属巴,丹山西即巫山者也。天帝女居焉。宋玉所谓天帝之季女名曰瑶姬,未行而亡,封于巫山之阳,精魂为草实,为灵芝,所谓巫山之女高唐之阻,旦为行云,暮为行雨,朝朝暮暮,阳台之下。旦早视之,果如其言,故为立庙,号朝云焉。’”　飞燕:《汉书·外戚传》:“孝成赵皇后,本长安宫人。……及壮,属阳阿主家,学歌舞,号曰飞燕。成帝尝微行出,过阳阿主,作乐。上见飞燕而悦之,召入宫,大幸。有女弟,复召入,俱为婕妤,贵倾后宫。”

名花倾国两相欢,长得君王带笑看。
解释春风无限恨,沉香亭北倚阑干。

〔注〕　沉香亭:《雍录》:“兴庆宫图,龙池东有沉香亭。”

〔释〕　第一首前两句,名花、妃子双写,而以春风比恩幸。后两句又以玉山、瑶台之仙灵,双绾名花、妃子而以见其娇贵。第二首前两句写名花,后两句写妃子,曰“枉断肠”,神女不如名花也。曰“可怜”,飞燕不如妃子也。高力士即以此首以飞燕比杨妃为进谗之用,以激怒杨妃。第三首总结,点明名花、妃子皆能长邀帝宠爱者,以能“解释春风无限恨”也。诗家每用春或春风,或东皇代帝皇。三首皆能以绮丽高华之笔为名花、妃子传神写照。其中第二首,用巫山神女、汉宫飞燕两故事,而楚襄、汉武淫荒逸乐之戒,即在其中,故高力士得指摘其句为进谗之阶,明皇虽爱才亦不能不动心,故终有放还之举。而李白所以一生落拓江湖,不得翱翔云霄,亦即因此。王琦注此诗,谓李白起草之时,用巫山云雨、汉宫飞燕事,别无寓意。以为白系新进之士未必欲托无益之空言,期君之悟,不免浅视诗人矣。至萧士赟以为云雨巫山句有讥贵妃曾为寿王妃,枉断肠者乃寿王,亦不无深文周纳之失。一则失之太浅,一则求之过深,皆难使人信服。又王琦谓“云想”蔡君谟书此诗作“叶想”,必君谟一时笔误,非有意点金成铁,却甚有见。金元遗山与张仲杰论文诗有“文须字字作,亦要字字读”,盖谓读诗文不可轻忽,方不负作者之苦心。

早发白帝城

朝辞白帝彩云间，千里江陵一日还。
两岸猿声啼不住，轻舟已过万重山。

〔**注**〕　白帝城：白帝城在今夔州。杨齐贤注："白帝城，公孙述所筑。初公孙述至鱼复，有白龙出井中，自以承汉土运，故号白帝城。"　江陵：《汉书·地理志》："南郡县江陵。"注："故楚郢都，楚文王自丹阳徙此。"　猿声：《水经注》："自三峡七百里中，两岸连山，略无阙处，重岩叠嶂，隐天蔽日，自非亭午夜分，不见曦月。至于夏水襄陵，沿溯阻绝。王命急宣，有时朝发白帝，暮宿江陵。其间千二百里，虽乘奔御风，不加疾也。每至晴初霜旦，林寒涧肃，常有高猿长啸，属引凄异，空谷传响，哀转久绝。故渔者歌曰：'巴东三峡巫峡长，猿鸣三声泪沾裳。'"盛弘之《荆州记》同。

〔**释**〕　此诗写江行迅速之状，如在目前，而"两岸猿声"一句，虽小小景物，插写其中，大足为末句生色。正如太史公于叙事紧迫中忽入一二闲笔，更令全篇生动有味。故施均父谓此诗"走处仍留，急语仍缓"，乃用笔之妙。

望庐山瀑布

日照香炉生紫烟，遥看瀑布挂前川。
飞流直下三千尺，疑是银河落九天。

〔注〕 庐山瀑布：《后汉书·郡国志》注："庐山在寻阳县南。有匡俗先生者，出殷周之际，隐遁潜居其下。……时谓所止为仙人之庐而命焉。"《太平御览》引周景式《庐山记》："白水在黄龙南数里，即瀑布水也。土人谓之白水湖。其水出山腹，挂流三四百丈，飞湍于林峰之表，望之若悬素。"

〔释〕 李白集中所写山水，皆气象奇伟雄丽之景，足见其胸次宏阔，亦与山水同。较之王、裴辋川唱和诸作，别具一番境界。大小虽殊，而诗人观物之精细与胸怀之澄澈，能以一己之精神面貌，融入景物之中，则无不同。

望天门山

天门中断楚江开，碧水东流至此回。
两岸青山相对出，孤帆一片日边来。

〔注〕 天门山：《图经》："天门山在太平州，当涂县西南二

望天门山

十里。”

〔**释**〕　毛奇龄谓曾见宋本《万首唐人绝句》，李白此诗，“至此”时刻误为“至北”：“此是望天门山诗，因梁山、博望夹峙江广，水流至此，作一回旋矣。时刻误‘此’为‘北’，既东又北，既北又回，已乖句调，兼失义理。”今从毛说，改“北”为“此”。其第三句正为第四句生色，与前首同，梅尧臣所谓“状难写之景如在目前”，读太白诗时时有之。

苏台览古

旧苑荒台杨柳新，菱歌清唱不胜春。
只今惟有西江月，曾照吴王宫里人。

〔**注**〕　苏台：范成大《吴郡志》：“姑苏台旧图经云：‘在吴县西三十里。’”

越中览古

越王勾践破吴归，义士还家尽锦衣。
宫女如花满春殿，只今惟有鹧鸪飞。

〔**注**〕　勾践破吴：《史记·越王勾践世家》，勾践欲伐吴，“问

范蠡，蠡曰：‘可矣。’乃发习流二千，教士四万人，君子六千人，诸御千人伐吴。吴师败，遂杀吴太子。……其后四年，越复伐吴。……吴师败，越遂复栖吴王于姑苏之山。” 义士：即习流、教士、君子、诸御等人，或疑越人安得称义士者，非也。

〔释〕 两诗皆吊古之作。前首从今月说到古宫人，后首从古宫人说到今鹧鸪，皆以见今昔盛衰不同，令人览之而生感慨，而荣乐无常之戒即寓其中。

与史郎中钦听黄鹤楼上吹笛

一为迁客去长沙，西望长安不见家。
黄鹤楼中吹玉笛，江城五月落梅花。

〔注〕 落梅花：《乐府诗集·汉横吹曲》有《梅花落》。

春夜洛城闻笛

谁家玉笛暗飞声，散入春风满洛城。
此夜曲中闻折柳，何人不起故园情。

〔注〕 折柳：《乐府诗集·汉横吹曲》有《折杨柳》。

〔释〕 两诗皆闻笛生感之作。前首先有情后闻笛，后首先闻笛后有情，章法变换。先有情者，情感物也；后有情者，物动情也。

赠汪伦

李白乘舟将欲行，忽闻岸上踏歌声。
桃花潭水深千尺，不及汪伦送我情。

〔**注**〕 汪伦：杨齐贤注："白游泾县，桃花潭村人汪伦常酿美酒以待白。伦之裔孙至今宝其诗。" 踏歌：《通鉴·唐纪》："（阎）知微与虏连手踏《万岁乐》于城下。"胡三省注："踏歌者，连手而歌，蹋地以为节也。" 桃花潭：王琦注："《一统志》：桃花潭在宁国府泾县西南一百里，深不可测。"

〔**释**〕 王琦注引唐汝询曰："伦一村人耳，何亲于白，既酿酒以候之，复临行以祖之，情固超俗矣。太白于景切情真处，信手拈出，所以调绝千古。"按读此诗既以见汪伦之超俗可喜，亦以见太白之对人民亲切有情，汪伦借太白一诗而留名后世，亦如黄四娘因杜甫一诗而传，诗人之笔可贵如此。

韦应物

应物京兆长安人，少以三卫郎事明皇，晚更折节读书。永泰中，授京兆功曹,迁洛阳丞。大历十四年,自鄠令制除栎阳令,以疾辞不就。建中三年,拜比部员外郎,出为滁州刺史,久之,调江州,追赴阙,改左司郎中。复出为苏州刺史。应物性高洁,所在焚香扫地而坐。惟顾况、刘长卿、丘丹、秦系、皎然之俦,得厕宾客,与之酬倡。其诗闲淡简远,人比之陶潜,称陶韦云。集十卷,今存。

秋夜寄丘员外

怀君属秋夜,散步咏凉天。
山空松子落,幽人应未眠。

〔注〕 丘员外:丘丹也。丘尝为仓曹员外郎、祠部员外郎。

怀琅琊深标二释子

白云埋大壑,阴崖滴夜泉。
应居西石室,月照山苍然。

秋斋独宿

山月皎如烛,风霜时动竹。
夜半鸟惊栖,窗间人独宿。

〔释〕 上三诗,与王维辋川诸作颇相似,皆有恬淡闲远之趣。

西塞山

势从千里奔，直入江中断。
岚横秋塞雄，地束惊流满。

〔注〕　西塞山：陆游《入蜀记》："晚过道士矶。石壁数百尺，色正青，了无窍穴，而竹树迸枝交络其上，苍翠可爱。自过小孤，临江峰嶂无出其右。矶一名西塞山。"

〔释〕　二十字乃一幅山水画，参看陆游《入蜀记》，知此山实西蜀一胜境。

登　楼

兹楼日登眺，流岁暗蹉跎。
坐厌淮南守，秋山红树多。

〔释〕　高步瀛《唐宋诗举要》："厌，'猒'之借字。《说文》曰'猒，饱也'。《周语》中韦注曰'猒，足也'。字亦作'餍'。此诗言以淮南守为自足，因耽玩山树耳，若以厌恶字解之，失其旨矣。唐滁州属淮南道，此当是为滁州刺史时作。"按高解"厌"为饱，是。谓"诗言以淮南守为自足，因耽玩山树耳"，则尚未得诗人之用意。观“流岁暗蹉跎”句，知三四句即从此出，言身为郡守，无益生民，惟饱看“秋山红树”而已。韦《寄畅当》诗有“丈夫当为国，破敌如摧山。何必事州府，坐使鬓毛斑。”与此诗同一旨趣。其非以淮南一守自足，固极显然。

登楼寄王卿

踏阁攀林恨不同，楚云沧海思无穷。
数家砧杵秋山下，一郡荆榛寒雨中。

〔注〕　王卿：未详。

〔释〕　此诗首二句寄诗之情，三四句登楼之感。细玩末句，知乱后州郡荒凉景象，实可悲悯。宋刘辰翁谓“韦应物居官自愧，闵闵有恤人之心”。证以韦《寄李儋元锡》诗“邑有流亡愧俸钱”之句，刘氏之说，可谓能得诗人忠厚恺悌之情矣。

寄诸弟（二首）

岁暮兵戈乱京国，帛书间道访存亡。
还信忽从天上落，惟知彼此泪千行。

〔注〕　帛书：《汉书·苏武传》：“常惠教使者言，天子射上林

中，得雁足有系帛书，言武等在某泽中。”

雨中禁火空斋冷，江上流莺独坐听。
把酒看花想诸弟，杜陵寒食草青青。

〔注〕 禁火：《荆楚岁时记》：“去冬至节一百五日，即有疾风甚雨，谓之寒食禁火。” 流莺：此暗用谢灵运“园柳变鸣禽”句意。谢此诗乃于永嘉西堂，忽梦惠连，即得“池塘生春草，园柳变鸣禽”之句，见《南史·谢惠连传》，兄弟事也，故用之。 杜陵：《汉书·地理志》：“杜陵县属京兆尹。”《元和郡县志》：“关内道京兆府万年县：杜陵在县东南二十里，汉宣帝陵也。”

〔释〕 此二诗，一以见应物笃于兄弟之情，一以见唐当天宝之乱，人民离散之苦。杜甫《月夜忆舍弟》诗亦有“有弟皆分散，无家问死生”之句，《得舍弟消息》诗亦有“不知临老日，招得几人魂”之语，全是一片离乱景象中兄弟不保之痛语。

与村老对饮

鬓眉雪色犹嗜酒，言辞淳朴古人风。
乡村年少生离乱，见话先朝如梦中。

〔释〕 读此诗如见两老人对饮谈天宝未乱时事，坐中少年听此如听说梦。比元稹《行宫》诗“白头宫女在，闲坐说玄宗”，更为沉痛。彼说者宫闱盛衰，此则人民苦乐也。其描绘村老处，尤亲切有味。

子规啼

高林滴露夏夜清，南山子规啼一声。
邻家孀妇抱儿泣，我独展转何为情。

〔释〕　此亦仁人之言也。孀妇抱儿夜哭，闻者真难为怀。“邻家”二句可抵杜甫《石壕吏》一首。此首一二两句，描写夜景，已足悲凉，合之后两句，其情其景，虽千百年后，犹在眼前矣。

滁州西涧

独怜幽草涧边生，上有黄鹂深树鸣。
春潮带雨晚来急，野渡无人舟自横。

〔释〕　此即景之作也。王士祯《唐人万首绝句选·凡例》：“元赵章泉、涧泉选唐绝句，其评注多迂腐穿凿。如韦苏州《滁州西涧》一首，‘独怜幽草涧边生，上有黄鹂深树鸣’，以为君子在下，小人在上之象。以此论诗，岂复有风雅邪！”此论甚正，从《三百篇》以来，许多好诗被此等迂腐穿凿之说妄解者，不知凡几，岂特无复有风雅，且真风雅之罪人也。

故人重九日求橘

怜君卧病思新橘，试摘犹酸亦未黄。
书后欲题三百颗，洞庭须待满林霜。

〔注〕 王羲之帖："奉橘三百枚，霜未降，未可多得。" 洞庭：《山海经》："洞庭之山，其木多橘。"又叶石林《避暑录话》："吴中橘亦惟洞庭东西两山最盛。"

〔释〕 此诗明白如对话，故古今传诵人口。

休日访人不遇

九日驱驰一日间，寻君不遇又空还。
怪来诗思清人骨，门封寒流雪满山。

〔释〕 所访之人不知为谁，读末句当是高隐之诗人。

岑 参

参南阳人，文本之后。少孤贫，笃学，登天宝三载进士第，由率府参军，累官右补阙，论斥权佞，改起居郎，寻出为号州长史，复入为太子中允。代宗总戎陕服，委参以书奏之任，由库部郎出刺嘉州。杜鸿渐镇西川，表参为从事，以职方郎兼侍御史，领幕职，使罢流寓不还，遂终于蜀。杜确《嘉州集序》："岑公早岁孤寒，能自砥砺，遍览史籍，尤工缀文。属辞尚清，用志尚切，其有所得，多入佳境，迴拔孤秀，出于常情。每一篇绝笔，则人传写，虽闾里士庶、戎夷蛮貊，莫不吟习焉。"有集八卷，今存者七卷。

题三会寺仓颉造字台

野寺荒台晚，寒天古木悲。

空阶有鸟迹，犹似造书时。

〔**注**〕　三会寺：《郡国志》："仓颉里在长安，三会寺即其地，一名仓史台。"　造字：卫恒《四体书势》："黄帝之史，沮诵苍颉，眺彼鸟迹，始作书契。"

〔**释**〕　首二句写三会寺、造字台景物，因其荒古而生怀古之幽情。三四句见鸟迹而缅想造书时。

暮秋山行

疲马卧长坂，夕阳下通津。

山风吹空林，飒飒如有人。

题三会寺仓颉造字台

〔**释**〕　诗写旅途荒野凄寂之状，如在目前。

九日思长安故园

强欲登高去，无人送酒来。
遥怜故园菊，应傍战场开。

〔**注**〕　送酒：《续晋阳秋》："陶潜九日无酒，出篱边，怅望久之，见白衣人至，乃王弘送酒使也。即便就酌，醉而后归。"

〔**释**〕　此诗因欲登高而感于无人送酒，又因送酒无人而联想及故园之菊，复因菊而远思故园在乱中。所谓弹丸脱手（谢朓语王筠曰："好诗圆美流转如弹丸。"见《南史・王筠传》）于此诗见之矣。

寄韩樽使北

夫子素多疾，别来未得书。
北庭苦寒地，体内今何如？

〔**释**〕　此诗明白如话，盖以诗代书柬也。然二十字中，友朋相念之情深矣。

苜蓿峰寄家人

苜蓿峰边逢立春，胡芦河上泪沾巾。
闺中只是空相忆，不见沙场愁杀人。

〔注〕　苜蓿峰:《西域记》:“玉关外有五烽,苜蓿烽其一也。”据此则“峰”应作“烽”。　胡芦河:《五代史》“四夷”附录:“牛蹄突厥其地尤寒,水曰瓠卢河,夏秋冰厚二尺,春冬冰彻底。”按《旧唐书·高宗纪》有“燕山道总管李谨行破高丽于瓠卢河之西,一作葫芦”。是则葫芦有二,此诗所指当是《五代史》西域之瓠卢河,胡卢、瓠卢、葫芦皆一河异字。

〔释〕　此诗三四句较但写家人相忆之词,更进一层,言家人空忆远人,不知远戍沙场之苦,有非空想所知。

碛中作

走马西来欲到天，辞家见月两回圆。
今夜不知何处宿，平沙万里绝人烟。

〔注〕　碛:《郡国志》:“伊州铁勒国多沙碛。”按岑参又有“十日过沙碛,终朝风不休”之句,即此诗之碛中。

〔释〕　此诗末句即前诗之“沙场愁杀人”也。诗为西行途中所作。我国地势西北高于东南,故有首句。

送 人(三首录二)

西原驿路挂城头,客散江亭雨未休。
君去试看汾水上,白云犹似汉时秋。

〔注〕 西原:《旧唐书·玄宗纪》:"天宝十五载,哥舒翰将兵八万,与贼将崔乾祐战于灵宝西原。"按《一统志》:"西原在灵宝西南五十里。" 汾水:《元和郡县志》:"河东道河中府宝鼎县:汾水北去县二十五里。"

百尺原头酒色殷,路傍骢马汗班班。
别君只有相思梦,遮莫千山与万山。

〔注〕 殷:音近烟,本赤黑色,此指醉面色赤也。 遮莫:《艺苑雌黄》:"遮莫,盖俚语,犹言尽教也。自唐以来有之。"按今尚有"教莫"之语,即"遮莫"。

〔释〕 前诗原题作《虢州后亭送李判官使赴晋绛得秋字》。虢州,今河南灵宝县。晋,今山西临汾县;绛,今山西绛县。其时岑参方为虢州长史,设宴后亭为李判官饯别,分韵赋诗,岑得秋韵也。前三四两句用汉武帝《秋风辞》。按《汉武故事》:"帝行幸河东,祠后土,顾视帝京,忻然,中流与群臣饮宴。帝欢甚,乃自作《秋风辞》。"其辞有"秋风起兮白云飞"之句。岑参用之,盖因李所至汾河流域,故想及汉武此辞,又因汉武时国势方强,有感于天宝以来,世乱相仍,已非太宗时威震蛮夷之盛世,故托之汉武以寄其忧国之情,而有"试看"之句。后首一题《原头送范侍御得山字》,正写饯别时情景及别后之相思。

封大夫破播仙凯歌(六首录二)

日落辕门鼓角鸣,千群面缚出蕃城。

洗兵鱼海云迎阵,秣马龙堆月照营。

〔注〕 封大夫:封常清也。封积功至安西节度使,后因兵败被杀。 播仙:岑仲勉《读全唐诗札记》:"岑参《凯歌六首》,注云:'天宝中,回纥寇边,常清出师征之,及破播仙,奏捷献凯,乃作凯歌。'据《新唐书》四三下,'播仙镇,故且末城也。'地不近回纥,当日亦未闻有入寇事,殆吐蕃之误耳。"按《唐书》封常清于天宝十二载为安西节度使,曾破大勃律。大勃律在吐蕃西,封氏之捷疑即此事。 鱼海:《唐书·李光弼传》:"李国臣力能扶关,以折冲从,收鱼海五城。"杜甫《秦州杂诗》有"鱼海路常难"句,仇兆鳌注引《唐书》王倕克吐蕃鱼海。 龙堆:即白龙堆。《汉书·西域传》:"楼兰国最在东垂,近汉,当白龙堆。"诗中地名亦略约言之,必欲指实则拘泥矣。

蕃军遥见汉家营,满谷连朝遍哭声。

万箭千刀一夜散,平明流血浸空城。

〔**释**〕　岑参久在边塞，其诗摹绘边塞风光者最多，此诗则赞美封大夫之战功而作。故语特雄肆，不为寒苦之态，然如后首所写，亦可见战阵之烈，颂而有讽矣。

赴北庭度陇思家

西向轮台万里余，也知乡信日应疏。
陇山鹦鹉能言语，为报家人数寄书。

〔**注**〕　陇：《说文》："陇山，天水阪也。"《汉书》扬雄《解嘲》云"响若坻颓"，应劭注"天水有大阪名陇山"。　轮台：《唐书·地理志》："北庭大都护府有轮台县。"　鹦鹉：《禽经》："鹦鹉摩背而喑。"注："鹦鹉出陇西，能言。"

〔**释**〕　古时交通不便，远客音信难通。鹦鹉能言，故愿托之通辞，亦无可奈何之语。

春　梦

洞房昨夜春风起，遥忆美人湘江水。
枕上片时春梦中，行尽江南数千里。

〔**释**〕　三四句写梦境入神。

山房春事（二首录一）

梁园日暮乱飞鸦，极目萧条三两家。
庭树不知人去尽，春来还发旧时花。

〔注〕 梁园：本梁孝王兔园。诗人用以为富贵人家之代称。

〔释〕 此诗从萧条中想见繁盛，不言人之感慨，但写树之无情，使人诵之，自然生感。

包 佶

信字幼正，天宝六年进士，累官谏议大夫，坐善元载贬岭南，刘晏奏起为汴东两税使。晏罢，以佶充诸道盐铁轻货钱物使，迁刑部侍郎，改秘书监，封丹阳郡公。存诗集一卷。

再过金陵

玉树歌终王气收，雁行高送石城秋。
江山不管兴亡事，一任斜阳伴客愁。

〔注〕 金陵：《丹阳记》："秦始皇埋金玉杂宝以厌天子气，故

名金陵。"《唐书·地理志》:"江南道升州县上元,望本江宁,武德三年更江宁曰归化,八年更归化曰金陵,九年更金陵曰白下。" 玉树歌:《乐府诗集·吴声歌曲》有《玉树后庭花》,陈后主作。 王气:庾信《哀江南赋》:"将非江表王气终于三百年乎!" 石城:《丹阳记》:"石头城吴时悉土坞,义熙始加砖累石头,因山以为城,因江以为池,形险固有奇势。"

〔**释**〕 此亦吊古之作,三四句感慨甚深。兴亡不关江山事,谁实主之,不言而喻矣。

李嘉祐

嘉祐字从一,赵州人。天宝七年擢第,授秘书正字,坐事谪鄱江令,调江阴,入为中台郎。上元中,出为台州刺史,大历中,复为袁州刺史。与严维、刘长卿、冷朝阳诸人友,善为诗,丽婉有齐梁风。集一卷,今存。

夜宴南陵留别

雪满前庭月色闲,主人留客未能还。
预愁明日相思处,匹马千山与万山。

〔**注**〕 南陵:《旧唐书·地理志》:"南陵武德七年属池州,州废属宣州。"

高　适

适字达夫，渤海蓨人。举有道科，哥舒翰表为从事，佐翰守潼关。潼关失守，适奔赴行在，擢谏议大夫，节度淮南。李辅国谮之，左授太子少詹事，出为蜀、彭二州刺史，进成都尹、剑南西川节度使，召还为刑部侍郎，转散骑常侍，封渤海县侯。永泰二年卒，谥曰忠。适喜功名，尚节义，年过五十始学为诗，以气质自高。有集十卷，今存。

题张处士菜园

耕地桑柘间，地肥菜常熟。
为问葵藿姿，何如庙堂肉？

〔释〕　张处士未详何人。诗意贫贱何必不如富贵，故设为问词以重其人。

别董大（二首录一）

千里黄云白日曛，北风吹雁雪纷纷。
莫愁前路无知己，天下谁人不识君。

〔释〕　董大未详，亦是贫士，故为一首有“丈夫贫贱”之语。送别诗不作离别可怜之词而有谁不识君之壮语，知董大必豪士而未达者。高适为人尚节义，于此等诗见之。

塞上闻笛

雪净胡沙牧马还，月明羌笛戍楼间。
借问梅花何处落，风吹一夜满关山。

〔释〕 本笛曲《落梅花》，诗人每用为真梅花，此诗言笛声吹满关山，亦以梅花言之，盖以梅花代笛声也。

杜甫

甫字子美，其先襄阳人。曾祖依艺为巩令，因居巩。甫天宝初应试不第，后献三大礼赋，明皇奇之，召试文章，授京兆府兵曹参军。安禄山陷京师，肃宗即位灵武，甫自贼中遁赴行在，拜左拾遗，以论救房琯，出为华州司功参军。关辅饥乱，寓居同州同谷县，身自负薪采梠，铺糒不给。久之召补京兆府功曹，道阻不赴。严武镇成都，奏甫为参谋、检校工部员外郎，赐绯。武与甫世旧，待遇甚厚，乃于成都浣花里种竹植树，枕江结庐，纵酒啸歌其中。武卒，甫无所依，乃之东蜀就高适。既至而适卒。是岁，蜀帅相攻杀，蜀大扰，甫携家避乱荆楚，扁舟下峡，未维舟而江陵亦乱，乃溯沿湘流，游衡山，寓居耒阳。未久复北上，卒于中途，年五十九。元稹志其墓，谓“李白壮浪纵恣，摆去拘束，诚亦差肩子美矣，至若铺陈终始，排比声韵，大或千言，次犹数百，词气豪迈，而风调清深，属对律切，而脱弃凡近，则李尚不能历其藩翰，况堂奥乎”！白居易亦云：“杜诗贯穿古今，尽工尽善，殆过于李。”合二人之论观之，庶得杜甫之全。甫之一生，出处劳佚，喜乐悲愤，好贤恶恶，一见之于诗，而又以忠君忧国，伤时念乱为本旨，读其诗可以知其世，故有“诗史”之称。旧集诗文共六十卷，今存。

绝　句（十二首录五）

迟日江山丽，春风花草香。
泥融飞燕子，沙暖睡鸳鸯。

江碧鸟逾白，山青花欲燃。
今春看又过，何日是归年。

日出篱东水，云生舍北泥。
竹高鸣翡翠，沙僻舞鹍鸡。

舍下笋穿壁，庭中藤刺檐。
地晴丝冉冉，江白草纤纤。

急雨捎溪足，斜晖转树腰。
隔巢黄鸟并，翻藻白鱼跳。

〔释〕　苏轼称摩诘“诗中有画”。杜甫此等小诗，亦皆画也。但甫所画为花卉禽鱼，与维之山水风月异。至其体察物象之敏锐与其胸怀之恬适，以及融情入景之妙，则无不同。

复　愁（十二首录四）

人烟生处僻，虎迹过新蹄。
野鹘翻窥草，村船逆上溪。

万国尚防寇，故园今若何？
昔归相识少，早已战场多。

胡虏何曾盛，干戈不肯休。
闾阎听小子，谈笑觅封侯。

今日翔麟马，先宜驾鼓车。
无劳问河北，诸将角荣华。

〔注〕　翔麟马：《唐会要》：贞观中，骨利干献良马百匹，其中十四尤骏，太宗奇之，各为制名，名曰十骥，九曰翔麟紫。　驾鼓车：《汉书》：“文帝以千里马驾鼓车。”

〔**释**〕　《复愁》者，先曾有作，今复作也。十二首中，有见眼前景物而愁者，“人烟”一首是也。有因时事而愁者，“万国”以下三首是也。“人烟”一首，分写四事，皆可愁者。“万国”，思故乡经乱而愁也。此数诗当作于大历二年，时吐蕃侵邠灵，京师戒严，四方骚动。诗言昔曾暂归，亲友离散，皆缘战祸频仍，则今日之情景更不堪问。上二句设问，下二句从昔日之乱离推想今日作答。“胡虏”，因将帅好乱，干戈无已而愁也。言胡虏易平，而干戈不息者，缘将帅思借边乱而致荣显，不免挑起战祸也。甫《后出塞》诗有“古人重守边，今人重高勋”，亦即此意。“今日”，固诸将跋扈而愁也。当时藩镇有非有高功而拥兵以向中央，而朝廷复一味以爵禄为羁縻骄横之计，譬之马无驾车之劳，徒膺美号，非驾御之策也。读此等诗，知诗人无时不忧国悯乱，不以穷而在野便置国事于度外也。

武侯庙

遗庙丹青落，空山草木长。
犹闻辞后主，不复卧南阳。

〔**注**〕　武侯庙：朱鹤龄注：“此指夔州之庙。”张震《武侯祠堂记》：“唐夔州治白帝，武侯庙在西郊。”

〔**释**〕　首二句写庙景，“丹青落”，庙宇髹（xiū）漆剥落也。“草木长”，庙外景物荒芜也。后二句咏武侯，“辞后主”，武侯出师有表辞后主也。“卧南阳”，武侯为国有鞠躬尽瘁之心，不以后主昏庸而生退居之志也。曰“犹闻”，有千载犹生之意，写武侯之英灵如在也。

八阵图

功盖三分国，名成八阵图。
江流石不转，遗恨失吞吴。

〔注〕　八阵图：《寰宇记》：“山南东道夔州奉节县：八阵图在县西南七里。”《荆州图副》：“永安宫南一里渚下平碛上，有诸葛武侯八阵图，聚细石为之，各高五尺，广十围，历然棋布，纵横相当，中间相去九尺，正中开南北巷，悉广五尺，凡六十四聚，或为人所散乱，及为夏水所没，冬时水退，复依然如故。”

〔释〕　首句极赞武侯，次句入题，三句就八阵图说。“江流”句，从句面看似写聚石不为水所冲激，实已含末句“恨”字之意。末句说者聚讼，大概不出两意：一则恨未吞吴，一则恨失于吞吴。沈德潜《唐诗别裁》评此诗曰：“吴蜀唇齿，不应相仇。‘失吞吴’，失策于吞吴，非谓恨未曾吞吴也。隆中初见时，已云‘东连孙权，北拒曹操’矣。”沈乃主后一说者。盖鼎足之势，在刘备不忍一时之忿伐吴兵败，致蜀失吴援而破裂，遂使晋能各个击破。由此言之，沈说是也。“石不转”有恨不消之意，知此句五字亦非空设。杜甫运思之细，命意之高，于此可见。

漫　兴（九首录四）

眼见客愁愁不醒，无赖春色到江亭。
即遣花开深造次，便教莺语太丁宁。

〔注〕　漫兴：偶然兴感而作，或曰漫成。　无赖：无聊也。造次：急遽也，忙迫也。　丁宁：反复也，频繁也。

二月已过三月来，渐老逢春能几回。
莫思身外无穷事，且尽生前有限杯。

〔注〕　《世说新语》：“张翰曰：‘使我有身后名，不如生前一杯酒。’”

肠断江春欲尽头，杖藜徐步立芳洲。
颠狂柳絮随风舞，轻薄桃花逐水流。

糁径杨花铺白毡，点溪荷叶叠青钱。
笋根雉子无人见，沙上凫雏傍母眠。

〔**注**〕 糁:桑感切,杂也。

〔**释**〕 此等诗皆随所遇而生感之作,大抵皆偶然之事,有触于中发而为诗也。“眼见”一首,“花开深造次”,言花急忙便开,“莺语太丁宁”,莺啼不歇也。看“即遣”“便教”四字,正嫌春之无赖也。春本可悦,莺花亦非可厌之物,但“客愁不醒”之人,反觉其无赖也。“二月”一首,曰“莫思”正是在思,曰“且尽”有不得已之意。总之皆无可如何之情,知杜甫此时有满腔心事,无可告诉之苦。“肠断”一首,“颠狂”“轻薄”,皆愁人眼中见之如此。“糁径”一首,四句各写一物。合观之,知诗人用意于此,聊以遣愁耳。此数章与《绝句》“迟日江山”数章不同者,彼时诗人心情恬适,故物物可喜,此则正在愁不醒中,故事事可嫌。诗人但率真而动,无所容心,虽似不同,却非矛盾。盖情物相值,或情随物兴,或物以情异,皆极其自然,非可矫饰者。

江畔独步寻花(七首录四)

江上被花恼不彻,无处告诉只颠狂。
走觅南邻爱酒伴,经旬出饮独空床。

〔**注**〕 彻:尽也。

稠花乱蕊裹江滨,行步欹危实怕春。
诗酒尚堪驱使在,未须料理白头人。

江畔独步寻花（黄四娘家花满蹊）

〔注〕 料理：犹今言照料也。

江深竹静两三家，多事红花映白花。
报答春先知有处，应须美酒送生涯。

黄四娘家花满蹊，千朵万朵压枝低。
留连戏蝶时时舞，自在娇莺恰恰啼。

〔释〕 《寻花》数首，亦是遣兴之词。但此时诗人心情开朗，较作《漫兴》诗时不同，虽亦不免有迟暮之感，而能以诗酒自豪，不为衰飒之态。曰“颠狂”，曰“堪驱使”，皆傲兀可喜语也。杜诗多变态，故是大家规模。

三绝句（三首）

前年渝州杀刺史，今年开州杀刺史。
群盗相随剧虎狼，食人更肯留妻子！

〔注〕 渝州：《旧唐书·地理志》：“渝州南平郡本巴郡，天宝元年更名。” 开州：《旧唐书·地理志》：“开州盛山郡，义宁二年置。”

二十一家同入蜀，惟残一人出骆谷。
自说二女啮臂时，回头却向秦云哭。

〔注〕 骆谷：《元和郡县志》：“傥谷一名骆谷，在兴道县北三十里。” 啮臂：《世说新语》：“赵飞燕见召，与女弟啮臂而别。”

殿前兵马虽骁雄，纵暴略与羌浑同。
闻道杀人汉水上，妇女多在官车中。

〔注〕 殿前兵马：《唐书·兵志》：“广德元年代宗幸陕。鱼朝恩举神策军迎扈。后以军归禁中自将之。” 羌浑：党项羌、吐谷浑也。《唐书》：“党项羌在古析支之地，汉西羌之别种也。”又曰：“吐谷浑自晋永嘉之末始西度洮水，建国于群羌之故地。”

〔释〕 仇兆鳌注谓“此三章杂记蜀中之乱。首章伤两州之被寇也。次章记难民之罹祸也。末章叹禁军之暴横也”。按首章三四句言群盗甚于虎狼，虎狼食人尚肯留妻子。次章叙所闻难民之言。末章痛斥禁军杀掠人民之罪。三章义正词严，知甫于此愤慨甚深。其时朝政之昏庸，人民之痛苦可知。

夔州歌（十首录四）

中巴之东巴东山，江水开辟流其间。
白帝高为三峡镇，瞿唐险过百牢关。

〔注〕 夔州:《十道志》:“夔州云安郡,春秋时为鱼国,秦并天下为巴郡地,汉为鱼复县。” 中巴:《水经》:“刘璋分三巴有中巴、有西巴、有东巴。”《唐书·地理志》:“夔州为巴东郡,在中巴之东。” 百牢关:《唐书》:汉中郡西县西南有百牢关。《寰宇记》:“隋开皇中所置,以入蜀路险,号曰百牢关。”

赤甲白盐俱刺天,闾阎缭绕接山巅。
枫林橘树丹青合,复道重楼锦绣悬。

〔注〕 赤甲白盐:郝郊《入蜀记》:“见山高峻,色若盐之白,故曰白盐山。不生树木,土石红紫如人袒背,故曰赤甲。二山相近东西瀼。”

东屯稻畦一百顷,北有涧水通青苗。
晴浴狎鸥分处处,雨随神女下朝朝。

〔注〕 东屯:《困学纪闻》:“东屯乃公孙述留屯之所,距白帝城五里,东屯之田可百顷,稻米为蜀第一。” 青苗:《清统志》:“青苗陂在瞿唐东,蓄水溉田,民得其利。” 神女:宋玉《神女赋》言楚襄王梦与神女遇。又宋玉《高唐赋序》:“妾在巫山之阳,高丘之阻,旦为朝云,暮为行雨。朝朝暮暮,阳台之下。”晴、雨二句,一实写一虚写。

蜀麻吴盐自古通，万斛之舟行若风。

长年三老长歌里，白昼摊钱高浪中。

〔注〕 长年三老：陆游《入蜀记》："长年三老，梢工是也。"摊钱：《后汉书·梁冀传》："少为贵戚，逸游自恣，能挽满、弹棋、格五、六博、蹴踘、意钱之戏。"注："何承天《纂文》曰：'诡亿，一曰射亿，一曰射数，即摊钱也。"

〔释〕 李东阳《怀麓堂诗话》："少陵《漫兴》诸绝句，有古《竹枝词》意，跌宕奇古，超出诗人蹊径。"按前人论绝句，多推王昌龄、李太白，对杜甫绝句少有能知其佳者，李氏此论极是。不但《漫兴》诸绝句，即如此诸章，亦以《竹枝词》体为之者。"中巴"一首，记夔州形势也。"赤甲"，写夔州之富庶，"东屯"，述农田稻米之丰，"蜀麻"，说蜀中商业之盛，皆有关国计民生之事，又与但写地方风俗之琐细者不同。

闻河北诸道节度入朝欢喜口号（十二首录四）

喧喧道路好童谣，河北将军尽入朝。

自是乾坤王室正，却教江汉客魂销。

〔注〕 河北诸道节度入朝：仇兆鳌引朱注曰："唐史大历二年

正月，淮安节度使李忠臣入朝，三月，汴宋节度使田神功来朝，八月，凤翔等道节度使李抱玉入朝。河北入朝事，史无明文，疑公在夔州特传闻而未实耳。” 口号：随口吟咏者。

英雄见事若通神，圣哲为心小一身。
燕赵休矜出佳丽，宫闱不拟选才人。

〔注〕 英雄：指常兖请却诸道节度贡献珍玩等物。 燕赵：《古诗》：“燕赵多佳人。” 才人：唐制才人正二千石。

东逾辽水北滹沱，星象风云喜共和。
紫气关临天地阔，黄金台贮俊贤多。

〔注〕 辽水：《水经》：“大辽水出塞外卫白平山，东南入塞，过辽东襄平县西。……又玄菟高句丽县有辽山，小辽水所出。西南至辽队县，入于大辽水也。” 滹沱：《后汉书》注：“滹沱河在今代州繁畤县，东流经定州深泽县东南。” 紫气关：仇兆鳌引赵注云：“紫气关即函谷关。” 黄金台：《上谷郡图经》：“黄金台在易水东南十八里。”又《六帖》：“燕昭王置千金于台上，以延天下士，谓之黄金台。”

李相将军拥蓟门，白头惟有赤心存。
竟能尽说诸侯入，知有从来天子尊。

〔注〕 李相:李光弼。 蓟门:朱鹤龄注:“光弼在玄、肃朝尝加范阳节度使,又尝兼幽州大都督府长史,虽止遥领其地,亦可谓之拥蓟门也。”按《文献通考》:“燕、范阳二郡……唐为幽州,或为范阳郡,又为大都督府。”

〔释〕 仇兆鳌注“喧喧”一首,“此闻诸镇入朝而喜之也”。又引赵注曰:“‘客魂销’,自伤流落不得还朝也。”按此题第七首“草奏何时入帝乡”句,乃赵注所本。“英雄”一首,仇注:“此因其朝献而规讽君心也。”又曰:“大历元年十月,上生日,诸道节度使献金帛器服、珍玩、骏马共直缗钱二十四万,常衮请却之而帝不听。据此,则诸镇将有逢迎以献佳丽者,诗云‘英雄见事’当指常衮言。‘圣哲为心’豫防逸欲也。‘小一身’言不侈天下以自奉。”按仇说是也。杜甫于喜悦之余,不忘规讽,有大臣之风,使其居高位得行其志,房、杜贞观之治,不难复见于大历矣。“东逾”一首,仇注:“此言疆域广而人才盛也。”按此章首言地广,次句“共和”言群臣当协和,“星象风云”举天象以比之也。三句从首句来,末句应第二句,皆喜悦之余,怀此大愿,亦乱定思治必有之意。“李相”一首,仇注:“此以河北入朝,归功李光弼也。”又引钱谦益笺曰:“旧书光弼轻骑入徐州,田神功遽归河南,尚衡、殷仲卿、来瑱皆相继赴阙,及惧鱼朝恩谮,不敢入朝,人疑其有二心。此诗特以‘白头’‘赤心’许之。《八哀诗》云‘直笔在史臣,将来洗箱箧’,此公之直笔也。”按《唐书·李光弼传》:“北邙之败,鱼朝恩羞其策谬,深忌光弼。程元振尤嫉之。及来瑱为元振谗死,光弼愈恐。吐蕃寇京师,代宗诏入援。光弼畏祸,迁延不敢行。广德二年七月薨于徐州。”杜甫《八哀诗》，哀光弼有大功而受谤未明，赍志以殁，故有“直笔在史臣，将来洗筐箧”之句。“洗筐箧”系用《史记》乐羊谤书盈箧事。《史记·甘茂传》：“乐羊返而论功，文侯示之谤书盈箧。”杜甫于李光弼之被谤，不为众议所惑，独为光弼明其心迹，既以诸镇入朝之功归之，又于《八哀诗》中特著史臣直笔，应为洗冤，不但著谗人之害忠，亦以见代宗之昏庸也。按唐之末季，藩镇拥兵骄纵，朝廷不能制。杜于初闻诸节度入朝，即郑重劝勉其君臣，其望治之心何等深厚。

解　闷（十二首录五）

沈范早知何水部，曹刘不待薛郎中。
独当省署开文苑，兼泛沧浪学钓翁。

〔**注**〕　沈范：《梁书·何逊传》：“范云见其对策，大相称赏，因结忘年交好。一文一咏，云辄嗟赏。沈约亦爱其文，尝谓逊曰：‘吾每读卿诗，一日三复，犹不能已。’”　曹刘：曹植、刘桢也。不待：不及待也。　薛郎中：薛璩也。璩官水部郎中。“省署开文苑，沧浪学钓翁”，璩诗句。

李陵苏武是吾师，孟子论文更不疑。
一饭未曾留俗客，数篇今见古人诗。

〔注〕　苏轼疑《文选》所载李陵、苏武赠答五言诗乃后人所拟。观此诗则唐时已有疑者。　孟子：孟云卿也。言云卿不疑苏、李诗而师之也。

复忆襄阳孟浩然，清诗句句尽堪传。
即今耆旧无新语，漫钓槎头缩项鳊。

〔注〕　耆旧：习凿齿有《襄阳耆旧传》。　槎头缩项鳊：《襄阳耆旧传》："岘山下，汉水中出鳊鱼，味极肥而美。襄阳人采捕，遂以槎断水，因谓之'槎头缩项鳊'。"孟诗有"试垂竹竿钓，果得槎头鳊"之句。

陶冶性灵存底物，新诗改罢自长吟。
熟知二谢将能事，颇学阴何苦用心。

〔注〕　陶冶性灵：颜之推《家训》："陶冶性情，从容讽谕，入其滋味，亦乐事也。"　二谢：谢灵运、谢朓也。　阴何：阴铿、何逊也。　底物：何等物也。

不见高人王右丞，蓝田丘壑蔓寒藤。
最传秀句寰区满，未绝风流相国能。

〔**注**〕　王右丞:王维也。维曾官尚书右丞。　蓝田:维晚年得宋之问蓝田别墅。墅在辋川口,水周于舍下,竹洲花坞,与裴迪浮舟往来,啸咏终日。所赋诗号《辋川集》。　相国:维弟王缙也。缙代宗朝宰相。

〔**释**〕　此五章与其他七章合题《解闷十二首》,盖皆闷时,随意杂吟,本无专题也。今择其怀友五首于此。曹丕谓“文人相轻,自古而然”。甫独于诗友推崇之、怀念之如此,真能“不薄今人爱古人”矣。怀薛璩则惜其不遇知音。怀云卿则述其论诗,赞其诗作。怀浩然则忆其清诗,复叹其亡后襄阳耆旧遂空。怀王维则美其诗句,念其故居,而幸其风流未绝。皆于流离寂寞之中,端居深念之时,所未能忘者,有此数人也。甫别有《存殁口号二首》,则弹棋、绘画之能者皆在念中,不但诗友也。老杜乐道人之善,殆其天性使然。

赠花卿

锦城丝管日纷纷,半入江风半入云。
此曲只应天上有,人间能得几回闻。

〔**注**〕　花卿:花敬定也。敬定从崔光远平段子璋之乱,恃功骄恣,剽掠东蜀。

〔**释**〕　花卿虽有功而骄纵不法,甫盖善其有平乱之功,而非其骄恣,故诗末讽其如此酣乐,必不能久也。

戏为六绝句（六首）

庾信文章老更成，凌云健笔意纵横。
今人嗤点流传赋，不觉前贤畏后生。

〔注〕 庾信：仕梁为右卫将军。元帝使聘于周，被留不遣，累迁骠骑大将军，开府仪同三司，虽位通显，常有乡关之思，乃作《哀江南赋》以寄意。 畏后生：《论语》："后生可畏，焉知来者之不如今也。"

杨王卢骆当时体，轻薄为文哂未休。
尔曹身与名俱灭，不废江河万古流。

〔注〕 杨、王、卢、骆：杨炯、王勃、卢照邻、骆宾王以文词齐名，武后时称为"四杰"。

纵使卢王操翰墨，劣于汉魏近风骚。
龙文虎脊皆君驭，历块过都见尔曹。

〔注〕 龙文：《汉书·西域传赞》："蒲梢、龙文、鱼目、汗血之马，充于黄门。"注引孟康曰："四骏马名也。" 虎脊：《汉书·礼

乐志》《天马歌》:“天马徕,出泉水。虎脊两,化若鬼。”注引应劭曰:“马毛色如虎脊有两也。” 历块过都:王褒《圣主得贤臣颂》:“过都越国,蹶若历块。”

才力应难跨数公,凡今谁是出群雄。
或看翡翠兰苕上,未掣鲸鱼碧海中。

〔注〕 翡翠兰苕:郭璞《游仙诗》:“翡翠戏兰苕,容色更相鲜。”注:“言珍禽芳草,递相辉映,可悦之甚也。兰苕,兰秀也。”

不薄今人爱古人,清词丽句必为邻。
窃攀屈宋宜方驾,恐与齐梁作后尘。

〔注〕 清词丽句:《宋书·谢灵运传》:“清词丽句,时发乎篇。”

未及前贤更勿疑,递相祖述复先谁。
别裁伪体亲风雅,转益多师是汝师。

〔释〕 钱谦益谓“诗以论文而题云《戏为六绝》,盖寓言以自况也。韩退之诗:‘李杜文章在,光焰万丈长。不知群儿愚,那用故谤伤。蚍蜉撼大树,可笑不自量。’然则当公之世,群儿谤伤,亦不少矣。故借庾信、四子以发其意。”按此六首开后人以绝句诗论文之风气。仇注：“首章推美庾信也。”“杨王”一首，仇注：“此表章杨王四子也。四公之文，当时杰出，今乃轻薄其为文而哂笑之，岂知尔辈不久销亡，前人则万古长垂，如江河不废乎！”按此首次句钱谦益谓“轻薄为文”指并时之人。卢元昌《杜阐》谓“后生自为轻薄之文而反讥哂前辈”。皆胜仇注。仇以后生谓四杰之文轻薄似非。“纵使”一首，仇注：“‘纵使’二字紧注下句，‘劣于’二字另读，‘汉魏近风骚’连读。”按此十四字连读，意自明白，即是说：纵使卢照邻、王勃等操笔为文，不及汉魏人之文近于风骚也。杜盖谓四杰之文为当时之体，与汉魏之作不同，纵使不同，然比尔曹蹶于长途者则彼乃龙文虎脊之名马，尔曹则驽骀也。“才力”一首，仇注：“此兼承上三章，才如庾杨数公，应难跨出其上，今人亦谁是出群者，据其小巧适观，如戏翡翠于兰苕，岂能巨力惊人，若掣鲸鱼于碧海乎！”按“翡翠兰苕”指当时专讲求声音色泽之美者，鲸鱼碧海，则必情辞并茂，气象宏阔，风格高浑之作，始足当之。“不薄”一首，仇注：“此戒其好高骛远也。言今人爱慕古人，取其清词丽句而必与为邻，我岂敢薄之，但恐志大才庸。揣其意，窃思仰攀屈宋，论其文，终作齐梁后尘耳。”又引王嗣奭《杜臆》说谓：“‘不薄’二字另读，‘今人爱古人’连读，‘清词丽句’紧承爱古人。”按此说未得诗意。此章乃杜甫之文学继承论也。盖文学风气，时代相接者必相近，“为邻”，即相近也。后人继承前人，其词句必有相邻近者，“不薄今人爱古人”即说明继承之理如此，而尔曹自以为攀屈宋而方驾之者，必薄视时代相接之齐梁，故嗤点庾赋，又必薄视继承齐梁之近代作者，故哂笑四杰。自杜甫观之，何代无才，何可横亘一今不如古之念于胸中而妄生讥笑！杜甫平生称道阴铿、何逊、谢朓、庾信，皆齐梁作者，爱古人也。美李白、王维、孟浩然，孟云卿、薛璩、苏涣等，不薄今人也。明代前七子李梦阳、何景明诸人祧宋宗唐，自以为高古，不知实违反文学继承之理，故反不如宋人犹能标美于一代也。王嗣奭误读不薄今人句，仇兆鳌复沿而不悟，谓今人能爱古人，故不薄之，则将何以解释首章与次章所言，故知其未得诗意。“未及”一首，仇注：“末勉其虚心以取益也。”按此章杜甫之文学发展论也。其主要在“别裁伪体亲风雅”七字。“别裁”者，区别裁去也。文学之事，一代有一代之真才，一时有一时之伪体，真与伪往往并存，不易区别。故杜甫主张“别裁伪体”。能别裁伪体，则古之可师法者多，能得多师，则能兼取众长而融会变化之以成新体。元稹作杜甫墓志铭，称甫“上薄风骚，下该沈宋，言夺苏李，气吞曹刘，掩颜谢之孤高，杂徐庾之流丽”，似矣，但未能说明杜“尽得古今之体势，兼人人之所独专”之后果在能融化以自成一家，为后世开出无限法门，为诗歌发展上付出大量劳力。其诗之可贵与其不同于并时之李白者亦在此。盖李崇古而杜开今也。此章虽在勉人虚心以取益，实自道其诗学成就，与其对于文学发展之正确看法。即就绝句而论，绝句一体在杜手中，凡抒情、写景、记事，以及议论，皆能运用自如，其风格体态亦变化甚多。惟其如此，后世论绝句者，每以为杜之绝句乃变体，王世贞且以为不足多法。彼辈正坐不识杜甫具有变古开今之才，而囿于李白、王昌龄两家之作风，非定论也。如上所述，此六绝句之大意已得，惟尚有当辨明者，诗中“今人”与“尔曹”所指，须分别观之。“今人”乃与杜甫同辈诗人，如陈子昂、李白等，皆有轻议齐梁作者之语，杜甫或不同意，对此等人但曰“不觉前贤畏后生”，语气和而婉。“尔曹”则为韩愈所斥谤伤李、杜之群儿也。故诗中直呵之而不少假借，其语气轻重之间，灼然知为两类人，不可混而一之也。

江南逢李龟年

岐王宅里寻常见，崔九堂前几度闻。
正是江南好风景，落花时节又逢君。

〔**注**〕 江南：钱笺：“《楚辞章句》‘襄王迁屈原于江南，在湘潭之间’，龟年方流落江潭，故曰江南。” 李龟年：《明皇杂录》：“天宝中，上命宫中女子数百人为梨园弟子，皆居宜春院北。上素晓音律，时有马仙期、李龟年、贺怀智皆洞知律度。……而龟年特承恩遇，其后流落江南，每遇良辰胜景，常为人歌数阕，座上闻之，莫不掩泣罢酒。” 岐王：仇注引《旧唐书》谓为睿宗子范。崔九：仇注引原注谓为崔涤。后又引黄鹤说：“开元十四年，公止十五岁，其时未有梨园弟子。公见李龟年必在天宝十载后。诗云‘岐王’，当指嗣岐王珍。据此，则所云‘崔九堂前’者，亦当指崔氏旧堂耳。不然，岐王、崔九并卒于开元十四年，安得与龟年

同游邪?”

〔**释**〕　黄鹤著有《杜甫年谱》,其说可信。此诗二十八字中,于今昔盛衰之感,与彼此飘流转徙之苦,会合之难,都无一字明说,但于末句用一“又”字,而往事今情,一齐纳入矣。此等诗非作者感慨甚深,而又语言精妙,不能有此。谁说杜甫绝句不如昌龄、太白。

贾　至

至字幼邻,洛阳人。擢明经第,为单父尉,拜起居舍人,知制诰,大历初封信都县伯,迁京兆尹、右散骑常侍卒,谥曰文。集十卷,今佚。

送李侍郎赴常州

雪晴云散北风寒,楚水吴山道路难。
今日送君须尽醉,明朝相忆路漫漫。

钱　起

起字仲文,吴兴人。天宝十载登进士第,官秘书省校书郎,终尚书考功郎中。大历中与韩翃、李端辈号十才子。诗格新奇,理致清赡。集十三卷,今存十卷。

戏　鸥

乍依菱蔓聚，尽向芦花灭。
更喜好风来，数片翻晴雪。

远山钟

风送出山钟，云霞度水浅。
欲寻声尽处，鸟灭寥天远。

〔注〕　二首录自《蓝溪杂咏二十二首》。

〔释〕　钱起小诗，颇具画意，《戏鸥》写白色，《远山钟》写钟声，有画笔所不到处。洪迈《唐人万首绝句》有钱起《江行无题一百首》，据明胡震亨《唐音癸签》集录三考证，认为是其孙钱珝所作，编者误入起集，后人不察，延误至今。胡之言曰："珝历中书舍人，掌纶诰，后坐累贬抚州司马。（按珝由宰相王抟荐，抟得罪，珝坐贬。）其《江行绝句百首》正赴抚时途中所作也。珝有他文载《英华》中云'夏六月获谴佐郡，秋八月自襄阳浮舟而下'。今其诗……等句，其官、其谪地、其经途、其时日无勿与珝合者，起无是也。"今从其说，将《江行百首》归之钱珝。

过故洛城

故城门前春日斜，故城门里无人家。
市朝欲认不知处，漠漠野田空草花。

〔**释**〕 此黍离麦秀之悲也。

元　结

结字次山，河南人。少不羁，十七乃折节向学，擢上第，复举制科。国子司业苏源明荐之，结上《时议》三篇，擢右金吾兵曹参军，摄监察御史，为山南西道节度使参谋，以讨贼功迁监察御史里行。代宗立，授著作郎。久之，拜道州刺史，为民营舍给田，免徭役，流亡归者万余，进容管经略使，罢还京师卒。集十卷，今存者十二卷。

将牛何处去(二首)

将牛何处去，耕彼故城东。
相伴有田父，相欢惟牧童。

将牛何处去，耕彼西阳城。

叔闲修农具，直者伴我耕。

〔**注**〕 叔闲、直者：原注：“叔闲叟甥，直者长子。”

〔**释**〕 元结五绝，奇古如谣谚，此二诗可见一斑。

欸乃曲（五首录二）

千里枫林烟雨深，无朝无暮有猿吟。
停桡静听曲中意，好是云山韶濩音。

〔**注**〕 欸乃：棹船声，读若霭（上声）乃。 韶濩：韶，舜乐名；濩，本作“頀”，音护，汤乐名。

零陵郡北湘水东，浯溪形胜满湘中。
溪口石颠堪自逸，谁能相伴作渔翁？

〔**注**〕 浯溪：《舆地志》：“祁阳有浯溪。元结爱其山水，因家焉，作《大唐中兴颂》，颜真卿书石，世称二绝。”按祁阳，《晋书·地理志》：“零陵郡统祁阳县。”

〔**释**〕 《欸乃曲》原五首，其体亦《竹枝词》类，今录二首以见元结高致。

张　继

继字懿孙，襄州人。登天宝进士第。大历末，检校祠部员外郎，分掌财赋于洪州。高仲武谓其累代词伯，秀发当时，诗体清迥，有道者风。今存诗一卷。

枫桥夜泊

月落乌啼霜满天，江枫渔火对愁眠。
姑苏城外寒山寺，夜半钟声到客船。

〔注〕　枫桥：《清统志》："江苏苏州府：枫桥在阊门外西九里。"　寒山寺：《清统志》："苏州府：寒山寺在吴县西十里枫桥，相传寒山、拾得尝止此，故名。内有寒山，拾得二像。"

〔释〕　此诗所写枫桥泊舟一夜之景，诗中除所见、所闻外，只一愁字透露心情。半夜钟声，非有旅愁者未必便能听到。后人纷纷辨半夜有无钟声，殊觉可笑。

阊门即事

耕夫占募逐楼船，春草青青万顷田。
试上吴门看郡郭，清明几处有新烟。

〔注〕　占募：鲍照《东武吟》"占募到河源"，李善注："谓自隐

度而应募为占募也。”“隐度”犹今言估量。　新烟:《周礼》司烜氏有季春出火之制。后人于寒食禁火三日,后再钻木出火,名曰新火。杜甫《清明》诗“朝来新火起新烟”即指此。又刘长卿《清明登城眺望》诗“百花如旧日,万井出新烟”亦指此。

〔释〕　此诗因登城眺望,见田野荒芜,人民流散,皆由募农民为水兵也。“春草”句言田野荒芜,“清明”句言人民流散。《三国志·吴志·陆抗传》言“黄门竖官开立占募兵,民怨役,逋逃入占”。唐自天宝乱后,兵源缺乏,募民为兵,以致人民逃亡者多,故当清明之时,举火之户甚少,故曰“清明几处有新烟”。前诗所谓“愁”或即因时事而愁也。古人诗中凡言愁言恨之句,多系身世之感,未可但从个人之苦乐看也。

韩　翃

翃字君平,南阳人。登天宝十三载进士第。淄青侯希逸、宣武李勉相继辟幕府。建中初,知制诰阙人,其时有两韩翃,德宗御批曰与作“春城无处不飞花”韩翃,擢中书舍人卒。翃与钱起、卢纶、吉中孚、司空曙、苗发、崔峒、耿沣、夏侯审、李端号大历十才子。集五卷,今存二卷。

寒　食

春城无处不飞花,寒食东风御柳斜。
日暮汉宫传蜡烛,轻烟散入五侯家。

〔**注**〕　传蜡烛:《西京杂记》:“寒食禁火日赐侯家蜡烛。”《唐会要》:“清明取榆柳之火以赐近臣,顺阳气。”　五侯:《后汉书·宦者传》:桓帝封单超新丰侯,徐璜武原侯,具瑗东武阳侯,左琯上蔡侯,唐衡汝阳侯,“五人同日封,故世谓之五侯”。

〔**释**〕　此举后汉寒食赐火事以讥讽唐代宦官专权也。高步瀛《唐宋诗举要》评此诗曰:“唐肃代以来,宦官擅权,后汉事讽谕尤切。”

郎士元

士元字君胄,中山人。天宝十五载擢进士第,宝应初,选畿县官,诏试中书,补渭南尉,历右拾遗,出为郢州刺史。与钱起齐名,自丞相以下,出使作牧,二君无诗祖饯,时论鄙之,故语曰“前有沈、宋,后有钱、郎”。集二卷,今存一卷。

柏林寺南望

溪上遥闻精舍钟,泊舟微径度深松。
青山霁后云犹在,画出西南四五峰。

〔**注**〕　精舍:《晋书·孝武帝纪》:“帝初奉佛法,立精舍于殿内,引诸沙门以居之。”《事物纪原》:“汉明帝立精舍以处摄摩腾,

柏林寺南望

即白马寺。”注：“今人以佛寺为精舍，不知乃儒者教授之所。”

〔**释**〕　此亦诗中有画之作也。

皇甫冉

冉字茂政，润州丹阳人，晋高士谧之后。十岁能属文，张九龄深器之。冉举天宝十五载进士第一，授无锡尉，历左金吾兵曹。王缙为河南节度表掌书记，大历初，累迁右补阙，奉使江表，卒于家。高仲武称冉“往以世道艰虞，避地江外，每文章一到，朝廷作者变色”。集三卷，今存七卷。

婕妤春怨

花枝出建章，凤管发昭阳。
借问承恩者，双蛾几许长。

〔**释**〕　此怨词而有妒意。建章、昭阳，皆汉宫名，即承恩者所在，首二句正写其见闻。此诗《唐音统签》作皇甫曾作。

皇甫曾

曾字孝常，冉弟也。天宝中兄弟先后登第，名相上下，时比之张氏景阳、孟阳。曾历侍御史，坐事徙舒州司马，阳翟令。

山下泉

漾漾带山光，澄澄倒林影。
那知石上喧，却忆山中静。

〔**释**〕　首二句写山泉滉漾清澄，光彩动人。三四句与王籍《若耶溪》诗“蝉噪林逾静，鸟鸣山更幽”二句，同一别有会心者，皆能于喧中得静意也。

刘方平

方平河南人，与元德秀善，不乐仕进。今存诗一卷。

春　雪

飞雪带春风，徘徊乱绕空。
君看似花处，偏在洛城东。

〔**释**〕　此诗三四两句，意存讥讽。洛城东皆豪贵第宅所在，春雪至此等处，非但不寒，而且似花，故用一“偏”字，以见他处之雪与此不同。然则此中人之不知人之寒可知矣。

采莲曲

落日晴江里，荆歌艳楚腰。
采莲从小惯，十五即乘潮。

春　怨

纱窗日落渐黄昏，金屋无人见泪痕。
寂寞空庭春欲晚，梨花满地不开门。

〔**释**〕　此诗于时于境皆极形其凄寂，处在此等环境中之人之情如何，不言而喻，况欲得一见泪痕之人而无之邪！设想至此，诗人用心之细，体情之切，俱非易到。

王之涣

之涣并州人，与兄之咸、之贲皆有文名。天宝间与王昌龄、郑昈、崔国辅联唱迭和，名动一时。今存诗六首。

登鹳雀楼

白日依山尽，黄河入海流。
欲穷千里目，更上一层楼。

〔注〕 沈存中《梦溪笔谈》:“河中府鹳雀楼三层，前瞻中条，下瞰大河。唐人留诗者甚多，惟李益、王之涣、畅当三篇能状其景。”《清统志》:“山西蒲州府鹳雀楼在府城西南城上。”

〔释〕 沈德潜曰:“四语皆对，读去不嫌其排，骨高故也。”按沈评为“骨高”言其所写者大也。首二句已笼罩一切，三四句更形其高，有有余不尽之意。此诗赵凡夫以为朱斌所作，古今传诵皆曰王之涣作，沈括之言，尤为明证，今仍归之王之涣。

凉州词

黄沙直上白云间，一片孤城万仞山。
羌笛何须怨杨柳，春风不度玉门关。

〔注〕 《乐府诗集·近代曲辞》有《凉州歌》，引《乐苑》曰:“《凉州》宫调曲，开元中西凉都督郭知运进。”按知运所进者乐曲也。乐辞则取之当时诗人之作。 玉门关:《汉书·地理志》“敦

煌郡龙勒县”，原注曰：“有阳关、玉门关。”

〔**释**〕　此诗各本皆作“黄河远上”，惟计有功《唐诗纪事》作“黄沙直上”。按玉门关在敦煌，离黄河流域甚远，作河非也。且首句写关外之景，但见无际黄沙直与白云相连，已令人生荒远之感。再加第二句写其空旷寥廓，愈觉难堪。乃于此等境界之中忽闻羌笛吹《折杨柳》曲，不能不有“春风不度玉门关”之怨词。非实指边塞杨柳而怨春风也。《升庵诗话》谓：“此诗言恩泽不及于边塞，所谓君门远于万里也。”唐代常有吐蕃之乱，西边大部地区每被吐蕃侵占，长年戍守之苦，朝廷所不知也。此诗人所以作为诗歌代其吟叹，冀在上者或闻之也。

柳中庸

中庸名淡，以字行，河东人。宗元之族，御史并之弟也，仕为洪府户曹。今存诗十三首。

江　行

繁阴乍隐洲，落叶初飞浦。
萧萧楚客帆，暮入寒江雨。

〔**释**〕　诗写江行景物，读之自生旅途凄寂之感。

凉州曲（二首录一）

关山万里远征人，一望关山泪满巾。
青海戍头空有月，黄沙碛里本无春。

〔注〕 青海:《十三州记》:“允吾县西有卑禾羌海,谓之青海。”

〔释〕 此亦写边塞之诗,不及王作者,不免显露也。末句可作王诗之注,且可证“黄沙”误作“黄河”。

严 武

武字季鹰,华州人。工部侍郎挺之之子,以荫调太原府参军,累迁殿中侍御史,从明皇入蜀,擢谏议大夫。至德初,房琯以其名臣子,荐为给事中,历剑南节度使,入为太子宾客,兼御史大夫,改吏部侍郎,寻转黄门侍郎,再为成都尹。以破吐蕃功,进检校吏部尚书,封郑国公。武最善杜甫,其复镇剑南,甫往依之。永泰初卒,其母哭且曰:“而今而后,吾知免为官婢矣。”盖武虽有功,其在蜀累年,肆志自矜,恣行猛政,故其母尝忧其得罪也。今存诗六首。

军城早秋

昨夜秋风入漠关，朔云边月满西山。
更催飞将追骄虏，莫遣沙场匹马还。

〔注〕　西山：杜甫《野望》诗“西山白雪三城戍”，赵注：“西山在松、维州之外，冬夏有雪，号为雪山，所以控带吐蕃之处。”　飞将：《汉书》：“匈奴号李广为飞将。”

〔释〕　首二句军城秋景，三四句杀敌雄心。仇注引《通鉴》：“武以崔旰为汉州刺史，使将兵击吐蕃于西山，连拔其城，攘地数百里。”即其事也。

严　维

维字正文，越州山阴人。至德二载进士，擢辞藻宏丽科，调诸暨尉，辟河南幕府，终秘书省校书郎，与刘长卿善。今存诗一卷。

岁初喜皇甫侍御至

湖上新正逢故人，情深应不笑家贫。
明朝别后门还掩，修竹千竿一老身。

〔注〕　皇甫侍御：皇甫曾也。

〔释〕　此诗明白如对话，可见诗人之真率。

顾　况

况字逋翁，海盐人。肃宗至德进士。长于歌诗，性好诙谐，尝为韩滉节度判官，与柳浑、李泌善。浑辅政，以校书征。泌为相，稍迁著作郎，悒悒不乐，求归，坐诗语调谑，贬饶州司户参军，后隐茅山以寿终。集二十卷，今存三卷。

石上藤

空山无鸟迹，何物如人意。
委曲结绳文，离披草书字。

攲松漪

湛湛碧涟漪，老松攲侧卧。
悠扬绿萝影，下拂波纹破。

石窦泉

吹沙复喷石，曲折仍圆旋。
野客漱流时，杯粘落花片。

〔注〕　三首录自《临平坞杂题十四首》。

〔**释**〕 小小景物，写来皆如画，与王、裴《辋川杂咏》，钱珝《江行无题》，可称五言描写景物佳构。

叶上题诗从苑中流出

花落深宫莺亦悲，上阳宫女断肠时。
君恩不闭东流水，叶上题诗寄与谁？

〔**注**〕 上阳宫：《唐书·地理志》："东都上阳宫在禁苑之东，东接皇城之西南隅，上元中置。高宗常居以听政。"

〔**释**〕 《本事诗》："顾况在洛东门，坐流水上，得梧叶上诗云：'一入深宫里，年年不见春。聊题一片叶，寄与有情人。'况明日亦题诗于叶曰：'花落深宫莺亦悲，上阳宫女断肠时。帝城不禁东流水，叶上题诗欲寄谁？'后十余日，有人又于叶上得诗示况云：'一叶题诗出禁城，谁人酬和独含情。自嗟不及波中叶，荡漾乘流取次行。'"按御沟题叶诗之事凡四见。除顾况外，《唐诗纪事》有卢渥于御沟得一绝句云："流水何太急，深宫尽日闲。殷勤谢红叶，好去到人间。"又《青琐高议》载僖宗时于祐于御沟中拾一叶，上有诗"流水"云云。又《侍儿小名录》载贞元中进士贾全虚得一叶于御沟，悲想其人。大抵文人好事，将一事演为数事。顾况事或其原始也，姑备录之于此，亦诗中佳话也。

宿昭应

武帝祈灵太一坛，新丰树色绕千官。
岂知今夜长生殿，独闭山门月影寒。

〔注〕 昭应：《新唐书·地理志》：京兆府京兆郡县昭应本新丰，垂拱二年曰庆山，神龙元年复故名，有宫在骊山下，贞观十八年置，天宝三载析新丰、万年，置会昌县。七载省新丰，更会昌县及山曰昭应。 太一坛：《史记·武帝纪》："亳人薄诱忌奏祠泰一方，曰：'天神贵者泰一，泰一佐曰五帝。古者天子以春秋祭泰一东南郊，用太牢具，七日，为坛开八通之鬼道。'" 长生殿：《唐会要》："华清宫天宝元年十月造长生殿，名马集仙台，以祀神。"

〔释〕 此诗讽求仙也。德宗服胡僧长生药，暴疾不救，其后宪宗复服方士柳泌金丹药死。诗借汉武求长生以讽时君，三四句讽意甚明。山门月寒，神仙安在，然则长生殿中人之梦可醒矣。

听　歌

子夜新声何处传，悲翁更忆太平年。
只今法曲无人唱，已逐霓裳飞上天。

〔注〕 子夜：《乐府诗集·吴声歌曲》有《子夜歌》。引《唐

书·乐志》:“《子夜》,晋曲也。晋有女子名子夜,造此声,声过哀苦。”法曲:《唐书·礼乐志》:“初隋有《法曲》,其音清而近雅。炀帝厌其声淡,曲终复加解音。明皇既知音律,又酷好《法曲》,选坐部伎子弟三百教于梨园。声有误者,帝觉而正之。” 霓裳:《乐苑》:“明皇至月宫,闻仙乐,及归但记其半。会西凉节度杨敬述进《婆罗门》曲,声调相符,遂以月中所闻为散序,敬述所进为曲而名《霓裳羽衣》。”

〔**释**〕 此闻民歌《子夜》而忆及明皇之《霓裳羽衣曲》,今已无人解唱矣。是不如《子夜》之长传新声于民间也。

耿 沛

沛字洪源,河东人。登宝应元年进士第,官右拾遗。工诗,与钱起、卢纶、司空曙诸人齐名,号大历十才子。沛诗浅言偏深世情,不深琢削而风格自胜。今存集一卷。

秋 日

返照入闾巷,忧来与谁语。
古道无人行,秋风动禾黍。

〔**释**〕 二十字中有一片秋天寥泬之气。

拜新月

开帘见新月，便即下阶拜。

细语人不闻，北风吹裙带。

〔**释**〕 三四句颇具风致，用笔少而含意多也。

古　意

虽言千骑上头居，一世生离恨有余。

叶下绮窗银烛冷，含啼自草锦中书。

〔**注**〕 千骑：古乐府《陌上桑》：“东方千余骑，夫婿居上头。”

锦中书：《晋书·列女传》：“窦滔妻苏氏，始平人也，名蕙，字若兰。滔被徙流沙。苏氏思之，织锦为回文璇图诗以赠滔，宛转循环以读之，词甚凄婉，凡八百四十字，文多不录。”

〔**释**〕 诗言“千骑上头居”之荣，不能偿“一世生离”之苦；与王昌龄“闺中少妇”一首略同，彼写春朝，此言秋夜也。

代园中老人

佣赁谁堪一老身，皤皤力役在青春。

林园手种惟吾事，桃李成阴归别人。

〔注〕　皤皤:白发貌。

〔释〕　此代劳者之歌也。

戎　昱

昱荆南人,登进士第。卫伯玉镇荆南,辟昱为从事,建中中为辰、虔二州刺史。集五卷,今存二卷。

采莲曲(二首录一)

涔阳女儿花满头,毵毵同泛木兰舟。
秋风日暮南湖里,争唱菱歌不肯休。

〔注〕　涔阳:洪兴祖注《湘君》"望涔阳兮极浦"谓:"今澧州有涔阳浦。"　毵毵:本毛长貌,此以形容女发。

塞下曲

汉将归来虏塞空,旌旗初下玉关东。
高蹄战马三千匹,落日平原秋草中。

〔释〕　两诗各成一幅画景,前诗写南湖采莲,自觉风光细腻,后诗写战罢归来，便具雄浑气象。诗人但因物赋形，随境设藻，自成名篇。

窦　群

群字丹列，京兆人。兄常、牟，弟庠、巩，皆擢进士第，群独以处士客于毗陵。韦夏卿荐群为左拾遗，转膳部员外郎，兼侍御史、知杂事，出为唐州刺史。武元衡、李吉甫共引之，召拜吏部郎中。元衡辅政，复荐为中丞，后出为湖南观察使。改黔中，坐事贬开州刺史，稍迁容管经略使，召还卒。今传《窦氏联珠集》，存诗二十首。

春　雨

昨日偷闲看花了，今朝多雨奈人何。
人间尽似逢花雨，莫爱芳菲湿绮罗。

〔**释**〕　此诗因花雨而悟贪图富贵之非，三四句命意甚奇，世间“爱芳菲”而“湿绮罗”者多矣。然考群平生，亦非能不湿绮罗者。其由吉甫进而告吉甫阴事，几遭不测。

窦　庠

庠字胄卿，释褐授国子主簿。韩皋镇武昌，辟为推官。皋移镇京口，用为度支副使，改殿中侍御史，历登、泽、信、婺四州刺史。庠为五字诗颇得其妙。《联珠集》中存诗二十首。

陪留守仆射巡内至上阳宫感兴(二首录一)

愁云漠漠草离离，太液钩陈处处疑。

薄暮毁垣春雨里，残花犹发万年枝。

〔注〕 留守：《文献通考》"留守"条："唐太宗贞观十七年，亲征辽东，置京城留守，以房元龄充，萧瑀为副。其后车驾不在京师，则置留守。"

太液：《汉书·郊祀志》："北治大池渐台高二十余丈，名曰泰液。" 钩陈：《晋书·天文志》："北极五星，钩陈六星……钩陈后宫也。"

〔释〕 上阳宫在东都，玄宗以后，长都长安，东都置留守，上阳宫逐渐荒芜。诗描绘出一幅废宫荒苑之状。次句言旧日池台、后宫皆不能辨，故处处可疑。昔日繁华，惟此万年枝上之残花而已。盖高宗晚年尝在此宫听政，则天传位太子后，亦居此。诗人巡视至此，不免有感，故曰"感兴"。

窦　巩

巩字友封，登元和进士，累辟幕府，入拜侍御史，转司勋员外，刑部郎中。元稹观察浙东，奏为副使，又从镇武昌，归京师卒。巩雅裕，有名于时，平居与人言，若不出口，世称“嗫嚅翁”。白居易编次往还诗取尤长者，如张十八古乐府，李二十绅新歌行，卢贞杨巨源二秘书、窦七巩、元八绝句，号《元白往还集》。《联珠集》存诗共二十首。

洛中即事

高梧叶尽鸟巢空，洛水潺湲夕照中。
寂寂天桥车马绝，寒鸦飞入上阳宫。

〔注〕　天桥：《唐书·韦机传》：“上元中，迁司农卿，检校园苑，造上阳宫，并移中桥从立德坊曲徙于长夏门街，时人称其省功便事。”或即此桥。

〔释〕　此与庠诗同意，吊故宫也。庠诗写宫内荒芜，此首则言宫外凋残景象。

宫人斜

离宫路远北原斜，生死深恩不到家。
云雨今归何处去，黄鹂飞上野棠花。

〔注〕 宫人斜:《广舆记》:“玉钩斜在江都治之西,炀帝葬宫人处。”云雨:用宋玉《高唐赋序》“旦为朝云,暮为行雨”以指宫女。

〔释〕 “生死”句写尽宫女一生惨事,盖一选入宫则生死皆不得到家也。

代邻叟

年来七十罢耕桑,就暖支羸强下床。
满眼儿孙身外事,闲梳白发向残阳。

〔释〕 此诗描画出劳动人民勤劳一生之形象。

唐州东途作

绿林兵起结愁云,白羽飞书未解纷。
天子欲开三面网,莫将弓箭射官军。

〔注〕 绿林:《汉书·王莽传》:“南郡张霸、江夏羊牧、王匡等起云杜绿林,号曰下江兵。” 羽书:《演繁露》:“有急以鸡羽插木檄,谓之羽檄。” 三面网:《史记·殷本纪》:“汤出,见野张纲者四面之网曰:‘自天下四方皆入吾纲。’汤曰:‘嘻!尽之矣!’乃去

其三面。”

〔**释**〕 此记农民起义也。诗中阶级立场甚分明。巩乃从统治者立场立言。三四因事不易平,欲招降也。

戴叔伦

叔伦字幼公,润州金坛人。刘晏管盐铁,表戴主运湖南,嗣曹王皋领湖南、江西,表戴佐幕府。皋讨李希烈,留戴领府事,试守抚州刺史,俄即真,迁容管经略使,绥徕蛮落,威名流闻。集十卷,今存二卷。

题三闾大夫庙

沅湘流不尽,屈子怨何深。
日暮秋风起,萧萧枫树林。

〔**注**〕 三闾大夫庙:王逸《离骚序》:“屈原与楚同姓,仕于怀王为三闾大夫。三闾之职,掌王族三姓,曰昭、屈、景。” 枫树林:《楚辞·招魂》:“湛湛江水兮上有枫,目极千里兮伤春心,魂兮归来哀江南。”

〔**释**〕 末二句恍惚中如见屈原。暗用《招魂》语,使人不之觉。短短二十字而吊古之意深矣,故佳。

湘南即事

卢橘花开枫叶衰，出门何处望京师。
沅湘日夜东流去，不为愁人住少时。

〔**释**〕 此怀归不得而怨沅湘，语虽无理，情实有之，读来使人为之黯然。

送上饶严明府摄玉山

家在故林吴楚间，冰为溪水玉为山。
更将旧政化邻邑，遥见逋人相逐还。

〔**释**〕 此美严能招集流亡也。严本官上饶已有美政，今兼玉山，故有将旧政化邻邑语。冰溪玉山亦借以形容严之清廉也。

卢　纶

纶字允言，河中蒲人。大历初数举进士不第。元载取其文以进，补阌乡尉，累迁监察御史，辄称疾去，坐与王缙善，久不调，建中初为昭应令。浑瑊镇河中，辟纶为元帅判官，累迁检校户部郎中。贞元中，舅韦渠牟表其才,驿召之,会卒。集十卷,今存二卷。

塞下曲(六首录三)

鹫翎金仆姑,燕尾绣蝥弧。
独立扬新令,千营共一呼。

〔注〕 金仆姑:《左传》:"乘丘之役,公以金仆姑射南宫长万。"注:"金仆姑,矢名。" 绣蝥弧:《左传》:"颍考叔取郑之旗蝥弧以先登。"注:"蝥弧,旗名。"

月黑雁飞高,单于夜遁逃。
欲将轻骑逐,大雪满弓刀。

〔注〕 单于:《汉书·文帝纪》颜注:"单于,匈奴天子之号也。""单",音蝉。

野幕敞琼筵,羌戎贺劳旋。
醉和金甲舞,雷鼓动山川。

〔注〕 羌:《说文》:"羌,西戎牧羊人也。" 劳:读去声,慰劳也。

〔释〕 第一首,写军令整肃,次首写战事之烈,末写军中庆功之宴。此题共六首，乃和张仆射之作，故诗语皆有颂美之意，与他作描写边塞寒苦者不同。

逢病军人

行多有病住无粮，万里还乡未到乡。
蓬鬓哀吟古城下，不堪秋气入金疮。

〔释〕 凡战阵伤残兵士，理应有抚恤，此诗所写伤兵之苦如此，则其时军政之窳败自在言外。吟，呻吟也。

山　店

登登山路何时尽，决决溪泉到处闻。
风动叶声山犬吠，几家松火隔秋云。

〔释〕 寻常景色一入诗人之笔便不同。此诗无一奇特之事物而有非画所能画出者，读之如身临其境，故是佳作。

李　益

益字君虞，姑臧人。大历四年登进士第，授郑县尉，久不调，益不得意，北游河朔。幽州刘济辟为从事。宪宗召为秘书少监，集贤殿学士，自负才地，多所凌忽，为众不容，谏官举其幽州诗句，降居散秩，俄复用为秘书监，迁太子宾客、集贤学士，判院事，转右散骑常侍。太和初以礼部尚书致仕卒。益长于歌诗，贞元末与宗人李贺齐名，每作一篇，教坊乐人以赂求取，唱为供奉歌辞。其《征人歌》《早行篇》，好事画为屏障。集一卷，今存二卷。

江南曲

嫁得瞿塘贾，朝朝误妾期。
早知潮有信，嫁与弄潮儿。

〔注〕　瞿塘：《水经·江水注》："江水又东径广溪峡，斯乃三峡之首也。其间三十里，颓岩倚木，厥势殆交。……中有瞿塘、黄龛二滩。"

〔释〕　此写商人妇之怨情也。商人好利，久客不归，其妇怨之也。人情当怨深时，有此想法，诗人为之道出。

水宿闻雁

早雁忽为双，惊秋风水凉。
夜长人自起，星月满空江。

〔释〕　将一瞬间耳闻目见者以二十字写出，光景犹新。

夜上受降城闻笛

回乐峰前沙似雪，受降城外月如霜。
不知何处吹芦管，一夜征人尽望乡。

〔注〕 受降城:《唐书·张仁愿传》:“仁愿请乘虚取汉北地，于河北筑三受降城，绝虏南寇路。” 回乐峰:《唐诗纪事》于此首后注:“烽，烽火台也。”按古时烽火台，或在山上，故烽或作峰。岑参《苜蓿峰》诗，“峰”字据《西域记》乃“烽”也。李诗又有《暮过回乐峰》诗曰“烽火高飞百尺台”。“峰”即“烽”甚明。 芦管:《太平御览·乐部》引汉先蚕仪注曰:“笳者，胡人卷芦叶吹之以作乐也，故谓之胡笳。”

〔释〕 首二句先将边塞荒寒夜景写出，在此时此际忽闻何处胡笳声，引起征人万里离乡之感，故尽望乡也。

从军北征

天山雪后海风寒，横笛偏吹行路难。
碛里征人三十万，一时回向月明看。

〔注〕 天山:《九州要记》:“凉州武威郡有天山。”又《西河旧

事》:“天山高,冬夏长雪,故曰白山。山中有好木铁,匈奴谓之天山,过之者皆下马拜。在蒲海东一百里,即汉贰师击右贤王之处也。” 行路难:《乐府诗集·杂曲歌辞》有《行路难》曲,引《乐府解题》曰:“《行路难》,备言世路艰难及离别悲伤之意。”

〔释〕 此诗与前首同,向月看,向东望也。征人在西,东望故乡也。一本作“月中看”似误。

暖　川

胡风冻合鸊鹈泉,牛马千群逐暖川。

塞外征行无尽日,年年移帐雪中天。

〔注〕 鸊鹈泉:《唐书·地理志》:“丰州西受降城北三百里有鸊鹈泉。”

〔释〕 首二句写游牧民族生活中伟大画面。三四写征戍军人在冰天雪地中度着漫长岁月。两相对照,使人生南来军士不及北地牛马之感。又可知当时政府乏安边之策,而边将邀功,每喜生事,以致边地人民日在干戈扰攘之中,戍边士卒永无期满还乡之望。其戕贼民生之责,殆难宽恕。唐代诗人《塞上》《塞下》诸曲,其所描绘边塞寒苦与军士勤劳之作,皆有不满之意见于言外。杜甫《后出塞》诗“古人重守边,今人重高勋”十字,已将政府失策,边将邀功之情况,完全揭穿。他如张玭《吊万人冢》诗“可怜白骨攒孤冢,尽为将军觅战功”,曹松《己亥岁》诗“凭君莫话封侯事，一将功成万骨枯”，则更淋漓痛快言之矣。

隋宫燕

燕语如伤旧国春，宫花欲落旋成尘。

自从一闭风光后，几度飞来不见人。

〔注〕 隋宫：《隋书·炀帝纪》：“大业元年八月，上御龙舟幸江都。”《隋书·地理志》江都郡江都县注：“有江都宫、扬子宫。”

〔释〕 吊古之情由偶见春燕引起，即代燕说，构思颇巧。

宫　怨

露湿晴花春殿香，月明歌吹在昭阳。

似将海水添宫漏，共滴长门一夜长。

〔释〕 不过愁人知夜长之意，却将昭阳歌吹与长门宫漏比说，便觉难堪。

畅　当

当河东人。初以子弟被召从军，后登大历七年进士第，贞元初为太常博士,终果州刺史,与弟诸皆有诗名。

登鹳雀楼

迥临飞鸟上，高出世尘间。
天势围平野，河流入断山。

〔**释**〕 前二句写楼之高,后二句写楼上所见之广。

杨 凝

凝字懋功,由协律郎三迁侍御史,为司封员外郎,徙吏部,稍迁右司郎中,终兵部郎中。集二十卷,已佚,今存诗一卷。

春 怨

花满帘栊欲度春，此时夫婿在咸秦。
绿窗孤寝难成寐，紫燕双飞似弄人。

〔**释**〕 诗意亦寻常闺怨也,但以人孤寝与燕双飞相映成文,便觉有情耳。“咸秦”指咸阳,在唐都城附近。

司空曙

曙字文明(一作初),广平人。登进士第,从韦皋于剑南。贞元中为水部郎中,终虞部郎中。集三卷,今存一卷。

留卢秦卿

知有前期在，难分此夜中。
无将故人酒，不及石尤风。

〔注〕 石尤风:《江湖纪闻》:“石氏女嫁为尤郎妇。尤远商不归,妻忆之,病,临亡叹曰:‘恨不能阻其行,以至于此。今凡有商旅远行,吾将作大风阻之。’自后商旅发船,值打头逆风,曰:‘此石尤风也。’”

〔释〕 三四句言故人置酒劝留而客不留,岂不及石尤风犹能阻行邪。“无将”者,得无将也。

江村即事

罢钓归来不系船，江村月落正堪眠。
纵然一夜风吹去，只在芦花浅水边。

〔释〕 此渔家乐也。诗语得自在之趣。

王　建

建字仲初，颍川人。大历十年进士，初为渭南尉，历秘书丞、侍御史，大和中出为陕州司马，从军塞上，后归咸阳，卜居原上。建工乐府，与张籍齐名。《宫词》百首，尤传诵人口。诗集十卷，今存八卷。

新嫁娘（三首录一）

三日入厨下，洗手作羹汤。
未谙姑食性，先遣小姑尝。

园　果

雨中梨果病，每树无数个。
小儿出入看，一半鸟啄破。

〔释〕　房皞《读杜诗》诗曰："欲知子美高人处，只把寻常话做诗。"此二首亦以寻常话说寻常事。佳处在朴素而又生动，有民间歌谣之趣。

雨过山村

雨里鸡鸣一两家，竹溪村路板桥斜。
妇姑相唤浴蚕去，闲着中庭栀子花。

〔**注**〕 浴蚕:《周礼》“禁原蚕”注引《蚕书》:“蚕为龙精,月直大火则浴其种。”疏:“月值大火谓二月。”

江陵道中

菱叶参差萍叶重,新蒲半折夜来风。
江村水落平地出,溪畔渔船青草中。

〔**注**〕 江陵:《旧唐书·地理志》:“荆州江陵府,隋为南郡,天宝元年改为江陵郡。”

〔**释**〕 此两首皆诗人就道路即目所见人物风俗,各以二十八字记之,遂觉千载犹新。

夜看扬州市

夜市千灯照碧云,高楼红袖客纷纷。
如今不似时平日,犹自笙歌彻晓闻。

〔**释**〕 扬州为南北交通枢纽,商贾云集,因之歌楼舞榭亦极多,唐代诗人每艳称之。天宝之乱,尤赖东南财富,支援西北。故中唐以后诗人如张祜有“人生只合扬州死,禅智山光好墓田”,徐凝有“天下三分明月夜,二分明月在扬州”之句。又如杜牧之

“二十四桥明月夜，玉人何处教吹箫”，“春风十里扬州路，卷上珠帘总不如”，“十年一觉扬州梦，赢得青楼薄幸名”，尤传诵人口之作。王建此诗说扬州市不似时平日，犹笙歌彻晓，可见其繁盛景象。

宫人斜

未央墙西青草路，宫人斜里红妆墓。
一边载出一边来，更衣不减寻常数。

〔注〕　更衣：《汉书·东方朔传》：“后乃私置更衣，从宣曲以南十二所，中休更衣，投宿诸宫。”注：“为休息易衣之处，亦置宫人。”按更衣乃侍候休息时易衣之称，遂以称此辈为更衣。

〔释〕　此诗三四句讥讽之意甚明。

过绮岫宫

玉楼倾侧粉墙空，重叠青山绕故宫。
武帝去来红袖尽，野花黄蝶领春风。

〔注〕　绮岫宫：《山堂肆考》：“绮岫宫在东都永宁县西五里，唐显庆三年置。”

〔释〕　以今日之野花黄蝶与昔日之红袖对照生情，见盛衰无常，以喻人君当知警戒。凡唐诗人吊故宫之作，皆此意也。显庆为唐高宗李治年号，诗用武帝亦以汉帝代唐帝也。“去来”者，去后也。“来”焉语助词。

十五夜望月

中庭地白树栖鸦，冷露无声湿桂花。

今夜月明人尽望，不知秋思在谁家！

〔释〕　三四句见同一中秋月夜，人之苦乐各别。末句以唱叹口气出之，感慨无限。

李　端

端字正己，赵州人。大历五年进士，初授校书郎，移疾去，未几起为杭州司马，牒诉敲扑，心甚恶之，去隐衡山，号衡岳幽人。有集三卷。

芜　城

风吹城上树，草没城边路。

城里月明时，精灵自来去。

十五夜望月

〔**释**〕　宋鲍照有《芜城赋》，写广陵乱后景象以警临海王子顼。诗题用其赋名，非指广陵也。二十字读之阴森逼人。唐自天宝乱后，藩镇弄兵，天下郡县，荒芜者多，故诗人作诗哀之。

宿石涧店闻妇人哭

山店门前一妇人，哀哀夜哭向秋云。
自说夫因征战死，朝来逢着旧将军。

〔**释**〕　哭向秋云者，无可告诉也。

刘　商

商字子夏，彭城人。少好学，工文善画，登大历进士第，官至检校礼部郎中，汴州观察判官。集十卷，今存一卷。

行营即事

万姓厌干戈，三边尚未和。
将军夸宝剑，功在杀人多。

〔**释**〕　末句讽意甚切而用字不多，所谓一针见血也。

李 约

约字在博，郑王元懿玄孙，汧公勉之子，官兵部员外郎，善画梅，精楷隶，以至行雅操知名当时。

观祈雨

桑条无叶土生烟，箫管迎龙水庙前。
朱门几处看歌舞，犹恐春阴咽管弦。

〔**释**〕 三四句讥富贵人家全不知民生疾苦。旱甚至桑叶都枯，土亦生烟，则禾黍之槁死可知，而朱门之人尚恐春阴，致管弦潮润，有妨行乐，此辈不知是何心肠，此诗人所以深痛而切讥之也。约本唐宗室之裔孙，能为此言，当时称其至行雅操，观此诗益信。

过华清宫

君王游乐万机轻，一曲霓裳四海兵。
玉辇升天人已尽，故宫犹有树长生。

〔**释**〕 唐诗人每喜作诗讥讽明皇，约此诗犹措词微婉者，由此可知唐代文网犹疏，若宋明之世，必致得祸矣。

于　鹄

鹄，贞元间诗人，隐居汉阳，尝为诸府从事。有集一卷，今存。

古　词（三首录二）

新长青丝发，哑哑言语黠。
随人敲铜镜，街头救明月。

东家新长儿，与妾同时生。
并长两心熟，到大相呼名。

〔注〕　救月：《六帖》："长安城中，每当月食，士女取鉴向月击之，名为救月。"

〔释〕　五言绝句前人多谓其出于古乐府，如《子夜》之类，而以张籍、王建为得其遗意。实则唐诗家多有之，如崔国辅、元结、杜甫皆然。于鹄此诗亦乐府体也。

江南曲

偶向江头采白蘋，还随女伴赛江神。
众中不敢分明语，暗掷金钱卜远人。

〔释〕　此亦乐府遗声也。

朱　放

放字长通，襄州人，隐于越之剡溪。嗣曹王皋镇江西，辟节度参谋。贞元初召为拾遗，不就。诗一卷，今存。

乱后经淮阴岸

荒村古岸谁家在，野水溪云处处愁。
惟有河边衰柳树，蝉声相送到扬州。

权德舆

德舆字载之，天水略阳人，未冠即以文章称。杜佑、裴胄交辟之。德宗闻其才，召为太常博士，改左补阙，兼制诰，进中书舍人，历礼部侍郎。宪宗元和初，历兵部侍郎，坐郎吏误用官阙，改太子宾客。俄复前官，迁太常卿，拜礼部尚书同平章事。会李吉甫再秉政，帝又自用李绛，议论持异。德舆不敢有所轻重，坐是罢，以检校吏部尚书留守东都，复拜太常卿，徙刑部尚书，出为山南西道节度使。二年，以病乞还，卒于道。德舆积思经术，无不贯综，其文雅正赡缛，动止无外饰而蕴借风流，自然可慕。文集五十卷，今存。

玉台体（十二首录二）

泪尽珊瑚枕，魂销玳瑁床。
罗衣不忍着，羞见绣鸳鸯。

昨夜裙带解，今朝蟢子飞。
铅华不可弃，莫是藁砧归。

〔注〕　玉台体：严羽《沧浪诗话》：“《玉台集》乃徐陵所序，汉魏六朝之诗皆有之，或者谓但谓纤艳者为‘玉台体’，其实则不然。”按胡应麟《诗薮》不以严说为是，因《玉台新咏》所录皆言情之作，自余登览宴乐之诗无一首也。　藁砧：古诗“藁砧今何在，山上复有山。何当大刀头，破镜飞上天”。旧注：“藁砧者砆，谓夫也。”按此诗通首用隐语，旧注谓藁砧为砆，以隐指夫，义殊难通，盖砆乃石之次玉者，与藁砧不相涉。明周祈《名义考》谓：“古有罪者席藁于椹上，以铁斩之。”盖以铁隐喻夫，铁乃斧钺之属，其说近是。

〔释〕　此写思妇念归人之情，前首言人去后之思，后首写望归之切。“裙带解”“蟢子飞”，皆俗传有喜事之兆也。不弃铅华者，妆饰以待其归也。

览镜见白发

秋来皎洁白须光，试脱朝簪学舞狂。
一曲酣歌还自乐，儿孙嬉笑挽衣裳。

〔注〕　朝簪：簪所以连冠于发者，古者男子挽髻于首，加冠则以簪连之。脱朝簪言脱冠也。

〔**释**〕　自来诗人言白发皆有叹老之意，此篇独怀乐生之心，且狂舞、酣歌，使儿孙挽衣嬉笑，可见作者胸怀开阔，学养甚深。而“脱簪”句有不受羁绊之乐意。

戏赠苏九

白首书窗成巨儒，不知簪组遍屠沽。
劝君莫问长安路，且读鲁山于芳于。

〔**注**〕　苏九：苏翛也。题下原注：“苏好读元鲁山文，或劝入关者。”簪组：簪，冠簪也。组，组绶也。古来自帝王以至士皆有绶以贯印，以色别其等级。　于芳于：《唐书》：“元德秀为鲁山令，明皇在东都酺五凤楼下，命三百里县令刺史各以声乐集。德秀惟乐工数十人，联袂歌《于芳于》。《于芳于》者，德秀所为歌也。帝闻之叹曰：‘贤人之言也。’”

〔**释**〕　题曰“戏赠”，诗无戏语，盖止其入关求仕也。观次句所言，当时仕途芜杂，屠沽之人皆得官，故劝其莫问长安路，且读《于芳于》也。

羊士谔

士谔，泰山人，登贞元元年进士第，累至宣歙巡官。元和初拜监察御史，坐诬李吉甫，出为资州刺史。诗集一卷，今存。

夜听琵琶（三首录一）

破拨声繁恨已长，低鬟敛黛更摧藏。
潺湲陇水听难尽，并觉风沙绕画梁。

〔注〕 拨：弹琵琶用拨，古有木拨、金拨、玉拨。《酉阳杂俎》："开元中，段师能弹琵琶用皮弦，贺怀智破拨弹之，不能成声。" 摧藏：唐太宗《咏琵琶》诗"摧藏千里态，掩抑几重悲"。 绕梁：《列子》：韩娥过雍门，鬻歌假食，既去而余音绕梁檷，三日不绝。

〔释〕 首句写弹，次句写弹琵琶之人，三四句写听。陇水、风沙皆所听之声也。

泛舟入后溪（二首录一）

雨余芳草净沙尘，水绿滩平一带春。
惟有啼鹃似留客，桃花深处更无人。

〔释〕 一种极幽静之境为诗人所得，写来如见。

杨巨源

巨源字景山，河中人。贞元五年擢进士第，为张弘靖从事，由秘书郎擢太常博士、礼部员外郎，出为凤翔少尹，复召除国子司业，年七十致仕归。集五卷，今存一卷。

和炼师索秀才杨柳

水边杨柳麹尘丝，立马烦君折一枝。
惟有春风最相惜，殷勤更向手中吹。

〔注〕 炼师：《唐六典》："道士有三号，曰法师，曰威仪师，曰律师，其德高思精者，谓之炼师。"按"炼"或作"练"。 麹尘：《礼记·月令》："荐鞠衣于先帝，告桑事。"注："如鞠尘色。"《周礼·天官》内司服"鞠衣"。郑司农云："鞠衣，黄桑服也。色如鞠尘，象桑叶始生。"按诗人咏柳，多用"麹尘"，即"鞠尘"。柳叶初生色淡黄与新桑叶色同。"鞠"即"菊"，菊花色黄。"鞠""麹""菊"皆同"匊"声，故可通用。尘者，菊蕊如尘细也。

〔释〕 宋谢枋得评曰："杨柳已折，生意何在，春风披拂如有殷勤爱惜之心焉，此无情似有情也。仁人君子常以天地生物之心为心，兴哀于无用之地，垂德于不报之所，与春风吹断柳何异。"按谢氏此评，于诗人用意推阐至极，读诗中三四句，确有寓意。谢氏以比仁人君子应物之心，虽不免过高，然亦题中所有之义也。

令狐楚

楚字壳士，宜州华原人。贞元七年及第，授右拾遗。宪宗时累擢职方员外郎、知制诰，皇甫镈荐为翰林学士，进中书舍人，以党镈及李逢吉而逐裴度，颇干清议。敬宗时，内为尚书仆射，外为诸镇节度，所至皆有善政，卒于山南西道节度使。楚为人外严重而中宽厚，待士有礼，门无杂宾。有文集一百三十卷，诗歌一卷，今佚。

长相思（二首录一）

几度春眠觉，纱窗晓望迷。
朦胧残梦里，犹自在辽西。

从军行（五首录一）

胡风千里惊，汉月五更明。
纵有还家梦，犹闻出塞声。

〔**释**〕 前首写征人妇念征人，后首写征人思家。两首皆从梦说，征人妇梦醒犹似梦中，征人则梦中犹闻出塞声，均善体人情之作。

少年行（四首录一）

少小边州惯放狂，骣骑蕃马射黄羊。
如今年老无筋力，独倚营门数雁行。

〔注〕 骣：《正字通》："骣，鉏板切，栈上声。马不施鞍辔为骣。" 黄羊：《新唐书·回鹘传》："黠戛斯，古坚昆国也。其兽有野马、骨咄、黄羊。"

〔释〕 此以老少对照说，自然感慨。数雁行，思归南也。

裴 度

度字中立，河东闻喜人。贞元中擢第，累迁司封员外郎、知制诰。田弘正献魏博六州于朝，宪宗遣度宣谕，魏人惧服。淮蔡作乱，度力请讨贼，诏以度充淮西宣慰招讨使。事平封晋国公，复知政事，为皇甫镈所构，出为太原尹、北都留守、河东节度使。穆宗即位，入为中书侍郎、平章事，旋为李逢吉所间，罢为山南西道节度使。宝历中复入辅政，帝崩，定策诛刘克明等，迎立文宗。牛僧孺、李宗闵以度功高忌之，罢为山南东道节度使，徙东都留守。时阉竖擅权，缙绅道丧，度不复有经济意，乃治第东都，作别墅曰绿野堂，与白居易、刘禹锡觞咏其间。开成拜中书令，寻复兼太原尹、北都留守、河东节度使，固辞不允，至镇病甚，乞还东都养病，诏许还京，卒，赠太傅。度风采俊爽，占对雄辩，出入中外，经事四朝，以身系国之安危者二十年。有集二卷，今存诗一卷。

傍水闲行

闲余何事觉身轻，暂脱朝衣傍水行。
鸥鸟亦知人意静，故来相近不相惊。

〔释〕《世说新语》:“简文入华林园,顾谓左右曰:‘会心处不必在远,翳然林水,便自有濠濮间想也。觉鸟兽禽鱼自来亲人。’”李白诗有“心静海鸥知”句。裴度此诗有物我同适之趣,与简文语、李白诗同意。裴度之时朝中牛、李两党之争甚烈,度介乎其间,屡被排摈。此诗殆有苦于世纷而思反初服之意。暂脱朝衣,便觉鸥鸟亦不惊猜,则朝衣之当脱也可知矣。

韩　愈

愈字退之,南阳人。少孤,刻苦为学,尽通六经百家。贞元八年擢进士第,才高又好直言,累被黜贬。初为监察御史上疏极论时事,贬阳山令。元和中再为博士,改比部郎中,史馆修撰,转考功,知制诰,进中书舍人,又改庶子。裴度讨淮西请愈为行军司马,以功迁刑部侍郎,谏迎佛骨,谪刺史潮州,移袁州。穆宗即位,召愈拜国子祭酒,兵部侍郎,使王廷凑归转吏部,为时宰所构,罢为兵部侍郎,寻复吏部卒。赠礼部尚书,谥曰文。文自魏晋来拘偶对,体日衰,至愈一返之古,而为诗豪放,不避粗险,格之变亦自愈始。有集四十卷、外集遗文十卷,今存。

题楚昭王庙

丘坟满目衣冠尽，城阙连云草树荒。
犹有国人怀旧德，一间茅屋祭昭王。

〔注〕 昭王：韩愈外集有记宜城驿云："驿东北有井，传是昭王井。井东北数十步，有楚昭王庙。高木万株，旧庙屋极宏盛，今惟草屋一区。然问左侧人，尚云每岁十月，民相率聚祭其前。"按《史记·楚世家》："平王卒，乃立太子珍，是为昭王。"

〔释〕 此诗首二句有今昔之感，三四句则记事之词，"怀旧德"之词，乃韩氏所设想，昭王实无何旧德可怀。

晚　春

草树知春不久归，百般红紫斗芳菲。
杨花榆荚无才思，惟解漫天作雪飞。

〔释〕 玩三四两句，诗人似有所讽，但不知究何所指。

盆　池（五首录二）

老翁真个似童儿，汲井埋盆作小池。
一夜青蛙鸣到晓，恰如方口钓鱼时。

〔注〕　方口：愈《和卢云夫送盘谷子诗》有“平沙绿浪榜方口”句，注家谓即在盘谷。文集《送李愿归盘谷序》谓“太行之南有盘谷”。

池光天影共青青，拍岸才添水数瓶。
且待夜深明月去，试看涵泳几多星。

〔释〕　此题极小，诗人于小中见大，故说来不觉其小。

王　涯

涯字广津，太原人。博学工属文，贞元中擢进士第，又举宏词，调蓝田尉，以左拾遗为翰林学士进起居舍人。宪宗元和初，贬虢州司马，徙袁州刺史，以兵部员外郎召知制诰，再为翰林学士，累迁工部侍郎，拜中书侍郎同中书门下平章事，寻罢，再迁吏部侍郎。穆宗立，出涯为剑南、东川节度使，长庆三年，入为御史大夫，迁户部尚书，盐铁转运使。敬宗宝历时，复出领山南西道节度使。文宗嗣位，召拜太常卿，以吏部尚书总盐铁，岁中进尚书右仆射代郡公，久之，以本官同中书门下平章事，俄检校司空兼门下侍郎。李训败，乃及祸。集十卷，今佚。

闺人赠远（五首）

花明绮陌春，柳拂御沟新。
为报辽阳客，流芳不待人。

远戍功名薄，幽闺年貌伤。
妆成对春树，不语泪千行。

啼莺绿树深，语燕雕梁晚。
不省出门行，沙场知近远。

形影一朝别，烟波千里分。
君看望君处，只是起行云。

洞房今夜月，如练复如霜。
为照离人恨，亭亭到晓光。

〔释〕　五首含思宛转，极尽闺人念远之情。

愁　思（二首录一）

网轩凉吹动轻衣，夜听更长玉漏稀。
月度天河光转湿，鹊惊秋树叶频飞。

〔释〕　诗语但说秋夜闻见而所思即在言外，盖景为情设，情以物动，景中即有情，且无此情亦不感此景也。

陈　羽

羽江东人，登贞元进士第，历官乐宫尉佐。诗集一卷，今存。

梁城老人怨

朝为耕种人，暮作刀枪鬼。
相看父子血，共染城壕水。

〔释〕　读此二十字，真不知是何世界。

旅次沔阳闻克复而用师者穷兵黩武，因书简之

江上烟消汉水清，王师大破绿林兵。
干戈用尽人成血，韩信空传壮士名。

〔释〕 此诗之绿林兵，当指黄巢起义师。考巢于僖宗李儇乾符六年攻襄阳大败，复攻鄂州，东走安徽。其时唐将每于攻克一地，便大肆劫掠。此诗或即因此而作。

吴城览古

吴王旧国水烟空，香径无人兰叶红。
春色似怜歌舞地，年年先发馆娃宫。

〔注〕 香径：《香谱》："吴王阖闾起响屧廊，采香径。" 馆娃宫：《吴郡志》："灵岩山在平江府城西，吴王别苑在焉，有馆娃宫。"

小江驿送陆侍御归湖上山

鹤唳天边秋水空，荻花芦叶起西风。
今夜渡江何处宿，会稽山在月明中。

吴城览古

戏题山居(二首录一)

云盖秋松幽洞近，水穿危石乱山深。
门前自有千竿竹，免向人家看竹林。

〔注〕 看竹:《晋书·王徽之传》:“吴中一士大夫家有好竹，欲观之。徽之坐舆造竹下，讽啸良久。”

〔释〕 此诗深得山居之趣。看竹本晋人韵事，而诗言“自有千竿竹”，“免向人家看竹林”，则韵更高于徽之。

欧阳詹

詹字行周，晋江人。常衮荐之始举进士，官国子监四门助教。集十卷，今存。

赠鲁山李明府

外户通宵不闭关，抱孙弄子万家闲。
若将邑号称贤宰，又是皇唐李鲁山。

〔注〕 外户:《礼记·礼运》:“是故谋闭而不兴，盗窃乱贼而

不作，故外户而不闭，是谓大同。” 鲁山：《唐书·元德秀传》：“举进士，为鲁山令，所得俸禄悉衣食人之孤遗者，岁满笥余一缣，驾柴车去。天下高其行不名，谓之元鲁山。”皮日休《七爱诗序》：“镇浇俗者必有真吏，以元鲁山为真吏焉。”

〔**释**〕 此诵李明府政绩如元德秀。元为鲁山令有德政，人以县名名之，李亦为鲁山令，故曰“若将邑号称贤宰”，则“又是皇唐李鲁山”也。

题王明府郊亭

日日郊亭启竹扉，论桑劝穑是常机。

山城要得牛羊下，方与农人分背归。

〔**注**〕 牛羊下：《诗经·王风·君子于役》：“日之夕矣，羊牛下来。”

〔**释**〕 此美王明府勤于民事也。封建社会县令为亲民之官，劝农桑乃其职责，王明府日在郊亭与农人亲近，故诗人美之。

泉州赴上都留别舍弟及故人

天长地阔多歧路，身即飞蓬共水萍。

匹马将驱岂容易，弟兄亲故满离亭。

柳宗元

宗元字子厚，河东人。登进士第，应举宏辞，授校书郎，调蓝田尉。贞元十九年，为监察御史里行，王叔文、韦执谊用事，尤奇待宗元，擢尚书礼部员外郎。会叔文败，贬永州司马。宗元少精警绝伦，为文章雄深雅健，踔厉风发，为当时流辈所推仰，既罹窜逐，涉履蛮瘴，居闲益自刻苦，其堙厄感郁，一寓诸文，读者为之悲恻。元和十年，移柳州刺史。江岭间为进士者走数千里从宗元游，经指授者为文辞皆有法。世号柳柳州。元和十四年卒，年四十七。集四十五卷，今存。

江　雪

千山鸟飞绝，万径人踪灭。

孤舟蓑笠翁，独钓寒江雪。

〔释〕　顾璘评曰："绝唱，雪景如在目前。"按此诗读之便有寒意，故古今传诵不绝。

柳州二月

宦情羁思共凄凄，春半如秋意转迷。

山城过雨百花尽，榕叶满庭莺乱啼。

〔释〕　宗元因王叔文党被贬柳州，非其罪也。此诗不言远谪之苦而一种无可奈何之情，于二十八字中见之。

刘禹锡

禹锡字梦得，彭城人。贞元九年擢进士第，登博学宏词科，从事淮南幕府，入为监察御史。王叔文用事，引禹锡入禁中，与之图议，言无不从，转屯田员外郎，判度支盐铁案。叔文败，坐贬连州刺史，在道贬朗州司马。落魄不自聊，吐词多讽托幽远。蛮俗好巫，尝依骚人之旨，倚其声作《竹枝词》十余篇，武陵溪洞间悉歌之。居十年召还，将置之郎署，以作《玄都观看花》诗，涉讥忿，执政不悦，复刺播州。裴度以母老为言，改连州，徙夔、和二州，久之征入为主客郎中，又以作《重游玄都观》诗，出分司东都。度仍荐为礼部郎中，集贤直学士。度罢，出刺苏州，徙汝、同二州。会昌时加检校礼部尚书卒，年七十二。集三十卷、外集十卷，今存。

经檀道济故垒

万里长城坏，荒营野草秋。
秣陵多士女，犹唱白符鸠。

〔注〕　檀道济：《南史·檀道济传》："元嘉十二年，召道济入朝。十三年春将遣还镇，下渚未发，有似鹪鸟集船悲鸣，会上疾动，义康矫诏召入祖道，收付廷尉，及其子八人并诛。时人歌曰：'可怜白凫鸠，枉杀檀江州。'"按《宋书·道济传》："道济立功前朝，威名甚重，朝廷疑畏之。帝疾笃，彭城王义康召入朝，收而诛之。道济见收，怒目如炬，脱帻投地曰：'乃复坏汝万里

长城！’”

秣陵：《太平寰宇记》引《金陵图经》：“秦并天下，望气者言江东有天子气，乃凿地脉，断连冈，因改金陵为秣陵。” 白符鸠：《晋书·乐志》：“《拂舞》出自江左。旧云《吴舞》。杨泓序云：‘自到江南见《白符鸠舞》，或言《白凫鸠舞》，云有此来数十年，察其词旨，乃是吴人患孙皓虐政，思属晋也。’”又《南齐书·乐志》：“《舞叙》云：‘《白符》或云《白符鸠舞》，出江南。白者，金行，符，合也，鸠亦合也。符、鸠虽异，其义是同。’”

〔**释**〕 此诗末句即用当时人歌，但当时何以用白凫鸠，其义难明。高步瀛《唐宋词举要》注引《晋书·乐志》《拂舞》歌诗五篇，一曰《白鸠篇》，二曰《济济篇》，谓“时人歌道济，取喻白符鸠，盖隐寓济字欤”。按《拂舞》歌诗《济济》与《白鸠》为不同之诗篇，时人歌用《白符鸠》，非用《济济》，何云隐寓道济之名。此歌之意实指义康，岂以孙皓之虐比义康邪？禹锡诗用当时人歌亦言秣陵士女，至今不忘道济有功而被义康枉杀也。

答表臣赠别(二首录一)

嘶马立未还，行舟路将转。
江头暝色深，挥袖依稀见。

始发鄂渚寄表臣（二首）

祖帐管弦绝，客帆西风生。
回车已不见，犹听马嘶声。

〔注〕 祖帐：饯别所设之席。

晓发柳林戍，遥城闻五鼓。
忆与故人眠，此时犹晤语。

出鄂州界怀表臣（二首录一）

梦觉疑连榻，舟行忽千里。
不见黄鹤楼，寒沙雪相似。

〔释〕 表臣名程，敬宗时宰相。禹锡此数诗于朋友相得不忍分离之情，委曲说出。真挚之意，千载犹新。

石头城

山围故国周遭在，潮打空城寂寞回。
淮水东边旧时月，夜深还过女墙来。

〔**注**〕　本篇与后之《乌衣巷》、《台城》均录自《金陵五首》。石头城:《元和郡县志》:“江南道润州上元县:石头城在县西四里,即楚之金陵城也。吴改为石头城。”　淮水:即秦淮河。　女墙:《释名》释宫室:“城上垣曰睥睨,亦曰女墙,言其卑小,比于城,若女子之于丈夫也。”

〔**释**〕　但写今昔之山、水、明月,而人情兴衰之感即寓其中。

乌衣巷

朱雀桥边野草花，乌衣巷口夕阳斜。
旧时王谢堂前燕，飞入寻常百姓家。

〔**注**〕　乌衣巷:《舆地纪胜》:“江南东路建康府乌衣巷,在秦淮南,去朱雀桥不远。《晋志》云:王导自卜乌衣宅,宋时诸谢乌衣之聚,并此巷也。”　朱雀桥:《六朝事迹》:“晋咸康二年作朱雀门,新立朱雀浮航,在县城东南四里,对朱雀门,南渡淮水,亦名朱雀桥。”

〔**释**〕　三四两句诗意甚明,盖从燕子身上表现今昔之不同。而《岘佣说诗》乃谓“若作燕子他去便呆,盖燕子仍入此堂,王谢零落,已化为寻常百姓矣。如此则感慨无穷,用笔极曲”。其说真曲,诗人不如此也。说诗者每曲解诗人之意,举此一例,以概其余。

台　城

台城六代竞豪华，结绮临春事最奢。
万户千门成野草，只缘一曲后庭花。

〔注〕　台城：洪迈《容斋随笔》："晋宋间谓朝廷禁近为台，故称禁城为台城。"又《景定建康志》："台城一曰苑城，本吴后苑城，晋成帝咸和中新宫成，名建康宫，即所谓台城也。"　结绮、临春：《南史·张贵妃传》："至德二年，于光昭殿前起临春、结绮、望仙三阁，高数十丈，饰以金玉，间以珠翠。"又曰："后主自居临春阁，张贵妃居结绮阁，龚、孔二贵嫔居望仙阁。"　万户千门：《汉书》："孝武作建章宫为千门万户。"　后庭花：《隋书·乐志》："陈后主于清乐中造《黄骊留》及《玉树后庭花》、《金钗两鬓垂》等曲，与幸臣等制其歌词，绮艳相高，极于淫荡，男女唱和，其音甚哀。"

〔释〕　冯班谓："陈亡则江南王气尽矣。首句自六代说起，不止伤陈叔宝也。"按禹锡《金陵五题》，此所录三首皆有惩前毖后之意。诗人见盛衰无常而当其盛时，恣情逸乐之帝王以及豪门贵族，曾不知警戒，大可伤悯，故借往事，再三唱叹，冀今人知所畏惮而稍加敛抑也。否则古人兴废成败与诗人何关，而往复低回如此。

自朗州至京戏赠看花诸君子

紫陌红尘拂面来，无人不道看花回。
玄都观里桃千树，尽是刘郎去后栽。

〔注〕 朗州：《隋书·地理志》："武陵郡平陈为朗州。"按禹锡贬为朗州司马，历十年之久。

再游玄都观

百亩庭中半是苔，桃花净尽菜花开。
种桃道士归何处，前度刘郎今又来。

〔释〕 禹锡《再游玄都观》诗有《序》云："余贞元二十一年为屯田员外郎，时此观未有花。是岁出牧连州，寻贬朗州司马。居十年，召至京师，人人皆言有道士手植仙桃，满观如红霞，遂有前篇，以志一时之事，旋又出牧。今十有四年复为主客郎中，重游玄都观，荡然无复一树，惟兔葵燕麦动摇于春风耳，因再题二十八字，以俟后游。时大和二年三月也。"按禹锡因王叔文事被贬朗州，十年之后，朝中另换一番人物，故有"尽是刘郎去后栽"之句，以见朝政翻覆无常，语含讥讽，是以又为权贵所不喜，再贬播州，易连州，徙夔州，十四年始入为主客郎中，又因再游诗为“权近闻者，益薄其行”，遂被分司东都闲散之地。考此两诗所关，前后二十余年，禹锡虽被贬斥而终不屈服，其蔑视权贵而轻禄位如此。白居易序其诗，以诗豪称之，谓“其锋森然，少敢当者”。语虽论诗，实人格之品题也。

与歌者米嘉荣

唱得凉州意外声，旧人惟数米嘉荣。
近来时世轻先辈，好染髭须事后生。

〔注〕 凉州：《乐府诗集》引《乐苑》：“《凉州》，宫调曲，开元中西凉府都督郭知运进。”

听旧宫人穆氏唱歌

曾随织女渡天河，记得云间第一歌。
休唱贞元供奉曲，当时朝士已无多。

〔注〕 贞元：唐德宗李适年号。

与歌者何戡

二十余年别帝京，重闻天乐不胜情。
旧人惟有何戡在，更与殷勤唱渭城。

〔**注**〕 渭城：即王维《送元二使安西》诗，首句曰“渭城朝雨浥轻尘”，因号《渭城曲》。

〔**释**〕 刘克庄谓“梦得诗雄浑苍老，尤多感慨之句”。此三诗皆听歌有感之作。米嘉荣乃长庆间歌人，及今已老，故感其不为新进少年所重，而以“好染髭须”戏之。穆氏乃宫中歌者，故有“织女”“天河”“云间第一歌”等语，而感于贞元朝士无多，以见朝政反覆，与《再游玄都观》诗同意。何戡则二十年前旧人之仅存者，亦以感时世沧桑也。禹锡诗多感慨，亦由其身世多故使然也。

踏歌词（四首录二）

春江月出大堤平，堤上女郎连袂行。
唱尽新词欢不见，红霞映树鹧鸪鸣。

新词宛转递相传，振袖倾鬟风露前。
月落乌啼云雨散，游童陌上拾花钿。

〔注〕　蹋歌：《唐书·乐志》："宣宗时有葱岭西曲，士女踏歌为队，亦作蹋歌。"按《踏歌》有出于宫廷者，《旧唐书·睿宗纪》"上元夜，上皇御安福门观灯，出内人连袂踏歌，纵百寮观之"是也。有出于民间者，《宣和书谱》："南方风俗，中秋夜，妇人相持踏歌，婆娑月影中，最为盛集。"据此则唐、宋皆有之，大抵连袂踏足而歌，故曰"踏歌"。宋时歌舞曲有《转踏》，亦曰《传踏》。郑仅所作，其放队词即全用禹锡"新词宛转"一首为之，可见此体与踏歌之关系。

竹枝词（九首录五）

白帝城头春草生，白盐山下蜀江清。
南人上来歌一曲，北人莫上动乡情。

〔注〕　《乐府诗集》："《竹枝》本出于巴、渝，唐贞元中，刘禹锡在沅湘，以俚歌鄙陋，乃依骚人《九歌》作《竹枝》新词九章，教里中儿歌之，由是盛于贞元、元和间。"　白盐山：《水经·江水注》："江水又东径广溪峡，斯乃三峡之首也。其间三十里，颓岩倚木，厥势殆交，北岸山上有神渊，渊北有白盐崖，高可千余丈，俯临神渊，土人见其高白，故因名之。"

山桃红花满上头，蜀江春水拍山流。
花红易衰似郎意，水流无限似侬愁。

日出三竿春雾消，江头蜀客驻兰桡。
凭寄狂夫书一纸，住在成都万里桥。

〔注〕 万里桥:《华阳国志》:“蜀郡城南有江桥南渡曰万里桥。”

瞿唐嘈嘈十二滩，此中道路古来难。
长恨人心不如水，等闲平地起波澜。

〔注〕 瞿唐:《寰宇记》:“瞿唐在夔州东一里，连崖千丈，奔波电激，舟人为之恐惧。”又《水经注》:“峡中有瞿塘、黄龛二滩，夏水回复，沿溯所忌。” 十二滩:未详其名。

巫峡苍苍烟雨时，清猿啼在最高枝。
个里愁人肠自断，由来不是此声悲。

〔注〕 巫峡:《水经注》:“江水又东径巫峡……每至晴初霜旦，林寒涧肃，常有高猿长啸，属引凄异，空谷传响，哀转久绝。故渔者歌曰:‘巴东三峡巫峡长，猿鸣三声泪沾裳。’”

〔释〕 刘禹锡《竹枝词序》曰:“四方之歌，异音而同乐。岁正月，余来建平(按:朗州，汉为武陵郡，王莽时改曰建平，即今湖南武陵县)，里中儿联歌《竹枝》，吹短笛，击鼓以赴节。歌者扬袂睢舞，以曲多为贤。聆其音，中黄钟之羽，卒章激讦如吴声。虽伧伫不可分，而含思宛转，有淇澳之艳。昔屈原居沅湘间，其民迎神，词多鄙陋，乃作《九歌》，到于今荆楚歌舞之。故余亦作《竹枝词》九篇，俾善歌者飏之，附于末，后之聆《巴歈》，知变风之自焉。”按据此，知禹锡所作，实仿自民歌，所谓“含思宛转”，盖词意多抒写恩怨。但原词朴质，禹锡为之加工，以成今式耳。九首特效《九歌》，则文人好古之习。

竹枝词(二首录一)

杨柳青青江水平，闻郎江上踏歌声。
东边日出西边雨，道是无晴还有晴。

〔释〕　“晴”双关“情”字，乐府多有此法，如《子夜歌》之以“丝”双关“思”，“莲”双关“怜”。《读曲歌》之“碑”双关“悲”，“蹄”双关“啼”皆是。

杨柳枝词(十一首录二)

花萼楼前初种时，美人楼上斗腰支。
如今抛掷长街里，露叶如啼欲恨谁。

〔**注**〕　花萼楼:《唐书·让皇帝宪传》:先天后,以隆庆旧邸为兴庆宫,于宫西南置楼。其西署曰花萼相辉之楼,南曰勤政务本之楼,闻诸王乐,必亟召升楼,与同榻坐。

城外春风吹酒旗,行人挥袂日西时。
长安陌上无穷树,惟有垂杨管别离。

〔**释**〕　《杨柳枝词》盖即古《横吹曲》之《折杨柳》。其词托意杨柳以写离情,或感叹盛衰。今录禹锡两首,前者以柳比人,后者即写离别,不可但作单纯咏物诗看。

浪淘沙(九首录一)

日照澄洲江雾开,淘金女伴满江隈。
美人首饰侯王印,尽是沙中浪底来。

〔**注**〕　淘金:《桂岭虞衡志》:"生金出西南州峒,生山谷田野沙土中。峒民以淘沙为生,坯土出之,自然融结成颗。"又《唐书·南诏传》:"长川诸山往往有金,或披沙得之。"

〔**释**〕　《浪淘沙词》,始于白居易、刘禹锡,大抵描写风沙推移,以见人世变迁无定,或则托意男女恩怨之词。禹锡此首乃言淘沙拣金之劳,而美人、侯王或未知也。

张仲素

仲素字绘之，河间人。宪宗时为翰林学士，后终中书舍人。

春闺思（三首录一）

袅袅城边柳，青青陌上桑。
提笼忘采叶，昨夜梦渔阳。

〔注〕　渔阳：《汉书・地理志》："渔阳郡，秦置，莽曰通路，属幽州。"《文献通考・舆地考》："蓟州：秦置渔阳郡，二汉因之，隋文帝徙元州于此，并立总管府。炀帝初废，置渔阳郡，唐属幽州。"

〔释〕　杨慎谓"从《卷耳》首章翻出"。按《诗经・周南・卷耳》首章曰："采采卷耳，不盈顷筐。嗟我怀人，寘彼周行。"孔疏谓"顷筐易盈之器而不能满者，由此人志有所念，忧思不在于此故也"。"梦渔阳"，闺人之夫方戍渔阳，备契丹也。

秋闺思（二首）

碧窗斜日蔼深晖，愁听寒螿泪湿衣。
梦里分明见关塞，不知何路向金微。

〔注〕 金微:《后汉书·和帝纪》:“大将军窦宪遣左校尉耿夔出居延塞,围北单于于金微山。”

秋天一夜静无云，断续鸿声到晓闻。
欲寄征人问消息，居延城外又移军。

〔注〕 居延:《汉书·地理志》:“张掖郡有居延县。”

〔释〕 两诗首二句皆写秋,三四句皆写闺情。

塞下曲(五首录一)

猎马千群雁几双，燕然山下碧油幢。
传声漠北单于破，火照旌旗夜受降。

〔注〕 燕然山:后汉窦宪追单于至燕然山勒石纪功。

崔护

护字殷功,博陵人。贞元十二年登第,终岭南节度使。

题都城南庄

去年今日此门中，人面桃花相映红。
人面只今何处去，桃花依旧笑春风。

〔**释**〕　此诗传有本事，见《唐诗纪事》。《纪事》称“护举进士不第，清明独游都城南，得村居花木丛萃，叩门久，有女子自门隙问之。对曰：‘寻春独行，酒渴求饮。’女子启关，以盂水至，独倚小桃柯伫立，而意属殊厚。崔辞起，送至门，如不胜情而入，后绝不复至。及来岁清明，径往寻之，门庭如故而户扃锁矣。因题‘去年今日此门中’之诗于其左扉。”沈括《梦溪笔谈》谓崔后以此诗第三句意未全，语未工，改作“人面只今何处去”，至今所传有此两本。唐人作诗不恤重字，取语意为主。后人以其有两今字，故多用“人面不知何处去”句。今按沈说是也。此诗不但重今字，人面桃花亦重用，“只今”正与下句“依旧”相映生情，且作“不知何处去”五字一意，故知不然。

皇甫松

新安人，湜之子，自称檀乐子。今存诗十三首。

题都城南庄

浪淘沙(二首录一)

滩头细草接疏林，浪恶罾船半欲沉。
宿鹭眠洲非旧浦，去年沙嘴是江心。

〔**释**〕 此亦人世迁移之情而笔有画意。

吕 温

温字和叔，一字化光，河中人。贞元中连中两科。德宗召为集贤校书，后为治书御史，因善王叔文，迁为左拾遗，以侍御史使吐蕃，元和元年乃还。柳宗元等皆坐叔文贬，独温得免，进户部员外郎，与窦群、羊士谔相昵。群为御史中丞，荐温知杂事。士谔为御史，宰相李吉甫持之不报。温乘间奏吉甫阴事，诘辩皆妄，贬均州刺史，议者不厌，再贬道州，久之徙衡州卒。集十卷，今存。

将赴衡州酬别江华毛令

布帛精粗任土宜，疲人识信每先期。
明朝别后无他嘱，虽是蒲鞭也莫施。

〔**注**〕 江华：江华乃道州属县，唐属江南道。 土宜：《周礼·土方氏》："以辨土宜。" 疲人：白居易有"敢辞为俗吏，且愿活疲民"诗句，"疲人"即"疲民"，唐人避李世民讳，或改"民"作"人"也。按"疲民"字出《周礼·大司寇》："以嘉石平罢民。""罢"即"疲"字，彼文所言乃指罢惰之民，与此诗意不合。此诗所指乃疲劳义。"疲人"即劳民也。 蒲鞭：《后汉书·刘宽传》："典历三郡，温仁多恕，吏人有过，但用蒲鞭罚之，示辱而已。"

〔**释**〕 此吕温将去道州，临别戒江华毛县令之诗也。诗中表现一片恺悌君子之心。盖言布帛精粗乃土产之物宜，县令不当专取精者，且此等疲劳之民本知守信，先期交纳，县令不必急催。末句且嘱其虽蒲鞭示辱亦可不用也。

宗礼欲往桂州苦雨因以戏赠

农人辛苦绿苗齐，正爱梅天水满堤。
知汝使车行意速，但令骢马着障泥。

〔**注**〕 障泥：《晋书·王济传》："济善解马性，尝乘一马，着连干障泥，前有水，终不肯渡。济云：'此必惜障泥。'使人解去便渡。"

〔**释**〕 此诗写农民与达官对于雨之心情不同，题曰"戏赠"，实以讥之也。

贞元十四年旱甚见权门移芍药

绿原青陇渐成尘，汲井开园日日新。

四月带花移芍药，不知忧国是何人。

〔**释**〕 此诗亦写农民与权贵遇旱之心情不同，末句直是谴责之词。按唐制每年二月一日，以农务方兴，令百寮具则天大圣皇后所删定《兆人本业记》进呈。吕温有《代文武百寮进农书表》，有曰："经始岁功，导扬生德。征有司之旧典，奉先后之遗文。深居穆清，亲览奥妙。匪崇朝而尽更田亩，不出户而遍洽人情。见捽草抔土之艰，知寒耕热耘之苦。宸心感念，圳亩昭苏。一叹而时雨先飞，三复而春雷自起。"观此文知古之贤者无不重视农民之辛勤，所以告诫深宫之帝王，当知稼穑之艰难，因此事乃国政之本也。今天下大旱，绿原青陇皆将成焦土，农民之忧勤可知，而权门则日日汲水开园，移种芍药，以为娱赏之用，宜诗人严谴之也。

孟郊

郊字东野，湖州武康人。少隐嵩山，性介少谐合。韩愈一见，为忘形交。年五十得进士第，调溧阳尉。县有投金濑、平陵城，林薄蒙翳，下有积水，郊间往坐水旁，徘徊赋诗，曹务多废。令白府以假尉代之，分其半俸。

郑余庆为东都留守，署水陆转运判官。余庆镇兴元，奏为参谋，卒。张籍私谥曰贞曜先生。郊为诗有理致，最为愈所称，然思苦奇涩。李观亦论其诗曰“高处在古无上，平处下顾二谢”云。集十卷，今存。

古　怨

试妾与君泪，两处滴池水。
看取芙蓉花，今年为谁死。

〔释〕　此诗设想甚奇，池中有泪，花亦为之死，怨深如此，真可以泣鬼神矣。

闺　怨

妾恨比斑竹，下盘烦冤根。
有笋未出土，中已含泪痕。

〔释〕　韩愈为郊志墓，称“郊诗刿目怵心，神施鬼设，间见层出”。读此二诗，可见其大概。

张　籍

籍字文昌，苏州吴人，或曰和州乌江人。贞元十五年登进士第，授太常寺太祝，久之，迁秘书郎。韩愈荐为国子博士，历水部员外郎，主客郎中。当时有名士皆与游而愈贤重之。籍为诗长于乐府，多警句。仕终国子司业。诗集八卷，今存。

邻妇哭征夫

双鬟初合便分离，万里征夫不得随。
今日军回身独没，去时鞍马别人骑。

〔注〕　双鬟：古代女子未嫁梳双鬟，嫁则合之。

〔释〕　三四句读之凄然欲泪。张籍古诗多乐府体，绝句则多疏畅，渐与元、白之作风相近。

法雄寺东楼

汾阳旧宅今为寺，犹有当时歌舞楼。
四十年来车马寂，古槐深巷暮蝉愁。

〔释〕　郭子仪封汾阳郡王，当时权势烜赫，车马盈门，与今日深巷暮蝉一相比较，自生富贵不长保之感，但此意用唱叹之笔出之，便觉深远。

赠蜀客

蜀客南行祭碧鸡，木棉花发锦江西。
山桥日晚行人少，时见猩猩树上啼。

〔**注**〕 碧鸡:《汉书·郊祀志》:“宣帝即位,或言益州有金马、碧鸡之神,可醮祭而致。于是遣谏大夫王褒使持节而求之。”注:“金形似马,碧形似鸡。” 木棉:《吴录》:“《地理志》曰:‘交阯安定县有木棉,树高大,实如酒杯,中棉如丝之棉。’” 锦江:《华阳国志·蜀志》:“锦江,织锦濯其中则鲜明,他江则不好。”

〔**释**〕 此诗于唐代西南地域情况描绘出有与今日不同者。

蛮　中

铜柱南边毒草春，行人几日到金溝。
玉镮穿耳谁家女，自抱琵琶迎海神。

蛮　州

瘴水蛮中入洞流，人家多住竹棚头。
青山海上无城郭，惟见松牌出象州。

〔**注**〕《文献通考·南平蛮考》:“南平蛮东距智州,南属渝州,西接南州,北治州,户口四千余,多瘴疠,山有毒草、沙虱、蝮蛇。人楼居,梯而上,名为‘干栏’。妇人横布二幅,穿中贯其首,号曰‘通裙’。美发髻垂于后。竹筒三寸斜穿其耳。贵者饰以珠珰。……其王姓朱氏号剑荔王,唐贞观三年遣使内款,以其地隶渝州。”按唐以前凡川黔、两广民族皆蒙蛮称。张籍此二诗所指之蛮,当与《通考》所记有关。所谓“瘴水”、“毒草”,及“玉环穿耳”均见《通考》中。　铜柱:《后汉书·马援传》:“援到交阯,立铜柱为汉之极界。”　金潾:《汉书》颜注:“金潾,交阯地名。”　松牌:牌,《玉篇》:“牌榜。”《宋史·兵志》:“保甲法‘置牌书户数姓名’。”按诗所说之“松牌”或与今之界牌同。　象州:《唐书·地理志》:“象郡本桂林郡,武德四年置。”

〔**释**〕此二诗所指之蛮,虽不知何种,但观其曰“铜柱南边”,曰“象州”,则应是今两广土著民族。诗记其民俗土风,则亦《竹枝词》类也。

与贾岛闲游

水北原南草色新,雪消风暖不生尘。
城中车马应无数,能解闲行有几人。

〔**释**〕闲行,寻常事也。而诗人如此郑重提出,且曰“能解”者“几人”,又以之讽“城中车马”,则不寻常矣。王安石题籍诗集诗有“看似寻常最奇崛，成如容易却艰辛”之句，虽非指其绝句，而如此诗即寓奇崛于寻常之中者，不可不知。

秋　山

秋山无云复无风，溪头看月出深松。
草堂不闭石床静，叶间坠露声重重。

〔释〕　二十八字皆景语而幽静之趣即在其中。

卢　仝

仝范阳人，隐少室山，自号玉川子。征为谏议，不赴。韩愈为河南令，爱其诗，厚礼之。仝尝为《月蚀诗》讥元和朋党。后因宿王涯第，罹甘露之祸。诗三卷，今存。按唐文宗李昂大和八年，宰相李训、舒元舆，及郑注、王涯等谋诛宦官仇士良等，诈称金吾仗舍石榴树有甘露降，请帝往观。宦官先至金吾仗舍，见伏甲，因知训等阴谋，遂杀训、注、元舆、涯等十余家，世号“甘露之变”。

逢郑三游山

相逢之处花茸茸，石壁攒峰千万重。
他日期君何处好？寒流石上一株松。

〔**释**〕 郑三不知何人，玩诗意当是隐居高士。

白鹭鸶

刻成片玉白鹭鸶，欲捉纤鳞心自急。
翘足沙头不得时，傍人不知谓闲立。

〔**释**〕 诗语盖借咏白鹭，以讥内慕利禄，而外示高洁者。七绝多用平韵，其用仄韵者音节近古，选家每入古诗。

李　贺

贺字长吉，系出郑王后。七岁能辞章。韩愈、皇甫湜始闻未信，过其家，使贺赋诗，援笔辄就，自目曰《高轩过》。二人大惊，自是有名。贺每旦出，骑弱马，从小奚奴，背古锦囊，遇所得，书投囊中，及暮归足成之，率为常。贺诗尚奇诡，绝去畦径，当时无能效者，乐府数十篇，云韶诸工皆合之弦管。仕至协律郎卒，年二十七。诗四卷，外集一卷，今存。

马　诗(二十三首录六)

龙脊贴连钱，银蹄白踏烟。
无人织锦韂，谁为铸金鞭。

〔注〕　龙脊：按《汉书·礼乐志》："天马徕，出泉水。虎脊两，化若鬼。"注引应劭语："马毛色如虎脊有两也。"杜甫《戏为六绝句》"龙文虎脊皆君御"用之。疑当作"虎脊"。　白踏烟：王琦注："其四蹄白色如踏烟而行。'烟'即'云'也。"　韂：音如串。王注："即障泥也。"

大漠沙如雪，燕山月似钩。
何当金络脑，快走踏清秋。

〔注〕　燕山：即燕然山。班固《燕然山铭》："经卤碛，绝大漠。"

赤兔无人用，当须吕布骑。
吾闻果下马，羁策任蛮儿。

〔注〕　赤兔：王注："《后汉书》：'吕布常御良马，号曰赤兔，能驰城飞堑。'"　果下马：王注："《三国志》：'涉出果下马，汉桓时献之。'裴松之注：'果下马，高三尺，乘之可于果树下行，故谓之果下马。'"

飂叔去匆匆，如今不豢龙。
夜来霜压栈，骏骨折西风。

〔注〕 飔叔：王注：“《左传》：‘昔有飔叔安，有裔子曰董父，实甚好龙，能求其嗜欲以饮食之，龙多归之，乃扰畜龙以服事帝舜。帝赐之姓曰董氏，曰豢龙。’杜预注：‘飔，古国也。叔安，其君名。豢，养也。’”按古以马为龙类，故贺以今不能豢龙，而骏骨为霜折。

催榜渡乌江，神骓泣向风。
君王今解剑，何处逐英雄。

〔注〕 王注：“《史记·项羽本纪》：‘项王骏马名骓，常骑之。项王直夜溃围南出，驰走至东城，乌江亭长舣船待，谓项王曰：“江东虽小，地方千里，众数十万人，亦足王也，愿大王急渡。”项王曰：“天之亡我，我何渡为！且我与江东子弟八千人渡江而西，今无一人还，纵江东父老怜而王我，我何面目见之！”乃谓亭长曰：“吾知公长者。吾乘此马五岁，所当无敌，常一日行千里，不忍杀之，以赐公。”乃自刎而死。’”

伯乐向前看，旋毛在腹间。
只今掊白草，何日蓦青山。

〔注〕 伯乐：古之善相马者。 旋毛：王注：“郭璞《尔雅注》：‘伯乐相马法，旋毛有腹下如乳者，千里马也。’颜师古《汉书注》：‘白草似莠而细，无芒，其干熟时，正白色，牛马所嗜也。’”

〔释〕 刘辰翁谓“赋马多矣，此独取不经人道者。”盖李贺此二十三首皆借马以抒感。王琦谓“大抵于当时所闻见之中，各有所比。言马也而意初不在马矣。”按二人所论皆是。“龙脊”首言良马未被人所知。“大漠”首言良马思为人用。“赤兔”首言雄骏惟壮士能骑，若驽骀则可供庸人之用。“飕叔”首叹良马不得善养者则必为风霜所摧折。“催榜”首又为项羽之乌骓设想，言其必追念故主。“伯乐”首则设马伯乐叹息良马不遇爱马之主，无从显其材。此诸首均可为咏物诗之规范，所谓“不即不离”“不粘不脱”于此诸诗见之矣。

南　园（十三首录二）

寻章摘句老雕虫，晓月当帘挂玉弓。
不见年年辽海上，文章何处哭秋风。

〔注〕 雕虫：扬雄《法言》：“或问：‘吾子少而好赋？’曰：‘然，童子雕虫篆刻，壮夫不为也。’” 哭秋风：悲秋也。

长卿牢落悲空舍，曼倩诙谐取自容。
见买若耶溪水剑，明朝归去事猿公。

〔注〕 长卿：《汉书·司马相如传》：“相如家徒四壁立。”注：

"但有四壁,更无资产。" 曼倩:夏侯湛《东方朔画赞》:"大夫讳朔,字曼倩,平原厌次人也。以为傲世不可以垂训也,故正谏以明节,明节不可以久安也,故诙谐以取容。" 若耶溪水剑:《越绝书》:"薛烛对越王曰:'若耶之溪涸而出铜也,古欧冶子铸剑之所。'" 猿公:《吴越春秋》:"越有处女出于南林,越王聘之。处女北行见于王,道逢一翁,自称袁公。问处女:'闻子善剑,愿一见之。'女曰:'妾不敢有所隐,惟公试之。'于是袁公即杖箖箊竹,竹枝上颉桥,末堕地。女即接末。袁公则飞上树为白猿。"按"箖箊"音"林於",竹名。颉桥,强直貌。

〔释〕 此两首皆借古人以抒写文人不为时所重之情。前首言学虽勤而不能效用于边疆。后首言才如相如而空有四壁,辩如方朔而只以自容,何如去而学剑。

昌谷北园新笋(四首录二)

斫取青光写楚辞,腻香春粉黑离离。
无情有恨何人见,露压烟啼千万枝。

〔注〕 昌谷:《河南志》:"昌谷水在河南府宜阳县西九十里,旧名昌河。" 青光:古人书用竹简。青光者,削去竹之青皮使之光洁,以便书字也。

古竹老梢惹碧云，茂陵归卧叹清贫。
风吹千亩迎雨啸，鸟重一枝入酒尊。

〔注〕 茂陵:《史记·司马相如传》:“相如既病免,家居茂陵。”

〔释〕 此两诗亦文人不得志于时之作也。考李贺之时,外则藩镇叛逆,戎寇交侵,内则李逢吉之党弄权,而君主则惑于神仙,加之宦官务蒙蔽朝廷,与正人为敌,而贺欲应进士第而谗人乃以其父名晋肃,不应举进士以排斥之。故其诗多抑塞之词,愤慨之语与讥世疾俗之言,而情辞尤极其瑰诡,诗家竟至以鬼才目之,或且诋为险怪,为牛鬼蛇神,亦诗人中最不幸者矣。

刘　叉

叉,节士也。少放肆为侠行,因酒杀人亡命,会赦出,更折节读书,能为歌诗,然恃故时所负,不能俯仰贵人。闻韩愈接天下士,步谒之,作《冰柱》、《雪车》二诗,出卢、孟右。樊宗师见为独拜。后以争语不能下宾客,因持愈金数斤去,曰:“此谀墓中人得耳,不若与刘君为寿。”愈不能止,归齐鲁,不知所终。

代牛言

渴饮颍川水，饿喘吴门月。
黄金如可种，我力终不歇。

〔注〕 喘月:《世说新语·言语》:“满奋畏风,在晋武帝坐,北窗作琉璃扇屏风,实密似疏,奋有难色,帝笑之。奋答曰:‘臣犹吴牛,见月而喘。’”

〔释〕 末二句言即使黄金可种而我终不能因此而得闲。以见人欲无穷,民劳无已也。

饿 咏

文王久不出,贤士如土贱。
妻孥从饿死,敢爱黄金篆。

〔释〕 此不平之鸣也。“从饿死”,任其饿死。“黄金篆”,官印也。读此见叉豪侠之性,不屈之节。

赠姚秀才小剑

一条万古水,向我手心流。
临行泻赠君,勿荡细碎仇。

〔释〕 此尤见其任侠之性。“荡”当是盪平义。

偶　书

日出扶桑一丈高，人间万事细如毛。

野夫怒见不平事，磨损胸中万古刀。

〔释〕　为人间不平者报仇，古任侠之流所为也。今欲为之而不能，故使胸中怒气郁结如刀之磨损也。

元　稹

稹字微之，河南河内人。幼孤，母郑贤而文，亲授书传，举明经，书判入等，补校书郎。元和初应制策第一，除左拾遗，历监察御史，坐事贬江陵士曹参军，徙通州司马，自号州长史征为膳部员外郎，拜祠部郎中，知制诰，召入翰林，为中书舍人，承旨学士，进工部侍郎，同平章事。未几，罢相，出为同州刺史，改越州刺史，兼御史大夫，浙东观察使。大和初，入为尚书左丞，检校户部尚书，兼鄂州刺史，武昌军节度使。年五十三卒。稹自少与白居易倡和，当时称“元白”，号为“元和体”。其集与居易集同名“长庆”，共六十卷，今存。

古筑城曲（五首录二）

筑城须努力，城高遮得贼。

但恐贼路多，有城遮不得。

筑城安敢烦，愿听丁一言。

请筑鸿胪寺，兼愁虏出关。

〔注〕 鸿胪寺:《唐百官志》:“鸿胪寺卿一人,少卿二人,掌宾客之事。”

〔释〕 筑城本以防边,前首言城不足防贼,后首言与其劳民筑城,不如善交邻国。盖鸿胪寺乃接待外宾之官也。且城防坚反使虏不得出,必为内乱。

行　宫

寥落古行宫，宫花寂寞红。

白头宫女在，闲坐说玄宗。

〔注〕 行宫:《文选·吴都赋》李善注:“天子行所立名曰行宫。”

〔释〕 首句宫之寥落,次句花之寂寞,已将白头宫女所在环境景象之可伤描绘出来,则末句所说之事,虽未明说,亦必为可伤之事。二十字中于开元、天宝间由盛而衰之经过,悉包含在内矣。此诗可谓《连昌宫词》之缩写。白头宫女与《连昌宫词》之老人何异!

夜　池

荷叶团团茎削削，绿萍面上红衣落。
满地月明思啼螀，高屋无人风张幕。

〔**释**〕　玩末句“高屋无人”四字，知此池必豪家之荒池。以此意看首二句，便有一种萧条之感。

闻乐天授江州司马

残灯无焰影幢幢，此夕闻君谪九江。
垂死病中惊起坐，暗风吹雨入寒窗。

〔**注**〕　乐天：白居易字乐天。元和中白居易以言事强直，贬江州司马。　江州：今江西九江市，唐名江州。　幢幢：《方言》：“幢，翳也。”《唐韵》：“幢，宅江切。”

〔**释**〕　元稹与白居易交情最深，读此诗可增友朋之重。

酬李甫见赠(十首录一)

杜甫天才颇绝伦，每寻诗卷似情亲。
怜渠直道当时语，不着心源傍古人。

〔释〕　此与李甫论诗也。元稹对杜甫诗极其倾仰，此诗三四两句颇能道出杜甫于诗有创新之功，但杜之创新实从继承古人而变化之者，观甫《戏为六绝句》可知。元所谓“不着心源傍古人”，言其不一味依傍古人也，非轻视古人，仍与杜甫“不薄今人爱古人”之旨无妨也。

白居易

居易字乐天，下邽人。贞元中擢进士第，补校书郎。元和初，对制策入等，调盩厔尉，集贤校理，寻召为翰林学士，左拾遗，拜赞善大夫，以言事贬江州司马，徙忠州刺史。穆宗初，征为主客郎中知制诰，复乞外，历杭、苏二州刺史。文宗立，以秘书监召，迁刑部侍郎，俄移病除太子少傅。会昌初，以刑部尚书致仕卒。赠右仆射，谥曰文。自号醉吟先生，亦称香山居士，与同年元稹酬咏号“元白”，与刘禹锡酬咏号“刘白”。有《长庆集》七十一卷，今存。

闺怨词(三首录一)

关山征戍远，闺阁别离鸡。
苦战应憔悴，寒衣不要宽。

〔释〕　唐人闺怨词作者甚多，大抵各出新意。此诗为闺人设想，因念征人苦辛，必然瘦减，故有“寒衣不要宽”之句。

招东邻

小榼二升酒，新簟六尺床。
能来夜话否?池畔欲秋凉。

问刘十九

绿蚁新醅酒，红泥小火炉。
晚来天欲雪，能饮一杯无?

〔**注**〕 刘十九:嵩阳居士也,名未详。或云即隐居庐山之刘轲。 绿蚁:《释名·释饮食》:“酒有泛齐,浮蚁在上泛泛然也。”按《周礼·天官》酒正“辨五齐之名,一曰泛齐”,注:“泛者,成而泛泛然,如今之宜城醪矣。”疏:“言泛者,谓此齐孰时,滓浮在上泛泛然。”按此经之“五齐”对下文三酒言。文有通别,别则齐与酒异,通言之则齐亦酒也。成者,酒熟曰成。蚁者,滓浮酒面如蚁也。

〔**释**〕 读此二诗知白居易之好客,有酒则呼友同饮。

池 上(二首录一)

小娃撑小艇，偷采白莲回。
不解藏踪迹，浮萍一道开。

〔**释**〕 此二十字写小娃天真如在眼前,有画笔所不到者。

过天门街

雪尽终南又欲春,遥怜翠色对红尘。
千车万马九衢上,回首看山无一人。

〔**释**〕 此讽京城中热中之人,皆忙于奔走利名,无有能欣赏自然之美者。

禽 虫(八首录四)

蟭螟杀敌蚊巢上,蛮触交争蜗角中。
应似诸天观下界,一微尘内斗英雄。

〔**注**〕 蟭螟:《晏子》:"景公问于子晏子曰:'天下有极细乎?'对曰:'东海有虫名曰蟭螟,巢于蚊睫,飞乳去来而蚊不觉。'" 蛮触:《庄子》曰:"戴晋人告魏惠王曰:'有国于蜗之左角者曰触氏,有国于蜗之右角者曰蛮氏,时相与争地而战,伏尸数万,逐北旬有五日而后返。'" 诸天:《长阿含经》:"先于佛所,净修梵行,生忉利天,使彼诸天,增益五福。"按佛书有三十三天之说,故曰诸天。 微尘:《首楞严经》:"汝观地性,粗为大地,细为微尘。"

蠨蛸网上罥蜉蝣，反覆相持死始休。

何异浮生临老日，一弹指顷报恩仇。

〔注〕 蠨蛸：《尔雅·释虫》："蠨蛸，长踦。"郭璞注："小蜘蛛长脚者，俗呼为喜子。"音萧消。 蜉蝣：《诗经·曹风》："蜉蝣之羽，衣裳楚楚。"传："蜉蝣，渠略也，朝生夕死，犹有羽翼以自修饰。楚楚，鲜明貌。" 弹指：《维摩诘经》："度百千劫，犹如弹指。"

兽中刀枪多怒吼，鸟遭罗弋尽哀鸣。

羔羊口在缘何事，暗死屠门无一声。

〔注〕 "中"读去声，言为刀枪所中也。

阿阁鸾凰田舍乌，妍蚩贵贱两悬殊。

如何闭向深笼里，一种摧颓触四隅。

〔释〕 唐自安史乱后，朝政极纷扰。错综其间者，有两种势力。一为藩镇，一为宦官。帝皇之废立，宰臣之进退，视此两势力之消长而定。宦官、藩镇之间，又各分派别，互相倾轧，互相争战。于是政权转易无定，人民痛苦更深。其最著者，有牛僧孺、李宗闵与李德裕之争，史家所谓牛李党争也。有文宗李昂与宰相李训、郑注等之谋杀宦官，反为宦官所杀，史家所谓“甘露之变”也。当事变之初，虽智者不易辨其是非，及事定之后，虽贤者往往以成败论人。因而贤智之士，常陷入其中而不自觉。白居易早鉴及此，故当牛李党争之初即移病以分司东都闲散之地，而甘露变起之前，则以病免退居。其《咏怀》诗有“人间祸福愚难料，世上风波老不禁”之句，畏祸避嫌之心，昭然若揭。此《禽虫八章》之作，盖皆寓言以抒怀。虽未能一一指实，要与上述两事有关。“蟭螟”章自注：“自照也。”即诗中所谓“诸天观下界”也。“阿阁”章自注：“有所感也。”“兽中”章自注：“有所悲也。”其所感、所悲，以上述两事证之，当无大误。“蠨蛸”章虽无自注，而两虫相持，至死方休，非指牛李党争而何。后人每以白诗多知足之言，病其千篇一律，不知居易之所以如此，不但自述，且以警世也。考居易自元和十年上疏请捕刺武元衡之贼，为王涯诬以居易母看花堕井死，居易有《赏花》《新井》诗，有伤名教，贬为江州司马以后，每求外任，不愿在朝，实以尔时党争日烈，民生日困，而自度无力挽救，乃萌急流勇退，明哲保身之念，不复如前此之直言敢谏矣。因之其诗之作风亦稍变，《新乐府》《秦中吟》之风格不复有矣。昔孔颖达作《关雎诗序疏》，论诗人救世之情有“典刑未亡，觊可追改，则箴规之意切；淫风大行，莫之能救，则匡谏之志微”之说。白居易贞元、元和间所作，则箴规之意尚切，大和以后之诗，则匡谏之志微矣。盖其前少年气盛，尚有兼善天下之志，其后阅世渐深，虑患渐切，但求独善其身之念遂生。封建社会文人，类多如此，不独白氏一人也。因论此诗为发其凡如此。

涧中鱼

海水桑田欲变时，风涛翻覆沸天池。
鲸吞蛟斗波成血，深涧游鱼乐不知。

〔注〕 本篇录自《山中五绝句》。 海水桑田：《神仙传》："麻姑谓王方平曰：'自接待以来，见东海三为桑田，向到蓬莱，水乃浅于往者略半也。岂复将为陵陆乎！'"按此诗亦指甘露之变也。

思妇眉

春风摇荡自东来，拆尽樱桃绽尽梅。
惟余思妇愁眉结，无限春风吹不开。

寒闺怨

寒月沉沉洞房静，真珠帘外梧桐影。
秋霜欲下手先知，灯底裁缝剪刀冷。

闺 妇

斜凭绣床愁不动，红绡带缓绿鬟低。
辽阳春尽无消息，夜合花前日又西。

〔释〕　此三首皆代思妇抒情之词。三首各从一点着想，各用一种语言，各极其致。

王昭君(二首)

满面胡沙满鬓风，眉销残黛脸销红。
愁苦辛勤憔悴尽，如今却似画图中。

汉使却回凭寄语，黄金何日赎蛾眉。
君王若问妾颜色，莫道不如宫里时。

〔释〕　后一首意从前一首生出。前言“却似画图中”，后言“莫道不如宫里时”，足见昭君苦心，却亏诗人想到。

后宫词(二首)

泪尽罗巾梦不成，夜深前殿按歌声。
红颜未老恩先断，斜倚薰笼坐到明。

雨露由来一点恩，争能遍布及千门。
三千宫女胭脂面，几个春来无泪痕。

〔**注**〕　薰笼:古代取暖与熏衣之具。

〔**释**〕　白诗每喜作快语、尽语,如前首之“红颜”句,后首之“几个春来”句,皆嫌快、嫌尽,不免刻露。

燕子楼(三首)

满窗明月满帘霜,被冷灯残拂卧床。
燕子楼中霜月夜,秋来只为一人长。

钿带罗衫色似烟,几回春暮即潸然。
自从不舞霓裳曲,叠在空箱十一年。

今春有客洛阳回,曾到尚书墓上来。
见说白杨堪作柱,争教红粉不成灰。

〔**注**〕　燕子楼:《唫吃集》:“唐张建封妾盼盼誓节燕子楼,今在徐州州廨。”　霓裳曲:《乐苑》:“玄宗制《霓裳羽衣曲》十二遍。”又郑嵎《津阳门诗》注:“帝月宫闻仙乐但记其半,于笛中写之。会西凉进《婆罗门曲》,与其声调相符,遂以月中所闻为之散序,用敬述所进曲作腔,名《霓裳羽衣曲》云。”

〔**释**〕　此伤张建封妓关盼盼作。白居易有序称张仲素出示盼盼诗三首,辞甚婉丽,因和其韵。又称张知盼盼始末云:“张尚书既殁，彭城有张氏旧第，中有小楼，名燕子。盼盼念旧，爱而不嫁，居是楼十余年，于今尚在。”

感故张仆射诸妓

黄金不惜买蛾眉，拣得如花三四枝。
歌舞教成心力尽，一朝身去不相随。

〔释〕　计有功《唐诗纪事》称张仲素以此诗示盼盼。盼盼反复读之，泣曰：“自公薨背，妾非不能死，恐百载之后，人以我公重色，有从死之妾，是玷我公清范也。所以偷生尔。”乃和白诗云：“自守空楼敛恨眉，形同春后牡丹枝。舍人不会人深意，讶道泉台不去随。”盼盼作诗后，旬日不食卒。按盼盼能诗，自亦才女。此事是否属实，别无可考。盼盼原唱三首，录入后列女诗中。

题窗竹

不用裁为鸣凤管，不须截作钓鱼竿。
千花百草凋零后，留向纷纷雪里看。

〔注〕　鸣凤管：陈氏《乐书》：“盖箫之为器，编竹而成者也。长则声浊，短则声清。其状凤翼，其音凤声。”

〔释〕 此亦借竹抒怀之词。竹以自比,首二句言不为世用,不愿为人所羁绁也。

移牡丹栽

金钱买得牡丹栽,何处辞丛别主来。
红芳堪惜还堪恨,百处移将百处开。

〔释〕 此诗含讽甚明。读"辞丛别主"四字,殆为忘旧恩、媚新主者言也。

暮江吟

一道残阳铺水中,半江瑟瑟半江红。
可怜九月初三夜,露似真珠月似弓。

〔注〕 瑟瑟:杨慎《升庵诗话》:"瑟瑟,珍宝名,其色碧,故以瑟瑟影指碧字。此言残阳照江,半红半碧耳。"

〔释〕 白居易五七言绝句,共七百六十五首,唐人无有如此多者。但写景之诗,殊少佳作。此篇为传诵人口者,全诗从日晚写到夜,中间只"可怜"二字带感情,不知何意。但诗人明记时日,多有事在。诗言九月初三夜,或有所指,但已无考。

采莲曲

菱叶萦波荷飐风，荷花深处小船通。
逢郎欲语低头笑，碧玉搔头落水中。

代卖薪女赠诸妓

乱蓬为鬓布为裙，晓踏寒山自负薪。
一种钱塘江畔女，着红骑马是何人！

〔释〕 两诗皆善于体会人情，故读来如见其人，如闻其声。

浪淘沙（六首录二）

一泊沙来一泊去，一重沙灭一重生。
相搅相淘无歇日，会教山海一时平。

〔注〕 泊：漂泊也。

借问江潮与海水，何似君情与妾心。
相恨不如潮有信，相思始觉海非深。

采莲曲

〔释〕　前首言世事变化无已，如浪之淘沙。“山海平”，言荣辱、贵贱如一也。后首借海潮以喻人心之不同。

杨柳枝（八首录二）

依依袅袅复青青，勾引清风无限情。
白雪花繁空扑地，绿丝条弱不胜莺。

红版江桥青酒旗，馆娃宫暖日斜时。
可怜雨歇东风定，万树千条各自垂。

〔注〕　馆娃宫：《吴郡志》：“灵岩山在平江府城西，吴王别苑在焉，有馆娃宫。”

〔释〕　诗人作《柳枝词》，多有寓意，非纯粹咏物也。此二首，前首讥之，后首怜之也。前首首二句写其得意之态，后二句则讥其无可贵处。后首以红版桥比卑微者，馆娃宫比尊贵者。末二句见盛时一过，则同样无聊，故皆可怜也。于此知白居易盖有庄子“齐物”之思想。

魏王堤

花寒懒发鸟慵啼，信马闲行到日西。
何处未春先有思，柳条无力魏王堤。

〔**注**〕　魏王堤：洛水流入洛阳城，溢而成池。贞观中以赐魏王李泰。池有堤以隔洛水，名魏王堤。

〔**释**〕　杜甫有“漏泄春光有柳条”之句，白氏诗言“未春先有思”则更进一层。“花懒”“鸟慵”“柳条无力”，皆是未春景象，然而柳之春思，乃马诗人所觉，正以见诗人之敏感，不必待“漏泄”而已知。诗人之所以异于常人者即在此。

大林寺桃花

人间四月芳菲尽，山寺桃花始盛开。
长恨春归无觅处，不知转入此中来。

〔**注**〕　大林寺：白居易《游大林寺序》曰：“余与河南元集虚……凡十七人，自遗爱草堂，历东西二林，抵化城，憩峰顶，登香炉峰，宿大林寺。大林穷远，人迹罕到，环寺多清流苍石，短松瘦竹。寺中惟板屋、木器。其僧皆海东人。山高地深，时节绝晚。于时孟夏月，如正二月天。梨桃始华，涧草犹短。人物风候，与平地聚落不同，初到恍然若别造一世界者，因口号绝句云……时元和十二年四月九日乐天序。”按序中所指各处，皆在今庐山，此诗乃白谪居江州时所作。

〔**释**〕　此诗亦以见诗人所感有与常人不同者。苏轼《望江南》词有“百舌无言桃李尽，柘林深处鹁鸪鸣，春色属芜菁”之句。辛弃疾《鹧鸪天》词亦有“城中桃李愁风雨，春在溪头荠菜花”之句，皆与白氏此诗用意相同，可以互参。

永丰坊园中垂柳

一树春风千万枝，嫩于金色软于丝。

永丰西角荒园里，尽日无人属阿谁！

〔注〕　永丰坊：徐星伯《唐两京城坊考》："东京外郭南面之门，东曰长夏门，长夏门之东第一街曰仁和坊，次北正俗坊，次北永丰坊。"　阿谁：不定何人之称。

〔释〕　此以喻贤才不得地也。如此婀娜之柳，乃在荒园无人知之地，岂不可惜。但诗只言"尽日无人属阿谁"，而惜之之意自在言外。《本事诗》谓为放樊素作，非也。

乱后过流沟寺

九月徐州新战后，悲风杀气满山河。

惟有流沟山下寺，门前依旧白云多。

〔注〕　徐州乱后：唐顺宗贞元二十一年以徐州军为武宁军，穆宗长庆二年武宁军副使王智兴逐节度使崔群。徐州乱事当即此。长庆四年白居易由杭州回洛阳，当经过徐州，诗或作于此时。　流沟寺：据诗知在徐州境内，但未详在境内何处所。

〔释〕 玩末句则知徐州乱后，民生凋敝不堪，诗人但言寺前白云依旧多，则除白云外，更无他物矣。

夜筝

紫袖红弦明月中，自弹自感暗低容。
弦凝指咽声停处，别有深情一万重。

〔释〕 此写弹筝女也。白居易《琵琶行》有“别有幽愁暗恨生，此时无声胜有声”，与此诗末句同妙。

刘言史

言史邯郸人，与李贺同时，歌诗美丽恢赡，自贺外世莫能比，亦与孟郊友善。初客镇冀，王武俊奏为枣强令，辞疾不受，人因称为刘枣强。后客汉南，李夷简署司空椽，寻卒。歌诗六卷，今佚。

长门怨

独坐炉边结夜愁，暂时恩去亦难留。
手持金箸垂红泪，乱拨寒灰不举头。

〔释〕 一种怨抑之情涌现纸上，亦宫怨词中另一种写法。

长孙佐辅

佐辅德宗时人，诗号《古调集》。

寻山家

独访山家歇还涉，茅屋斜连隔松叶。
主人闻语未开门，绕篱野菜飞黄蝶。

雍裕之

裕之，贞元后诗人也。存诗一卷。

芦　花

夹岸复连沙，枝枝摇浪花。
月明浑似雪，无处认渔家。

农家望晴

尝闻秦地西风雨，为问西风早晚回。
白发老农如鹤立，麦场高处望云开

〔**释**〕 秦地西风则雨，故望西风勿来。此诗中兼存当时农谚。

宫人斜

几多红粉委黄泥，野鸟如歌又似啼。
应有春魂化为燕，年年飞入未央栖。

宋 济

济，德宗时人，与杨衡、符载同栖青城。存诗二首。

塞上闻笛

胡儿吹笛戍楼间，楼上萧条海月闲。
借问梅花何处落，风吹一夜满关山。

〔**释**〕 《梅花落》，本笛中曲也。诗人言吹笛则梅花落者甚多，李白《观吹笛》诗有“十月吴山晓，梅花落敬亭”，又《黄鹤楼闻笛》诗亦有“黄鹤楼中吹玉笛，江城五月落梅花”之句，盖习用已久，不以为非也。

刘　皂

皂，贞元间人。存诗五首。

长门怨

宫殿沉沉月色分，昭阳更漏不堪闻。
珊瑚枕上千行泪，不是思君是恨君。

〔释〕　《唐诗纪事》又有一首，云《韦庄集》载皂作，《万首绝句》作刘媛诗，今录入列女诗中。

徐　凝

凝，睦州人，元和中官至侍郎，存诗一卷。

庐山瀑布

虚空落泉千仞直，雷奔入江不暂息。
千古长如白练飞，一条界破青山色。

庐山瀑布

〔**释**〕　此诗为凝得意之作。后苏轼游庐山，见凝与李白咏瀑布之诗，作一绝云：“帝遣银河一派垂，古来惟有谪仙词。飞流溅沫知多少，不为徐凝洗恶诗。”以徐比李，固是小巫见大巫，然亦风气渐衰所致，盛唐雄浑宏阔气象一变而为韩愈之奇险，再变而成白居易之刻露。奇险之极，则有卢仝之怪僻；刻露之极，则有徐凝之粗率。其间复有浮艳与冗漫之作，而唐诗遂衰矣。

蛮入西川后

守隘一夫何处在，长桥万里只堪伤。
纷纷塞外乌蛮贼，驱尽江头濯锦娘。

〔**注**〕　乌蛮：《唐书·南蛮传》：“两爨蛮……自弥鹿、升麻二川南至步头，谓之东爨乌蛮。”

〔**释**〕　此诗责守土者不能御贼，致人民被掠也。

张　碧

碧字太碧，贞元时人，孟郊甚推许之。

农　父

运锄耕劚侵星起，陇亩丰盈满家喜。
到头禾黍属他人，不知何处抛妻子。

〔释〕　此二十八字，说尽当时劳动人民被剥削之苦。

孙　革

革一作华，宪宗朝官监察御史，存诗一首。

访羊尊师

松下问童子，言师采药去。
只在此山中，云深不知处。

〔释〕　此诗杨士弘《唐音》作孙革。或以为贾岛作，恐非。

裴交泰

交泰，贞元间诗人。

长门怨

自闭长门经几秋，罗衣湿尽泪还流。
一种蛾眉明月夜，南宫歌吹北宫愁。

李德裕

德裕字文饶，赵郡人，宰相吉甫子也。以荫补校书郎，拜监察御史。穆宗即位，擢翰林学士，再进中书舍人，未几，授御史中丞。牛僧孺、李宗闵追怨吉甫，出德裕为浙江观察使。大和三年，召拜兵部侍郎。宗闵秉政，复出为郑滑节度使，逾年，徙剑南西川，以兵部尚书召，俄拜中书门下平章事，封赞皇县伯。宗闵罢，代为中书侍郎，集贤殿大学士。郑注、李训怨之，乃召宗闵，拜德裕为兴元节度使，入见帝，自陈愿留阙下，复拜兵部尚书。为王璠、李汉所谮，贬太子宾客，分司东都，再贬袁州刺史，未几，徙滁州。开成初，起为浙西观察使，迁淮南节度使。武宗立，召为门下侍郎，同中书门下平章事，拜太尉，封卫国公。当国凡六年，威名独重。于时宣宗即位，罢为荆南节度使。白敏中、令狐绹使党人构之，贬崖州司户参军卒。德裕少力学，善为文，虽在大位，手不去书。《会昌一品集》二十卷，《别集》十卷，《外集》四卷，今存。

登崖州城作

独上高楼望帝京，鸟飞犹是半年程。
青山似欲留人住，百匝千遭绕郡城。

〔注〕 崖州：《隋书·地理志》："珠崖郡，梁置崖州。"

李 涉

洛阳人。初与弟渤同隐庐山，后应陈许辟，宪宗时为太子通事舍人，寻谪峡州司仓参军，大和中为太学博士，复流康州，自号清谿子。集二卷，佚，存诗一卷。

润州听暮角

江城吹角水茫茫，曲引边声怨思长。
惊起暮天沙上雁，海门斜去两三行。

〔注〕 润州：《唐书·地理志》："润州丹阳郡，武德三年置，取润浦为州名。"

〔释〕 诗不言人惊而曰雁惊，所谓不犯正位写法也。然有第二句“怨思长”，则人惊可知。

井栏砂宿遇夜客

暮雨萧萧江上村，绿林豪客夜知闻。
他时不用逃名姓，世上如今半是君。

〔释〕 《唐诗纪事》：“涉尝过九江至皖口，遇盗问何人。从者曰：‘李博士也。’其豪首曰：‘若是李涉博士，不用剽夺，久闻诗名，愿题一篇足矣。’涉赠一绝。”即此篇也。第三句作“他时不用相回避”。又《全唐诗话》“李汇征条”记汇征游闽越，至循州，投宿一村庄。主人年八十余，自称韦思明，与汇征谈诗，至李涉诗，韦忽变色，自言弱龄浪游江湖，结交奸徒，为不平事，遇李涉博士赠一诗，因而改行。胡震亨《唐音癸签》“谈丛”第五不以汇征遇韦一事为实事，疑唐人作小说者所增益，然亦别无证据，未能推翻《诗话》所说也。谓盗为夜客，甚奇。又按汇征事出范摅《云溪友议》。范谓“乾符辛丑岁客云川，值汇征，细述其事”。似非妄撰。

过襄阳上于司空頔

方城汉水旧城池，陵谷依然世自移。
歇马独来寻故事，逢人惟说岘山碑。

〔注〕 于司空頔：于頔也。頔镇襄阳颇骄蹇不法。 方城：《左传》："楚国方城以为城，汉水以为池。" 岘山碑：《晋书·羊祜传》："襄阳百姓于岘山祜平生游憩之所，建碑立庙，岁时赛祭。望其碑者，莫不流涕。杜预因名为堕泪碑。"

〔释〕 此涉以羊祜讽于頔也。

陆 畅

畅字达夫，吴郡人。元和元年登进士第，为皇太子僚属，后官凤翔少尹。存诗一卷。

送李山人归山

来从千山万山里，归向千山万山去。
山中白云千万重，却望人间不知处。

杨敬之

敬之字茂孝，元和初登进士第，擢累屯田、户部二郎中。坐李宗闵党，贬连州刺史。文宗向儒术，以敬之为国子祭酒，兼太常少卿。

赠项斯

几度见诗诗总好，及观标格过于诗。
平生不解藏人善，到处逢人说项斯。

〔注〕 项斯：斯字子迁，江东人，诗一首见后。

李 绅

绅字公垂，润州无锡人。为人短小精悍，于诗最有名，时号短李。元和初擢进士第，补国子助教，不乐，辄去。李锜辟掌书记。锜抗命，不为草表，几见害。穆宗召为右拾遗、翰林学士，与李德裕、元稹同时号三俊。历中书舍人、御史中丞、户部侍郎。敬宗立，李逢吉构之，贬端州司马，徙江州长史，迁滁、寿二州刺史，以太子宾客分司东都。大和中擢浙东观察使。开成初迁河南尹、宣武节度使。武宗即位，召拜中书侍郎同平章事，进尚书右仆射，封赵郡公。居位四年，以检校右仆射平章事，节度淮南卒，赠太尉，谥文肃。存诗四卷。

古 风(二首)

春种一粒粟，秋成万颗子。
四海无闲田，农夫犹饿死。

锄禾日当午，汗滴禾下土。

谁知盘中餐，粒粒皆辛苦。

〔**释**〕　此二诗说尽农民遭剥削之苦，与剥削阶级不知稼穑艰难之事，而王士祯乃不入选，但以肤廓为空灵，以缥缈为神韵，宜人多有不满之论。

鲍　溶

溶字德源，元和进士第。与韩愈、李正封、孟郊友善。诗集六卷、外集一卷，今存。

宿水亭

雕楹彩槛压通陂，鱼鳞碧幕衔曲玉。

夜深星月伴芙蓉，如在广寒宫里宿。

〔**释**〕　此诗写水亭夜景，笔彩与月色同鲜。“鱼鳞碧幕”，陂水也。“曲玉”，新月也。写水月已佳，而“星月芙蓉”之句，更作渲染。诗至晚唐，渐矜琢句而气象衰矣。

隋　宫

柳塘烟起日西斜，竹浦风回雁弄沙。
炀帝春游古城在，坏宫芳草满人家。

〔**释**〕　此诗于渲染景色之中见凭吊古迹之意，较他作但以一二物色表今昔盛衰者不同。

汉宫词(二首录一)

月映东窗似玉轮，未央前殿绝声尘。
宫槐花落西风起，鹦鹉惊寒夜唤人。

殷尧藩

尧藩，苏州嘉兴人。元和中登进士第，辟李翱长沙幕府，加监察御史，又尝为永乐令。诗一卷，今存。

关中伤乱后

去岁干戈险，今年蝗旱忧。
关西归战马，海内卖耕牛。

〔释〕 二十字中一片伤乱忧国之情。

潭州席上赠舞柘枝妓

姑苏太守青娥女，流落长沙舞柘枝。
满座绣衣皆不识，可怜红脸泪双垂。

〔释〕 《唐诗纪事》:"翱在潭州，席上有舞《柘枝》者，颜色忧悴。殷尧藩侍御当筵赠诗。翱诘其事，乃故苏台韦中丞爱姬所生女也。曰:'妾以昆弟夭折，委身乐部，耻辱先人。'言讫涕咽，情不能堪。"翱与韦族姻旧，乃命更衣与夫人相见，并于宾客中选一士人嫁之。

舒元舆

元舆，婺州东阳人。元和中登进士第，调鄠尉，裴度表掌书记，拜监察御史，再迁刑部员外郎，改著作郎，分司东都。李训与之相善，训用事，再迁左司郎中。御史大夫李固言表知杂事。固言辅政，权知御史中丞，不三月即真，兼刑部侍郎。专附郑注，以本官同中书门下平章事。甘露之变，为仇士良所害。

赠潭州李尚书

湘江舞罢忽成悲，便脱蛮靴出绛帷。
谁是蔡邕琴酒客，魏公怀旧嫁文姬。

〔注〕 李尚书:即李翱。 文姬:《列女传》:“陈留董祀妻者，同郡蔡邕之女也,名琰,字文姬,博学有才辩,又妙于音律。为胡骑所获,在胡中十二年。曹操素与邕善,痛其无嗣,乃遣使者以金璧赎之而重嫁于祀。”

施肩吾

肩吾字希圣,洪州人。元和十年登第。隐洪州之西山。有《西山集》十卷,今存一卷。

杂古词(五首录二)

郎为匕上香，妾作笼下灰。
归时即暖热，去罢生尘埃。

怜时鱼得水，怨罢商与参。
不如山栀子，却能结同心。

〔**释**〕　诗人代怨妇抒情者，或因此事乃古代社会上一大问题，或藉以抒写自己之遭遇也。

幼女词

幼女才六岁，未知巧与拙。
向夜在堂前，学人拜新月。

晓光词

日轮浮动羲和推，东方一轧天门开。
风神为我扫烟雾，四海荡荡无尘埃。

〔**注**〕　羲和：《离骚》王逸注：“羲和，日御也。”

〔**释**〕　此诗殊有浪漫意味，绝句中少见。

讽山云

闲云生叶不生根，常被重重蔽石门。
赖有风帘能扫荡，满山晴日照乾坤。

〔**释**〕　此刺蔽明之诗也，所指何人则未知。

讽山云

夜笛词

皎洁西楼月未斜，笛声寥亮入东家。

却令灯下裁衣妇，误剪同心一半花。

〔释〕 此诗言东家妇闻笛而生念远戍之情，遂误剪同心之花。设想甚工，闺怨诗之别开生面者。

姚　合

合陕州硖石人。登元和进士第，授武功主簿，调富平、万年尉。宝历中，历监察御史、户部员外郎，出为荆、杭二州刺史，后为给事中，陕虢观察使。开成末，终秘书监。合与马戴、费冠卿、殷尧藩、张籍游。李频师之。有《涵元集》十卷，今存七卷。

晦日送穷（三首录一）

年年到此日，沥酒拜街中。

万户千门看，无人不送穷。

〔注〕 《四时宝镜》："高阳氏子好衣弊，食糜，正月晦巷死。世作糜，弃破衣，是日祝于巷曰除贫也。韩愈作《送穷文》，穷鬼

之名有五,曰智穷、学穷、文穷、命穷、交穷。”

〔释〕 此虽文人游戏之作,然亦可见古时风俗。

穷边词(二首录一)

将军作镇古汧州,水腻山春节气柔。
清夜满城丝管散,行人不信是边头。

〔注〕 汧州:唐属关内道,其领县有汧源、汧阳。

〔释〕 此美边将能安边也,故不为寒苦之词。

杨柳枝词(五首录一)

叶叶如眉翠色浓,黄莺偏恋语从容。
桥边陌上无人识,雨湿烟和思万重。

〔释〕 玩三四句似有士不遇之感。

王 叡

叡元和后诗人,自号炙毂子。集五卷,今佚。存诗九首。

祠渔山神女歌(二首录一)

蕙草头花柳叶裙，蒲葵树下舞蛮云。
引领望江遥滴酒，白蘋风起水生纹。

〔注〕　渔山神女:《乐府诗集·吴声歌曲》有王维《祠渔山神女歌》,题下引《述征记》:“魏嘉平中有神女成公智琼,降弦超。同室疑其有奸,智琼乃绝。后五年,超使将之洛西,至济北渔山下陌上,遥望曲道头有车马似智琼,果至洛,克复旧好。”又引《十道志》:“渔山一名吾山。”按《史记·河渠书》“功无已时兮吾山平”,徐广注:“东郡东阿有鱼山,或者是乎?”鱼山即渔山。

〔释〕　此诗末句有《九歌·湘夫人》“袅袅兮秋风,洞庭波兮木叶下”之意,盖疑神降也。

张　祜

祜字承吉,清河人。以《宫词》得名。长庆中,令狐楚表荐之,不报,辟诸侯府多不合,自劾去。尝客淮南,爱丹阳曲阿地古淡有南朝遗风,遂筑室种植而家焉。集十卷,今存二卷。

自君之出矣

自君之出矣，万物看成古。
千寻亭历枝，争奈长长苦。

〔注〕　亭历：郝懿行《尔雅》疏：“今验亭历实，叶皆似芥，三月开黄花，结角子亦微黄，味苦。”　争奈：怎奈也。“怎”字平读，故假“争”字为之。

读曲歌（五首录一）

窗中独自起，帘外独自行。
愁见蜘蛛织，寻丝直到明。

〔注〕　读曲歌：《乐府诗集·吴声歌曲》有《读曲歌》，引《宋书·乐志》：“读曲歌者，民间为彭城王义康所作也。”按“丝”字《万首唐人绝句》及《乐府诗集》均作“思”。疑与此体习惯用字不合。古辞如“石阙生口中，衔碑不得语”，“碑”隐“悲”字；又“朝看莫牛迹，知是宿蹄痕”，“蹄”隐“啼”字，又《子夜歌》“雾露隐芙蓉，见莲不分明”，“莲”隐“怜”字，此诗则以“丝”隐“思”字，作“思”不合。

宫　词(二首录一)

故国三千里，深宫二十年。

一声何满子，双泪落君前。

〔注〕　何满子：白居易《何满子》诗自注："开元中，沧州何满犯罪系狱，撰此曲进。四词八叠，其声甚哀。鞫狱者为奏明皇，不许，竟坐刑。"

〔释〕　《唐诗纪事》："二章祜所作《宫词》也。传入宫禁，武宗疾笃，目孟才人曰：'吾即不讳，尔何为哉？'指笙囊泣曰：'请以此就缢。'上悯然。复曰：'妾尝艺歌，请对上歌一曲，以泄其愤。'上许。乃歌一声《何满子》，气亟立殒。上令医候之，曰：'脉尚温而肠已绝。'"按祜诗所咏乃何满子事，"何"一作"河"。祜别有咏孟才人一绝，见后。

孟才人叹

偶因歌态咏娇嚬，传唱宫中十二春。

却为一声何满子，下泉须吊旧才人。

雨霖铃

雨霖铃夜却归秦，犹见张徽一曲新。
长说上皇和泪教，月明南内更无人。

〔注〕　雨霖铃:《乐府诗集·近代曲辞》有《雨霖铃》,引《明皇别录》:“帝幸蜀,南入斜谷,属霖雨弥旬,于栈道雨中闻铃声与山相应。帝既悼念贵妃,因采其声为《雨霖铃》曲以寄恨焉。时独梨园善觱篥乐工张徽从至蜀,帝以其曲授之。洎至德中,复幸华清宫,从官嫔御,皆非旧人。帝于望京楼命张徽奏《雨霖铃》曲,不觉凄怆流涕。”　南内:《新唐书·地理志》:“兴庆宫在皇城东南,开元初置。十四年又增广,谓之南内。”按明皇自蜀回即居南内。

华清宫（四首录一）

红树萧萧阁半开，上皇曾幸此宫来。
至今风俗骊山下，村笛犹吹阿滥堆。

〔注〕　阿滥堆:《唐诗纪事》:“骊宫小禽名阿滥堆。明皇御玉笛,采其声翻为曲,且名焉。远近以笛争效之。”

集灵台(二首录一)

虢国夫人承主恩，平明骑马入宫门。
却嫌脂粉污颜色，淡扫蛾眉朝至尊。

〔注〕　集灵台:《三辅黄图》:“集灵台在华阴县界,汉武帝造。”虢国夫人:《唐书·杨国忠传》:“贵妃姊虢国、韩国、秦国三夫人同日拜命。”按此诗有误作杜甫作者。

马嵬坡

旌旗不整奈君何，南去人稀北去多。
尘土已残香粉艳，荔枝犹到马嵬坡。

〔注〕　马嵬坡:《通志》:“马嵬,在西安府兴平县西二十五里。”又《唐书·后妃传》:“安禄山反,以诛国忠为名。及西,幸过马嵬,陈玄礼等以天下计,诛国忠,已死,军不解,帝遣力士问故,曰:‘祸本尚在。’帝不得已,与妃诀,引而去,缢路祠下。”荔枝:《杨太真外传》:“上入行宫,抚妃子出于厅门,至马道北墙口而别之,使力士赐死。……才绝,而南方进荔枝至。”

〔释〕　以上所录五诗,皆以唐宫事为题材,词意有惋惜,有唱叹，尤喜咏明皇与杨妃事，盖唐运由盛而衰，此事乃其枢纽，诗人感慨所寄亦多在此也。

悲纳铁

长闻为政古诸侯，使佩刀人尽佩牛。
谁谓今来正耕垦，却销农器作戈矛。

〔**注**〕 佩刀：《汉书·龚遂传》："为渤海太守，民有带持刀剑者，使卖剑买牛，卖刀买犊，曰：'何为带牛佩犊。'"

〔**释**〕 唐自天宝乱后，内忧外患，战事频繁，致兵器耗损，乃销农器为兵器，于时农民失业，流亡甚众，此诗人所以兴悲也。

陈去疾

去疾字文医，侯官人。元和十四年及第，历官邕管副使。存诗十三首。

西上辞母坟

高盖山头日影微，黄昏独立宿禽稀。
林间滴酒空垂泪，不见丁宁嘱早归。

〔**释**〕 读此诗末句，使人恻然。此等语乃从人子心腑中流出者。唐人绝句，此类作品不多见。

李敬方

敬方字中虔，登长庆进士第，大和中为歙州刺史。大中时，顾陶集《唐诗类选》云："李歙州敬方才力周备，兴比之间，独与前辈相近。家集三百首，简择律韵，八篇而已。虽前后夐绝，或畏多言而典刑具存，非敢避弃。"

汴河直进船

汴水通淮利最多，生人为害亦相和。
东南四十三州地，取尽脂膏是此河。

〔**注**〕 汴水通淮：唐代东南租（田赋）庸（劳役，不役者日出绫、绢等物）调（绢、绫、绝）各物以岁二月至扬州，四月以后始渡淮入汴。见《唐书·食货志》。 东南四十三州：诗所指包括江苏、浙江、安徽、江西、广东、广西各地。唐时行政区分为若干州。此等州内劳动人民所生产之物，以各种名目，征收聚敛，皆由淮入汴以供统治者之用。

〔**释**〕 诗言汴水通淮固有利，然人民遭害亦相和。唐代征收劳动人民生产品，或以国家征税之规定，或以地方上贡之名目，或由地方巧立之私法，搜括殆尽，为害已深，而水运之时，强征民船，滥用民夫，穷年累月，不得休歇，弊民亦甚。故言东南各州人民之脂膏皆从此河吞食以尽，其为害生民（唐人讳“民”故曰“生人”）与有利于国用亦正相同。相和即相同、相等之意。用和字与多字相协为韵也。

裴夷直

夷直字礼卿，河东人，擢进士第。文宗时，历右拾遗、礼部员外郎，进中书舍人。武宗即位，出刺杭州，斥驩州司户参军。宣宗初，复拜江、华等州刺史，终散骑常侍。

访刘君

扰扰驰蹄又走轮，五更飞尽九衢尘。
灵芝破观深松院，还有斋时未起人。

〔**释**〕　此诗以喧、寂对写以见意。

朱庆余

庆余名可久，以字行，越州人。受知于张籍，登宝历进士第。今存诗一卷。

登玄都阁

野色晴宜上阁看，树阴遥映御沟寒。
豪家旧宅无人住，空见朱门锁牡丹。

〔**释**〕　此以见富贵不常保，从旁观者口中说出，可以警世之迷恋世荣者。

闺意上张水部

洞房昨夜停红烛，待晓堂前拜舅姑。
妆罢低声问夫婿，画眉深浅入时无？

〔**注**〕　张水部：张籍也。籍曾为水部员外郎。
〔**释**〕　此托之新妇见舅姑以比举子见考官。籍有酬朱庆余诗曰："越女新妆出镜心，自知明艳更沉吟。齐纨未是人间贵，一曲菱歌敌万金。"其称许特甚，可见古人爱士之心。

宫　词

寂寂花时闭院门，美人相并立琼轩。
含情欲说宫中事，鹦鹉前头不敢言。

〔释〕 玩诗意似有所讽，恐鹦鹉泄人言语，鹦鹉当有所指。

过耶溪

春溪缭绕出无穷，两岸桃花正好风。
恰是扁舟堪入处，鸳鸯飞起碧流中。

〔注〕 耶溪：《寰宇记》："若耶溪在会稽东二十八里。"

雍 陶

陶字国钧，成都人。大和间第进士。大中八年自国子毛诗博士出刺简州。

蜀人为南蛮俘虏(五首录二)

但见城池还汉将，岂知佳丽属蛮兵。
锦江南渡闻遥哭，尽是离家别国声。

越巂城南无汉地，伤心从此便为蛮。
冤声一恸悲风起，云暗青天日下山。

〔注〕 南蛮:《唐书·南蛮传》:“南诏本哀牢夷后,乌蛮别种也。渠帅有六,自号六诏。” 越巂:《文献通考·舆地考》八:“巂州,故邛都国,谓之西南夷,汉武开之,置越巂郡……唐置巂州,或为越巂郡。至德二载没吐蕃,贞元十三年收复。大和五年,为蛮寇所破。”

〔释〕 《唐诗纪事》:“杜元颖为西川节度使,治无状。文宗大和三年,南诏蛮嵯巅乃悉众掩攻戎、巂二州,陷之。入成都,止西郛十日,掠女子工伎数万而南。至大渡河,谓华人曰:‘此吾南境,尔去国当哭。’众号恸,赴水死者十三。”又载雍陶诗《别巂州,一时恸哭,云日为之变色》。按雍陶此诗所记乃大和三年事,《通考》所记为五年南诏再入侵事。据史称五年西川节度使李德裕索回南诏所掳百姓四千人还。又按杜元颖节度西川,因敬宗骄僻,元颖聚敛上供,削减军食,军民交怨,南诏蛮入侵,遂不能敌。

天津桥春望

津桥春水浸红霞,烟柳风丝拂岸斜。
翠辇不来金殿闭,宫莺衔出上阳花。

〔注〕 天津桥:《元和郡国志》:“天津桥在河南县北。” 上阳宫:《唐书·地理志》:“东都上阳宫在禁苑之东。”

杜　牧

牧字牧之，京兆万年人。大和二年擢进士第，复举贤良方正。沈传师表为江西团练府巡官，又为牛僧孺淮南节度府掌书记，擢监察御史。移疾，分司东都，以弟顗病，弃官。复为宣州团练判官，拜殿中侍御史、内供奉，累迁左补阙、史馆修撰，改膳部员外郎。历黄、池、睦三州刺史，入为司勋员外郎，常兼史职，改吏部，复乞为湖州刺史，逾年，拜考功郎中、知制诰，迁中书舍人卒。牧刚直有奇节，不为龊龊小谨，敢论列大事，指陈病利尤切。其诗情致豪迈，人号“小杜”，以别甫云。《樊川文集》二十卷，外集一卷，别集一卷，今存。

过勤政楼

千秋佳节名空在，承露丝囊世已无。
惟有紫苔偏称意，年年因雨上金铺。

〔注〕　勤政楼：见前刘禹锡《杨柳枝词》注。　千秋节：《明皇实录》：“开元十七年，百官上表请以八月五日为千秋节。”按明皇以八月五日生。　承露丝囊：《唐会要》：“开元十七年八月五日，群臣献寿酒，王公戚里进金镜、绶带，士庶以结丝承露囊更相问遗。”又按《唐书·礼乐志》：“明皇以马百匹，盛饰分左右，每千秋节舞于勤政楼下，后赐宴设酺于勤政楼。”

过华清宫（三首录一）

长安回望绣成堆，山顶千门次第开。
一骑红尘妃子笑，无人知是荔枝来。

〔注〕 华清宫：《唐书》：“开元五年置温泉宫于骊山，天宝六年改为华清宫。” 荔枝：《杨太真外传》：“妃子生于蜀，嗜荔枝。南海荔枝胜于蜀者，故每岁驰驿以进。”

华清宫

零叶翻红万树霜，玉莲闲蕊暖泉香。
行云不下朝元阁，一曲淋铃泪数行。

〔注〕 朝元阁：《长安志》：“华清宫……其南曰飞霜殿……朝元阁。”

〔释〕 前《过华清宫》诗写天宝未乱前之华清宫，后一首则乱后归来之华清宫也。行云指贵妃，借用宋玉《高唐赋》“旦为行云”也。诗言妃子之灵不下朝元阁，玄宗但听淋铃之曲而伤感也。

登乐游原

长空淡淡孤鸟没，万古销沉向此中。
看取汉家何事业，五陵无树起秋风。

〔**注**〕　乐游原:《汉书·宣帝纪》:“神爵三年春起乐游苑。”颜注“《三辅黄图》云:‘在杜陵西北。’”又《长安志》:“万年县乐游庙在县南八里,亦曰乐游原。”　五陵:《文选》班固《西都赋》:“西眺五陵。”李善注“《汉书》曰:‘高帝葬长陵,惠帝葬安陵,景帝葬阳陵,武帝葬茂陵,昭帝葬平陵。’”

〔**释**〕　沈德潜评曰:“‘树树起秋风’,已不堪回首,况于无树邪!”按此登高怀古之作,乐游起汉时,故即汉寄感。首二句已极豪宕。长空淡淡之中,不知销沉几许世代。今日登临但见孤鸟飞翔,此时诗人之感慨已深,而语却豪宕。沈评末句固是,但此诗第三句为一篇之主。盖即就汉代言,亦与万古同其销沉,故曰“看取汉家何事业”。言试看今日汉家尚余何事可供凭吊。即五陵亦已残破不堪,则他何可问。杨仲弘说绝句多以第三句为主,第三句转变得好,则第四句如顺流之舟矣。以此诗证之益信。

江南春

千里莺啼绿映红，水村山郭酒旗风。
南朝四百八十寺，多少楼台烟雨中。

〔**释**〕 宋张表臣《珊瑚钩诗话》："杜牧诗云：'南朝四百八十寺，多少楼台烟雨中。'帝王所都而四百八十寺，当时已为多，诗人侈其楼台殿阁焉。"杨慎《升庵诗话》："千里莺啼，谁人听得？千里绿映红，谁人见得？若作十里，则莺啼绿红之景，村郭、楼台、僧寺、酒旗皆在其中矣。"何文焕《历代诗话考索》："即作十里，亦未必尽听得着、看得见。题云《江南春》，江南方广千里，千里之中莺啼而绿映焉，水村山郭无处无酒旗，四百八十寺楼台多在烟雨中也。此诗之意，意既广不得专指一处，故总而命曰《江南春》，诗家善立题者也。"按杨慎之说，拘泥可笑。何文焕驳之是也。但谓为诗家善立题，则亦浅之夫视诗人矣。盖古诗人非如后世作者先立一题，然后就题成诗，多是诗成而后立题。此诗乃杜牧游江南时，感于景物之繁丽，追想南朝盛日，遂有此作。千里之词，亦概括言之耳，必欲以听得着、看得见求之，岂不可笑。

泊秦淮

烟笼寒水月笼沙，夜泊秦淮近酒家。
商女不知亡国恨，隔江犹唱后庭花。

〔注〕 秦淮:《太平御览·地部》引《舆地志》:“秦始皇巡会稽，凿断山阜，此淮即所凿也，亦名秦淮水。” 后庭花:《旧唐书·音乐志》:“《玉树后庭花》，陈后主所作。”又《隋书·乐志》:“陈后主于《清乐》中造《黄骊留》及《玉树后庭花》、《金钗两鬓垂》等曲，与幸臣等制其歌词，绮艳相高，极于轻荡，男女唱和，其音甚哀。”

〔释〕 首二句写夜泊之景，三句非责商女，特借商女犹唱《后庭花》曲以叹南朝之亡耳。六朝之局，以陈亡而结束，诗人用意自在责陈后主君臣轻荡，致召危亡也。

赤　壁

折戟沉沙铁未销，自将磨洗认前朝。
东风不与周郎便，铜雀春深锁二乔。

〔注〕 赤壁:《吴志·吴主传》:“建安十三年，荆州牧刘表死，鲁肃乞奉命吊表二子，且以观变。肃未到而曹公已临其境，表子

琮举众以降。刘备欲南济江，肃与相见，因传权旨，为陈成败。备进住夏口，使诸葛亮诣权，权遣周瑜、程普为左右督，各领万人，与备俱进，遇于赤壁，大破曹公军。公烧其余船引退。”按赤壁在今湖北嘉鱼县东北。　铜雀：《魏志》：“建安十五年冬，太祖乃于邺作铜爵台。”又《邺中记》：“邺城西北立台皆因城为基址，中央名铜爵台。”　二乔：《吴志·周瑜传》：“桥公两女，皆国色也。策自纳大桥，瑜纳小桥。”按桥公桥玄也，字本作“桥”，作乔其通假字也。

〔释〕　杜牧此诗，后人颇多不同之论。宋《许彦周诗话》首责难之。许《诗话》曰：“杜牧之作《赤壁》诗，意谓赤壁不能纵火，即为曹公夺二乔置之铜雀台上也。孙氏霸业，系此一战。社稷存亡，生灵涂炭都不问，只恐捉了二乔，可见措大不识好恶。”此论似正，却不免迂腐，非可谓知言者。故何文焕《历代诗话》驳之。何曰：“诗人之词微以婉，不同论言直遂也。牧之之意正谓幸而成功，几乎家国不保。彦周未免错会。”冯集梧《樊川诗集注》则曰：“彦周云云，诗不当如此论。此直村学究读史见识，岂足与语言近旨远之故乎！”吴景旭《历代诗话》又引《深雪偶谈》，谓“牧之以滑稽弄辞，彦周雌黄之，岂非与痴人言不应及于梦也”。吴又谓“牧之数诗（指《四皓庙》《乌江亭》及此诗）俱用翻案法，跌入一层，正意益醒。谢叠山所谓死中求活也”。又引《苕溪渔隐丛话》谓“牧之题咏好异于人，如《赤壁》《四皓》，皆反说其事”。而总断之曰：“此岂深于诗者哉！”按诸家皆不以许说为然，是也。《深雪偶谈》谓为滑稽弄辞，《苕溪渔隐丛话》谓为好异，景旭吴氏又以为翻案，则亦不尽然。大抵诗人每喜以一琐细事来指点大事。

即如此诗二乔不曾被捉去，固是一小事，然而孙氏霸权，决于此战，正与此小事有关。家国不保，二乔又何能安然无恙。二乔未被捉去，则家国巩固可知。写二乔正是写家国大事。且以二乔立意，可以增加诗之情趣，其非翻案、好异，以及滑稽弄辞，断然可知。至叠山所谓死中求活，盖论《乌江》诗则合，《乌江》诗谓项羽尚可回江东以图再起，乃于万无可为之中犹谓有可为，故曰“死中求活”，但不可以论此诗。

村舍燕

汉宫一百四十五，多下珠帘闭琐窗。
何处营巢夏将半，茅檐烟里语双双。

〔释〕　此诗似有李义府《咏鸟》诗所谓“上林无限树，不借一枝栖”之意，但末句写得有情，不作失意语，昔人谓牧之俊爽，如此诗是也。

归　燕

画堂歌舞喧喧地，社去社来人不看。
长是江楼使君伴，黄昏犹待倚阑干。

〔释〕　此又一咏燕诗，江楼使君独在歌舞喧喧之外，故有此闲情，倚阑相待。咏燕即咏人也。

山　行

远上寒山石径斜，白云深处有人家。
停车坐爱枫林晚，霜叶红于二月花。

〔**释**〕　读此诗可见诗人高怀逸致。霜叶胜花，常人所不易道出者。一经诗人道出，便留诵千口矣。

题村舍

三树稚桑春未剫，扶床乳女午啼饥。
潜销暗铄归何处，万指侯家自不知。

〔**注**〕　剫：音洛，剔也。剔除旁枝也。　万指：众口也。
〔**释**〕　潜销暗铄之中，伤残之人多矣，万指侯家安知此事。此亦劳民之呼吁也。

寄扬州韩绰判官

青山隐隐水迢迢，秋尽江南草未凋。
二十四桥明月夜，玉人何处教吹箫。

〔注〕　二十四桥:《舆地纪胜》:“淮南东路扬州:二十四桥,隋置,并以城门坊市为名。”

遣　怀

落拓江南载酒行,楚腰纤细掌中轻。
十年一觉扬州梦,赢得青楼薄幸名。

〔注〕　落拓:扬雄《解嘲》:“何为官之拓落也。”注:“拓落,不耦也。”此类字可倒用,一作“落魄”,《史记·郦生传》:“家贫落魄。”《汉书》应劭注:“志行衰恶之貌。”颜师古注:“失业无倚也。”按此诗当作“落拓”,时杜牧在淮南节度府幕中,不可曰家贫失业,但非得意者。　楚腰:《后汉书·马廖传》:“楚王好细腰,宫中多饿死。”　薄幸:犹言无情也。盖妓女指目游客无恩情也。

〔释〕　次句即落拓之说,诗意言人视己轻也,非谓扬州之妓。三四句转入扬州一梦,徒赢得青楼女妓以薄幸相称,亦以写己落拓无聊之行为也。总之才人不得见重于时之意,发为此诗,读来但见其傲兀不平之态。世称杜牧诗情豪迈,又谓其不为龊龊小谨,即此等诗可见其概。

赠渔父

芦花深泽静垂纶，月夕烟朝几十春。
自说孤舟寒水畔，不曾逢着独醒人。

〔注〕 独醒:《楚辞·渔父》:“屈原既放，游于江潭，行吟泽畔，颜色憔悴，形容枯槁。渔父见而问之曰:‘子非三闾大夫与，何故至于斯?’屈原曰:‘举世皆浊我独清，众人皆醉我独醒，是以见放。’”

〔释〕 此借渔父以讥世无贤才如屈子者也。言外盖有众人皆醉之意。

念昔游(三首录二)

十载飘然绳检外，樽前自献自为酬。
秋山春雨闲吟处，倚遍江南寺寺楼。

〔注〕 绳检:《说文》:“书署也。”徐注曰:“书函之盖三刻其上，绳缄之，然后填以泥，题书其上而印之也。”按书帙之签曰检，古者书函以绳缄之然后题检，故以约束为绳检。

〔释〕 此诗可作《遣怀》诗之自注。

云门寺外逢猛雨，林黑山高雨脚长。
曾奉郊官为近侍，分明㩳㩳羽林枪。

〔注〕　云门寺：在会稽若耶溪上。《梁书·何胤传》："胤以会稽山多灵异，往游焉，居若耶山云门寺。"　郊宫近侍：杜牧曾为内供奉，皇帝郊祭必扈从。　羽林枪：颜师古《汉书》注："羽林亦宿卫之官，言其如羽之疾，如林之多也。"枪古时之矟，矛长八尺曰矟。"㩳"音悚，竦立貌。

〔释〕　此诗写猛雨之状。杜又有《大雨行》曰："四面崩腾玉京仗，万里横亘羽林枪。"盖雨脚之长而且密，如羽林之长矛竦立空中也。

读韩杜集

杜诗韩笔愁来读，似倩麻姑痒处搔。
天外凤凰谁得髓，无人解合续弦胶。

〔注〕　杜诗韩笔：六朝人以有韵者为诗，无韵者为笔。《南史·沈约传》："谢玄晖善为诗，任彦升工于笔，约兼而有之。"麻姑：《麻姑山记》："王方平降蔡经家，召麻姑至，年若十七八女子，爪长数寸，经意其可爬痒，忽有铁鞭鞭其背。"续弦胶：《十洲记》："凤麟洲上多凤麟，数万成群，煮凤喙及麟角合煎作膏，名之

为续弦胶。”据此则知制胶以凤喙，非凤髓。

〔释〕 三四句叹无人能继起杜、韩后也。

秋　夕

红烛秋光冷画屏，轻罗小扇扑流萤。
瑶阶夜色凉如水，坐看牵牛织女星。

〔注〕 牵牛织女星：《荆楚岁时记》：“天河之东有织女，天帝之子也。年年织杼劳役，织成云锦天衣。天帝怜其独处，许嫁河西牵牛郎。嫁后遂废织纴。天帝怒，责令归河东，但使其一年一度相会。”

〔释〕 此亦闺情诗也。不明言相怨之情，但以七夕牛、女会合之期，坐看不睡，以见独处无郎之意。

赠　别（二首）

娉娉袅袅十三余，豆蔻梢头二月初。
春风十里扬州路，卷上珠帘总不如。

〔注〕 豆蔻：《本草》：“豆蔻花作穗，嫩叶卷之而生。初如芙蓉，穗头深红色，叶渐展，花渐出而色微淡，亦有黄、白色似山姜花，花生

叶间。南人取其未大开者谓之含胎花，言尚小如妊身也。”

多情却似总无情，惟觉樽前笑不成。
蜡烛有心还惜别，替人垂泪到天明。

〔**释**〕 此二诗为张好好作也。杜别有赠好好五言古诗一首，诗前有小序曰：“牧大和三年佐故吏部沈公江西幕。好好年十三，始以善歌来乐籍中。后一岁，公移镇宣城，复置好好于宣城籍中。后二岁，为沈著作述师以双鬟纳之。后二岁，于洛阳东城重睹好好，感旧伤怀，故题诗赠之。”按此诗有“娉娉袅袅十三余”句，当是初与好好别时所作。前首言其美丽，后首叙别。“似无情”、“笑不成”正十三龄女儿情态。

许　浑

浑字用晦，丹阳人，故相圉师之后。大和六年进士第，为当涂、太平二县令，以病免，起润州司马。大中三年为监察御史，历虞部员外郎，睦、郢二州刺史。润州有丁卯桥，浑别墅在焉，因以名其集。集二卷，一本作六卷，今并存。

塞下曲

夜战桑乾北，秦兵半不归。
朝来有乡信，犹自寄征衣。

〔**注**〕　桑乾:《汉书·地理志》:“代郡桑乾县。”

谢亭送别

劳歌一曲解行舟，红叶青山水急流。
日暮酒醒人已远，满天风雨下西楼。

〔**注**〕　谢亭:谢朓亭也。

〔**释**〕　通首不叙别情而末句七字中别后之情,殊觉难堪,此以景结情之说也。

楚宫怨

十二峰晴花尽开，楚宫双阙封阳台。
细腰争舞君王醉，白日秦兵天上来。

〔**注**〕　十二峰:巫山有十二峰。　阳台:宋玉《高唐赋序》:“旦为朝云,暮为行雨。朝朝暮暮,阳台之下。”　细腰:《后汉书·马廖传》:“楚王好细腰,宫中多饿死。”

寄桐江隐者

潮去潮来洲渚春，山花如绣草如茵。
严陵台下桐江水，解钓鲈鱼有几人。

谢亭送别

〔注〕 桐江:《唐书·地理志》:"睦州新定郡有桐庐县。"《水经注》:"(浙江)东南流径桐庐县,东为桐溪,自县至于潜凡十六濑,第二是严陵濑。"注:"濑带山,山下有一石室,汉光武帝时,严陵之所居也,故山及濑皆即人姓名之。山下有磐石,周回十数丈,交枕潭际,盖陵所游也。"按严陵台即濑上磐石,相传子陵垂钓于此。《后汉书·严光传》:"光字子陵,少与光武同游学,及光武即位,引光论道旧故,因共偃卧,光以足加帝腹上。……除谏议大夫,不屈,耕于富春山。"

李商隐

商隐字义山,怀州河内人。令狐楚帅河阳,奇其文,使与诸子游。楚徙天平、宣武,皆表署巡官。开成二年,高锴知贡举,令狐绹雅善锴,奖誉甚力,故擢进士第,调弘农尉,以忤观察使,罢去。寻复官,又试拔萃,中选。王茂元镇河阳,爱其才,表掌书记,以子妻之,得侍御史。茂元死,来游京师,久不调,更依桂管观察使郑亚府为判官。亚谪循州,商隐从之,凡三年乃归。茂元与亚皆李德裕所善,绹以商隐为忘家恩,谢不通。京兆尹卢弘正表为府参军,典笺奏。绹当国,商隐归,穷,自解,绹憾不置。弘正镇徐州,表为掌书记。久之,还朝,复干绹,乃补太学博士。柳仲郢节度剑南东川,辟判官,检校工部员外郎。府罢,客荥阳卒。商隐初为文,瑰迈奇古,及在令狐楚府,楚本工章奏,因授其学。商隐偶俪长短而繁缛过之。时温庭筠、段成式俱用是相夸,号三十六体。《樊南甲集》二十卷、《乙集》二十卷、《玉溪生诗》三卷,今存文集五卷、补编十二卷、诗集三卷。

乐游原

向晚意不适，驱车登古原。
夕阳无限好，只是近黄昏。

〔释〕 纪昀《玉溪生诗说》："百感茫茫，一时交集，谓之悲身世可，谓之忧时事亦可。"程梦星《李义山诗集笺注》："此诗当作于会昌四五年间，时义山去河阳退居太原，往来京师，过乐游原而作。是诗盖为武宗忧也。武宗英敏特达，略似汉宣，其任李德裕为相，克泽潞，取太原，在唐季世，可谓有为，故曰'夕阳无限好'也。而内宠王才人，外筑望仙台，封道士刘元静为学士，用其术以致身病，不复自惜，识者知其不永，故义山忧之，以为'近黄昏'也。"按纪说最妥，程氏指实为武宗忧，亦非不可，特专从帝王个人作想，实乃封建文士之习使然，诗人当时未必便如此，不如纪说概括性较大，意味较深也。又按从此诗可以说明诗家之兴。盖诗家所称之兴，皆指作者内心所感由外境引发之作品而言。因此之所感初不定发而为诗，一旦遇外境有与内心所感相符时，一触便发，虽无心于言而自然流露，故往往不易的指其为何而含意深广。即如此诗，作者因晚登古原，见夕阳虽好而黄昏将至，遂有美景不常之感，此美景不常之感，久蕴积在诗人意中，今外境适与相合，故虽未明指所感而所感之事即在其中。

悼伤后赴东蜀辟至散关遇雪

剑外从军远，无家与寄衣。

散关三尺雪，回梦旧鸳机。

〔注〕 东蜀辟:《唐书》本传:“柳仲郢镇东川,辟为节度判官,检校工部郎中。” 散关:《方舆胜览》:“大散关在梁泉县,为秦蜀要路。” 剑外:剑阁外之简称也。

〔释〕 纪昀《玉溪生诗说》:“‘回梦旧鸳机’,犹作有家观也。缩退一步,正是加一倍法。”按无家之人于远方雪夜中,忽做有家之梦,情已可伤,况当悼亡之后,何以为怀?“鸳机”二字中含有无限温暖在。姚培谦《李义山诗笺》谓为“悲在一旧字”,不如说在“旧鸳机”三字。

北　齐(二首)

一笑相倾国便亡，何劳荆棘始堪伤。

小怜玉体横陈夜，已报周师入晋阳。

〔注〕 荆棘:《吴越春秋》:“城郭丘墟,殿生荆棘。” 小怜:《北齐书》:“后主冯淑妃名小怜,慧黠工歌舞,后主惑之。” 周

师:《北齐书》:“后主武平七年十二月,周武帝来救晋州,齐师大败。帝弃军先还,留安德王延宗等守晋阳。帝走入邺。辛酉,延宗与周师战,大败,为周师所虏。”

巧笑知堪敌万几,倾城最在着戎衣。
晋阳已陷休回顾,更请君王猎一围。

〔注〕　倾城:《汉书·外戚传》:“李延年歌曰:‘北方有佳人,绝世而独立。一顾倾人城,再顾倾人国。’”　猎一围:《北齐书》:“周师取平阳,帝猎于三堆,晋州告急,帝将还,淑妃请更杀一围,从之。”

〔释〕　姚培谦笺:“前首是惑溺开场,后首是惑溺下场。”程梦星笺注:“此托北齐以慨武宗王才人游猎之荒淫也。”按武宗会昌二年回鹘入侵,诏发三招讨使将许、蔡、汴、滑等六镇之兵会于太原。十月武宗幸泾阳校猎白鹿原。谏议大夫高少逸、郑朗等谏其“校猎太频,出城稍远,万几废弛,方用兵师,且宜停止”。又按武宗内宠有王才人,欲立为后。此诗当讽武宗而作,程说是也。

齐宫词

永寿兵来夜不扃,金莲无复印中庭。
梁台歌管三更罢,犹自风摇九子铃。

〔注〕　永寿:《齐书》:“废帝宝卷别为潘妃起神仙、永寿、玉寿三殿,皆匝饰以金璧。萧衍兵入建康,王珍国、张稷引兵入殿,御刀丰勇之为内应。宝卷方在含德殿作笙歌,兵入斩之。”　金莲:《齐书》:“东昏侯凿金为莲花贴地,令潘妃行其上。曰:‘此步步生莲花也。’”　梁台:《容斋随笔》:“晋宋后谓朝廷禁省为台,故称禁城为台城。”　九子铃:《齐书》:“庄严寺有玉九子铃,外国寺佛面有光相,禅灵寺塔诸宝珥,皆剥取以施潘妃殿饰。”

〔释〕　姚培谦笺:“荆棘铜驼妙从热闹中写出。”按三句言兵入永寿殿而笙歌罢,此时庄严寺之九子铃犹自因风而摇,以铃声与笙歌对比,即从热闹中写其衰亡也。

华清宫

朝元阁迥羽衣新，首按昭阳第一人。
当日不来高处舞，可能天下有胡尘！

〔注〕　朝元阁:《雍录》:“朝元阁在骊山。”　羽衣:《太真外传》:“天宝四载七月,于凤凰园册太真宫女道士杨氏为贵妃,半后服用。进见之日,奏霓裳羽衣曲。”　昭阳第一人:《汉书》:“飞燕立为皇后,宠少衰,女弟绝幸,为昭仪,居昭阳宫。”

〔释〕　此以汉事比唐事而深责明皇荒淫,以致召安史之乱也。

骊山有感

骊岫飞泉泛暖香，九龙呵护玉莲房。
平明每幸长生殿，不从金舆惟寿王。

〔注〕　骊岫飞泉：《寰宇记》：“骊山在昭应县东南二里，即蓝田山也，温汤在山下。”　九龙：《唐实录》：“玄宗生日，源乾曜、张说上表曰：‘陛下二气含元，九龙浴圣。’”按骊山温汤东有龙湫。　玉莲：郑嵎《津阳门诗》注：骊山华清宫“宫内除供奉两汤，内外更有汤十六所，长汤每赐诸嫔御。其修广与诸汤不侔，甃以文瑶宝石，中央有玉莲捧汤泉，喷以成池”。　长生殿：《长安志》：“华清宫殿曰九龙以待上浴，曰飞霜以奉御寝，曰长生以备斋祀。”　寿王：《唐书》：“惠妃薨，后宫无当意者。或言寿王妃杨氏之美。上见而悦之，乃令妃自以己意乞为女官，号太真，更为寿王娶韦昭训女。潜纳太真于宫中，不期岁，宠遇如惠妃。”

〔释〕　程梦星笺注：“唐人咏太真事，多无讳忌，然不过著明皇色荒已耳。义山独数举寿王，刺其无道之至，浮于新台，岂复可以君人。义山词极绮丽而持义却极正大，往往如此，今人都不觉也。”纪昀评此诗，谓：“既少含蓄，亦乖风雅，如此诗不作何妨，所宜悬之戒律者此也。”按程说极是，纪氏之评不免迂腐。不知此正合于风人讽刺之义，何反诋为乖风雅，且宜悬之为戒。

《诗·邶风·新台》,因卫宣公闻世子伋妻美,作新台于河上而要之,国人恶其淫荒,作《新台》诗以刺之也。若如纪说,则《新台》诗亦可不作。

龙　池

龙池赐酒敞云屏，羯鼓声高众乐停。
夜半宴归宫漏永，薛王沉醉寿王醒。

〔**注**〕　龙池:《雍录》:“明皇为诸王时,故宅在京城东南角隆庆坊。宅有井。井溢成池。中宗时,数有云龙之祥。后引龙首堰水注池。池面益广,即龙池也。”　羯鼓:《羯鼓录》:“羯鼓出外夷,其声促急,破空透远,特异众乐,明皇极爱之。”　薛王:按,洪迈《容斋续笔》:“唐明皇兄弟五王,兄申王捴以开元十二年,宁王宪、邠王守礼以二十九年,弟岐王范以十四年,薛王业以二十二年薨,至天宝时已无存者。杨太真以三载方入宫,而元稹《连昌宫词》云‘百官队仗避岐薛,杨氏诸姨车斗风’,李商隐诗云‘夜半宴归宫漏永,薛王沉醉寿王醒’,皆失之也。”朱鹤龄笺注:“按史睿宗六子,王德妃生业始王赵,降封中山王,进王薛,开元二十二年薨,子瑁嗣。此诗与微之词,岂俱指嗣王欤?要之作者微文刺讥,不必一一核实。”

〔**释**〕　此与《骊山有感》同意,一醉一醒,以见讥意。

瑶　池

瑶池阿母绮窗开，黄竹歌声动地哀。
八骏日行三万里，穆王何事不重来。

〔**注**〕　瑶池：《神仙传》：“昆仑阆风苑有玉楼十二，立台九层，左瑶池，右翠水。”《穆天子传》：“天子觞西王母于瑶池之上。”　黄竹歌：《穆天子传》：“天子游黄台之丘，北风雨雪，有冻人。天子作诗三章以哀之。曰：‘我徂黄竹负闳寒。’”　八骏：《拾遗记》：“穆王八骏：一名绝地，二名翻羽，三名奔宵，四名起影，五名逾辉，六名超光，七名腾雾，八名挟翼。”　重来：《穆天子传》：“王母为天子谣曰：‘将子无死，尚复能来。’”

〔**释**〕　程梦星笺注：“此追叹武宗之崩也。武宗好仙，又好游猎，又宠王才人。此诗镕铸其事而出之，只用穆王一事，足概武宗三端，用思最深，措词最巧。”

咏　史

北湖南埭水漫漫，一片降旗百尺竿。
三百年间同晓梦，钟山何处有龙盘。

〔**注**〕 北湖:《宋书》:“元嘉二十三年,筑北堤,立玄武湖于乐游苑北。”按北湖即玄武湖。 南埭:《金陵志》:“南埭,上水闸也。” 三百年:庾信《哀江南赋序》:“将非江表王气,终于三百年乎!”又《隋书·薛道衡传》:“郭璞云:‘江表偏王,三百年还与中国合。’”按江南建国起吴孙权至陈后主叔宝,共三百二十四年。 钟山:《丹阳记》:“京师南北并连山岭,而蒋山岧峣巖异,其形象龙,实作扬都之镇。诸葛亮尝至京,观秣陵山阜云:‘钟山龙盘。’盖谓此也。”

〔**释**〕 程梦星笺注:“此诗似为河朔诸镇而发。是时诸镇跋扈皆恃地险,负固不服,阴有异志,故作此以警之。”按单从诗语看,盖言险固不可恃,虽有龙盘虎踞之形势,不能保不亡国。程氏实以其时史事亦合。

咸阳

咸阳宫阙郁嵯峨,六国楼台艳绮罗。
自是当时天帝醉,不关秦地有山河。

〔**注**〕 咸阳宫阙:《史记》:“始皇每破诸侯,写放其宫室,作之咸阳北阪上。殿屋复道、周阁相通。所得美人、钟鼓以充之。” 天帝醉:张衡《西京赋》:“昔者大帝悦秦缪公而觐之,飨以钧天广乐。帝有醉焉,乃为金策,锡用此土而翦诸鹑首。”薛综注:“大帝,天也。”

〔**释**〕　此与《咏史》诗同意。首二句极写秦之强盛，三四句故为抑扬之词以见作诗本意在不可恃山河之险，谓为戒诸镇可，谓为警凡有国者亦可。秦灭六国，二世而亡，可为前车之鉴，故诗人特举以为证。咏史事诗必如此作，方不至如胡曾辈之索然寡味也。

贾　生

宣室求贤访逐臣，贾生才调更无伦。
可怜夜半虚前席，不问苍生问鬼神。

〔**注**〕　贾生：《史记·贾生传》："孝文帝方受厘，坐宣室。上因感鬼神事而问鬼神之本。贾生因具道所以然之状，至夜半。文帝前席。"按"受厘"，徐广注："祭祀福胙也。"宣室，《索隐》："《三辅故事》云：'宣室在未央殿北。'"

〔**释**〕　程梦星笺注："此谓李德裕谏武宗好仙也。"按诗责其不问苍生，则不止好仙为不当，且不恤国事，不重民生，尤非求贤之意，义更正大。

李卫公

绛纱弟子音尘绝，鸾镜佳人旧会稀。
今日致身歌舞地，木棉花暖鹧鸪飞。

〔**注**〕　李卫公：《唐书》本传："刘稹平，德裕以功兼守太尉，进封卫国公。大中初历贬崖州卒。"

〔**释**〕　纪昀评："格意殊高，亦有神韵，似更在赵嘏《汾阳宅》诗以上，但末句如指南迁，不合云歌舞地，如指旧第，不合云木棉鹧鸪，此不了了，未敢入选。"按此诗明是为德裕贬崖州司户而作。"致身"犹言归身、收身也。"致身歌舞地"，言今日收身于纷华之地，并无不合。纪氏乃因"致身"二字未明，故有此疑。

杜司勋

高楼风雨感斯文，短翼差池不及群。
刻意伤春复伤别，人间惟有杜司勋。

〔**注**〕　杜司勋：杜牧也。

〔**释**〕　程梦星笺注："义山于牧之凡两为诗，其倾倒于小杜者至矣。然'杜牧司勋字牧之'律诗，专美牧之也。此则借牧之以慨己。盖以牧之之文词，三历郡而后内迁，已可感矣。然较之于己，短翼雌伏者，不犹愈邪！此等伤心，惟杜经历，差池铩羽，不及群飞，良可叹也。玩上二语，则伤己意多而颂杜意少，味之可见。"按诗人之措意，至为融圆，伤人即以伤己，体物即是抒情，咏古即是讽今，故不宜过于拘泥。姚培谦注："天下惟有至性人，方解伤春伤别。茫茫四海，除杜郎外，真是不晓得伤春，不晓得伤别也。"此论亦极佳，盖从三四两句体认而得，伤春伤别而曰"刻意”，曰“人间惟有”，则知伤春伤别者亦非易得也。

读任彦升碑

任昉当年有美名，可怜才调最纵横。
梁台初建应惆怅，不得萧公作骑兵。

〔注〕 任昉：《梁书》：“武帝（萧衍）与昉遇竟陵王西邸，从容谓昉曰：‘我登三府，当以卿为记室。’昉亦戏帝曰：‘我若登三事，当以卿为骑兵。’以帝善射也。”

〔释〕 程梦星笺注：“此诗明为大中四年十月，令狐绹入相而发。……末二句言绹竟为相，己且以文干之，譬如梁武欲以昉为记室，事则有之。昉欲以梁武为骑兵，不可得矣。”姚培谦注则谓：“文人崛强如此，岂帝王所能夺邪！”语亦可喜。纪昀不取此诗，且谓“首句鄙，后二句写升沉之感亦直”。按商隐此诗虽有升沉之感，然以任昉、萧衍二人事为言，颇具调侃之致，非直也。

过广文旧居

宋玉平生恨有余，远循三楚吊三闾。
可怜留着临江宅，异代应教庾信居。

〔注〕 广文:郑虔也。《唐书》本传:“玄宗爱郑虔才,更置广文馆,以虔为博士。” 三闾:《离骚》王逸序:“屈原与楚同姓,仕于怀王,为三闾大夫。三闾之职,掌王族三姓,曰昭、屈、景。” 临江宅:《渚宫故事》:“庾信因侯景乱,自建康遁归江陵,居宋玉故宅。宅在城北三里。”庾信《哀江南赋》:“诛茅宋玉之宅,穿径临江之府。”

〔释〕 程梦星笺注:“宋玉比郑广文,庾信义山自比也。盖沦落文人,古今一辙,后先相望,未免有情。”按程说是也。

宫妓

珠箔轻明拂玉墀，披香新殿斗腰支。
不须看尽鱼龙戏，终遣君王怒偃师。

〔注〕 宫妓:朱鹤龄注:“宫妓,内妓也。” 披香殿:《雍录》:“唐庆善宫有披香殿。” 鱼龙戏:《汉书》:“武帝作鱼龙角抵之戏。” 偃师:《列子》:“周穆王西巡狩还,道有献工人名偃师,穆王荐之,问曰:‘若与偕来者何人?’对曰:‘臣之所造能倡者。’穆王惊视之。趣步俯仰,信人也。巧夫!领其颐则歌合律,捧其手则舞应节,千变万化,惟意所适。王以为实人也,与盛姬内御并观之。伎将终,倡者瞬其目而招王之左右侍妾。王大怒,欲诛偃师。偃师大慑,立剖倡者以示王,皆傅会革木胶漆、白黑丹青之所为。穆王始悦而叹曰:‘人之巧乃可与造化者同功乎!’”

〔释〕 冯班曰:“此诗是刺也。唐时宫禁不严,托意偃师之假人，刺其相招，不忍斥言，真微词也。”程梦星引冯说而断之曰：“冯定远之论极是，但有‘不须看尽’字，有‘终遣怒’字，则著其非假，词亦微而显矣。”按冯、程所评是也。封建帝王宫闱黑暗，实有不可形之笔墨者，故诗人托词言之。冯谓“不忍斥言”，犹欠一层。后人又有以为“同朝有不相得者，故托以为言”，则更非诗意。

柳

曾逐东风拂舞筵，乐游春苑断肠天。
如何肯到清秋日，已带斜阳又带蝉。

〔**释**〕　杨慎曰：“形容先荣后悴之意。”程梦星笺注：“杨升庵以为形容先荣后悴之意，此解固然。然所谓先荣后悴者乃谓人，非自谓。玩‘如何肯到’一语，则极形其知进而不知退者为可笑也。”按二氏之说均当。首二句写其得意之状，三四句则衰落之况也。宋人晏几道有咏柳《浣溪沙》词曰：“二月和风到碧城，万条千缕绿相迎，舞烟眠雨过清明。　妆镜巧眉偷叶样，歌楼妍曲借枝名，晚秋霜霰莫无情。”用意正同，可以参看。

题　鹅

眠沙卧水自成群，曲岸残阳极浦云。
那解将心怜孔翠，羁雌长共故雄分。

〔释〕　程梦星笺注以为“此乃天末羁孤之感”。按此语未的。此诗写不受人羁勒者，有自得之乐，亦无心怜惜受羁勒者之苦。纪昀评为“此深怨牛李党人之作，殊径直无余味也”。说亦难信。

漫　成（五首录二）

沈宋裁辞矜变律，王杨落笔得良朋。
当时自谓宗师妙，今日惟观对属能。

〔注〕　沈宋：《唐书》：“建安后讫江左，诗格屡变。至沈约、庾信以音韵相婉附，属对精密。及宋之问、沈佺期又加靡丽。”　王杨：《唐书·王勃传》：“勃与杨炯、卢照邻、骆宾王皆以文章齐名，天下称四杰。”

李杜操持事略齐，三才万象共端倪。
集仙殿与金銮殿，可是苍蝇惑曙鸡。

〔注〕　集仙殿：《唐书·杜甫传》：“天宝中进大礼赋。上奇之，命待制集贤院，召试文章。”按集贤院即集贤殿，原名集仙殿。　金銮殿：又《李白传》：“李白召见金銮殿，论当世事，奏颂一篇。帝赐食，亲为调羹。”苍蝇：《诗经·齐风·鸡鸣》：“匪鸡则鸣，苍

蝇之声。”

〔**释**〕　姚培谦评前首:“王、杨、沈、宋乃唐初应运而兴者,岂料世无具眼,皮相至此,即少陵所谓‘轻薄为文哂未休’也。”评后首:“王、杨、沈、宋即不论,以李、杜二公之凌跨百代,犹未免苍蝇之惑曙鸡,世俗之忌才如此。”按此题原系五首,程梦星笺注一一皆从商隐说,不免失之比附。然诗人之言,原本圆融,未可拘泥,虽论他人而自己即在其中。姚氏世俗忌才之说,谓李、杜可,谓商隐自己亦何不可。但不能字字比附,反多滞碍。

夜雨寄北

君问归期未有期,巴山夜雨涨秋池。
何当共剪西窗烛,却话巴山夜雨时。

〔**释**〕　纪昀评此诗,谓“探过一步作结,不言当下云何而当下意境可想”。纪氏所谓“探过一步”,即藏去当下不说而远想归后如何也。所谓“不言当下云何”,即巴山夜雨中人之意境如何也。所谓“当下意境”,即久客思归而不得之意境也。但此诗第三句“何当”二字,已透露出思归之希望,而此时尚不得归之苦,虽不言已可知。如此作法,笔势非常矫健,且可省却许多语言,诗家谓之顿挫者是也。

屏　风

六曲连环接翠帷，高楼半夜酒醒时。
掩灯遮雾密如此，雨落月明俱不知。

〔**释**〕　此讽谗障之害也。商隐平生受谗人之害甚深，故有此作。

薛　莹

莹，文宗时人，有《洞庭诗集》一卷，已佚，今存诗十首。

锦

轧轧弄寒机，功多力渐微。
惟忧机上锦，不称舞人衣。

〔**释**〕　此诗首二句言织锦女工之辛劳，三四句虽从织锦女工方面着笔，言下有衣锦者但求美观，不知他人辛苦之意。

刘得仁

得仁贵主之子。自开成至大中三朝，昆弟皆历贵仕，而得仁苦于诗，出入举场三十年卒无成。

贾妇怨

嫁与商人头欲白，未曾一日得双行。

任君逐利轻江海，莫把风涛似妾轻。

〔**释**〕　此诗首二句微伤直率，三四句体情恰合。盖蓄怨甚深者正有此冷诮口吻也。

赵　嘏

嘏字承祐，山阳人。会昌四年登进士第。大中间，仕至渭南尉卒。嘏为诗赡美，多兴味，杜牧尝爱其“长笛一声人倚楼”之句，吟叹不已，人因目为“赵倚楼”。有《渭南集》三卷，编年诗二卷，已佚，今存诗一卷。

寒　塘

晓发梳临水，寒塘坐见秋。

乡心正无限，一雁度南楼。

经汾阳旧宅

门前不改旧山河，破虏曾轻马伏波。
今日独经歌舞地，古槐疏冷夕阳多。

〔注〕 汾阳:郭子仪也。子仪封汾阳王。 马伏波:马援也。

〔释〕 此盛衰无常之感也。结句以景结情。

冷日过骊山

冷日微烟渭水愁，翠华宫树不胜秋。
霓裳一曲千门锁，白尽梨园弟子头。

〔注〕 梨园弟子:《唐书·礼乐志》:“明皇既知音律,又酷爱法曲,选坐部伎子弟三百教于梨园。声有误者,帝必觉而正之,号皇帝梨园弟子。”按此诗作者一作孟迟。

江楼旧感

独上江楼思渺然，月光如水水如天。
同来望月人何处，风景依稀似去年。

西江晚泊

茫茫藹藹失西东，柳浦桑村处处同。
戍鼓一声帆影尽，水禽飞起夕阳中。

座上献元相公

寂寞堂前日又曛，阳台去作不归云。
从来闻说沙吒利，今日青娥属使君。

〔注〕 阳台：宋玉《高唐赋序》："旦为朝云，暮为行雨。朝朝暮暮，阳台之下。" 沙吒利：《章台柳传》："韩翃幸姬曰柳氏，艳绝一时。有蕃将沙吒利劫以归第。虞侯许俊径造沙吒利之第，夺柳氏归于韩翃。"

〔释〕 《唐诗纪事》："嘏家于浙西，有美姬惑之。洎计偕，会中元鹤林之游，浙帅窥其姬，遂奄有。明年，嘏及第，固以一绝箴之。浙帅不自安，遣一介归之。嘏方出关，逢于横水驿，姬抱嘏痛哭而卒。"按《纪事》未言浙帅姓名，《唐人万首绝句》作元相公，未知孰是？封建社会中，豪强占人姬妾者屡见不鲜。见诸吟咏者，前有乔知之《绿珠篇》，为宠婢被武承嗣所夺而作。其歌末句有"百年离别在高楼，一旦红颜为君尽"之句。宠婢结其歌于衣带，投井而死。后有韦庄之《荷叶杯》《小重山》词，为宠姬被王建所夺而作。姬闻之亦不食而卒。此等事，一方面见美色之贾祸，一方面亦以见豪强之暴横，而受其害者惟无告之弱女子耳。

送　弟

去日家无儋石储，汝须勤苦事樵渔。
古人尽向尘中远，白日耕田夜读书。

〔**注**〕　儋石：《汉书·扬雄传》："家产不过十金，乏无儋石之储，晏如也。"

〔**释**〕　以耕读勉其弟，议论甚正而不腐。

卢　肇

肇字子发，袁州人。会昌三年登第，初为鄂岳卢商从事，后除著作郎，迁仓部员外郎，充集贤院直学士。咸通中，出知歙州，移宣、池、吉三州卒。赋集八卷、诗文集十三卷，今佚。

题清远峡观音院（二首）

清潭洞彻深千丈，危岫攀萝上几层。
秋尽更无黄叶树，夜阑惟对白头僧。

〔注〕 清远峡:《地志》:“清远峡崇山峻立,中贯江流。”

风入古松添急雨,月临虚槛背残灯。
老猿啸狖还欺客,来撼窗前百尺藤。

〔释〕 二诗写观音院景物,得萧条岑寂之趣。读之使人具有设身其境之感。

朱景玄

景玄,吴郡人,官翰林学士。著有《唐朝名画录》。

飞云亭

上结孤圆顶,飞轩出泰清。
有时迷处所,梁栋晓云生。

〔注〕 泰清:谓天也。

四望亭

高亭群峰首,四面俯清川。
每见晨光晓,阶前万井烟。

〔**释**〕　此种诗颇有画所不到处,写景佳作也。

项　斯

斯字子迁,江东人,会昌四年登第,终丹徒尉。诗今存一卷。

江村夜归

月落江路黑，前村人语稀。
几家深树里，一火夜渔归。

〔**释**〕　光景如见。

薛　能

能字太拙,汾州人。登会昌六年进士第。大中末,书判中选,补盩厔尉。李福镇滑,表能署观察判官,历御史、都官、刑部员外郎。福徙西蜀,奏以自副。咸通中,摄嘉州刺史,选主客、度支、刑部郎中,权知京兆尹事,授工部尚书,节度徐州,徙忠武。广明元年,徐军戍溵水经许。能以前帅徐,军吏怀恩,馆之州内。许军惧徐人见袭,大将周岌因乘众疑,逐能,自称留后,因屠其家。能僻于诗,日赋一章,有集十卷,今佚。

江村夜归

吴　姬（十首录一）

取次衣裳尽带珠，别添龙脑裛罗襦。
年来寄与乡中伴，杀尽春蚕税亦无。

〔释〕　此诗三四句，盖愤税重残民也。衣珠熏香者何尝知养蚕织丝之苦。故首写此辈之奢华以增结句之愤慨。

宋氏林亭

地湿莎青雨后天，桃花红近竹林边。
行人本是农桑客，记得春深欲种田。

折杨柳（十首录一）

和花香雪九重城，夹路春阴十万营。
惟向边头不堪望，一株憔悴少人行。

〔释〕　杨慎《升庵诗话》评此诗云："此诗意言粉饰太平于京都，而废弛防守于边塞也。"按杨评是也。盖用对比作法，不明言作意而自见。

韩　琮

琮字成封，初为陈许节度判官，后历中书舍人，湖南观察使。

暮春浐水送别

绿暗红稀出凤城，暮云宫阙古今情。
行人莫听宫前水，流尽年光是此声。

〔注〕　浐水：《说文》："浐水出京兆蓝田谷。"　凤城：《事原》："秦缪公女吹箫，凤降其城，因号丹凤城。其后言京都之城曰凤城。"

〔释〕　此诗因送客出城，忽睹暮霭苍茫中之宫阙，觉其中消逝了无限兴亡往事，乃感于人世光阴，皆从无形无朕中流尽，故有三四句。读之知诗人对此感慨甚深，与李商隐登乐游原而伤好景难常，可谓异曲同工，盖晚唐衰微景象，激刺着诗人心情，而有此反映也。

崔　橹

橹（一作鲁）大中时举进士，仕为棣州司马，有《无机集》四卷，今佚，存诗十六首。

华清宫（四首录一）

门横金锁悄无人，落日秋声渭水滨。
红叶下山寒寂寂，湿云如梦雨如尘。

〔释〕 此题唐人作者甚多，崔氏但从眼前所见凄凉景象描写而昔盛今衰与荒淫召乱之故，皆可从言外得之。

李群玉

群玉字文山，澧州人。性旷达，赴举一上而止，惟以吟咏自适。裴休观察湖南延致之，及为相，以诗论荐，授弘文馆校书郎，未几，乞假归卒。集三卷、后集五卷，今存。

静夜相思

山空天籁寂，水榭延轻凉。
浪定一浦月，藕花闲自香。

〔注〕 天籁：《庄子·齐物论》："敢问天籁。子綦曰：'夫吹万不同而使其自己也，咸其自取，怒者其谁邪？'"按籁本箫名，庄子

以喻天风。

〔**释**〕　诗但写空寂夜景而相思之意在言外。盖凡境过于静寂，易生远思。所思或不一，故不可指实。

寄　人

寄语双莲子，须知用意深。
莫嫌一点苦，便拟弃莲心。

〔**释**〕　此乐府体，“莲”以隐喻“怜”也。

汉阳太白楼

江上晴楼翠霭间，满帘春水满窗山。
青枫绿草将愁去，远入吴云暝不还。

南庄春晚（二首录一）

草暖沙长望去舟，微茫烟浪向巴丘。
沅湘寂寂春归尽，水绿蘋香人自愁。

黄陵庙

黄陵庙前莎草春，黄陵女儿茜裙新。
轻舟短棹唱歌去，水远山长愁杀人。

〔注〕 黄陵庙:《水经注》:“湘水又北经黄陵亭西，又合黄陵水口，其水上承大湖，湖水西流经二妃庙南，世谓之黄陵庙也。”

沅江渔者

倚棹汀洲沙日晚，江鲜野菜桃花饭。
长歌一曲烟霭深，归去沧浪绿波远。

〔注〕 桃花饭:苏轼《物类相感志》:“桃花饭，做饭了以梅红纸盛之，湿后去纸和匀则红白相间。”按此诗则指渔人所食之红米饭也。

〔释〕 群玉诗多写烟水微茫景象，录此四诗以见一般。

贾　岛

岛字浪仙(一作阆仙)，范阳人。初为浮屠，名无本。来东都时，洛阳令禁僧，午后不得出，岛为诗自伤。韩愈怜之，因教其为文，遂去浮屠，举进士。岛诗思入僻，当其苦吟，虽逢公卿贵人，不之觉也。累举不中第，文宗时，坐飞谤，贬长江主簿。会昌初，以普州司仓参军迁司户，未受命卒。有《长江集》十卷、《小集》三卷，今存。

渡桑乾

客舍并州已十霜，归心日夜忆咸阳。
无端更渡桑乾水，却望并州是故乡。

〔注〕　桑乾：《太平寰宇记》："桑乾水西北自昌平县界来，南流经府西，又东流经府南，与高梁河合。"按永定河即古桑乾河，亦名卢沟河。　并州：《元和郡县志》："开元十一年又建北都，改并州为太原府。"按今山西太原县治。

〔释〕　王世懋《艺圃撷余》："此岛思乡作。其意恨久客并州，远隔故乡。今非惟不能归，反北渡桑乾，还望并州又是故乡矣。并州且不得住，何况得归咸阳。"按王说是。

题兴化园亭

破却千家作一池，不栽桃李种蔷薇。
蔷薇花落秋风起，荆棘满庭君始知。

〔**释**〕《唐诗纪事》:“晋公度初立第于街西兴化里,凿池种竹,起台榭。岛方下第,或以为执政恶之,故不在选,怨愤题诗。”按此虽出于怨愤,然以警豪贵之家,亦一剂清凉散也。

温庭筠

庭筠本名岐,字飞卿,太原人,宰相彦博裔孙。少敏悟,才思艳丽,韵格清拔,工为词章小赋,与李商隐皆有名,称“温李”,然行无检幅,数举进士不第,思神远,每入试,押官韵作赋,凡八叉手而成,时号温八叉。徐商镇襄阳,署为巡官,不得志归江东。后商知政事,颇右之,欲白用。会商罢相,杨收疾之,贬方城尉,再迁隋县尉卒。集二十八卷,今存集七卷、别集一卷。

弹筝人

天宝年中事玉皇,曾将新曲教宁王。
钿蝉金雁皆零落,一曲伊州泪万行。

〔**注**〕宁王:《宗室世系图》:“睿宗六子,长长宪称宁王房,宪初立为皇太子,以楚王有定社稷功,让位玄宗,薨,追册为让皇帝。” 钿蝉:李峤《咏筝》诗:“钿装模六律,柱列配三才。”张羽诗:“浅按红牙拍,轻和宝钿筝。”按钿蝉金凤皆指筝饰,其形制不可考。 伊州:《乐苑》:“《伊州》商调曲,西凉节度盖嘉运所进也。”

〔**释**〕　弹筝人当系唐明皇宫伎，诗语系追忆昔时而生感叹，必弹筝人自述而诗人写以韵语也。

瑶瑟怨

冰簟银床梦不成，碧天如水夜云轻。
雁声远向潇湘去，十二楼中月自明。

〔**释**〕　瑟有柱以定声之高下，瑟弦二十五，柱亦如之，斜列如雁行，故以雁声形容之。结言独处，所谓怨也。

杨柳枝（八首录一）

织锦机边莺语频，停梭垂泪忆征人。
塞门三月犹萧索，纵有垂杨未觉春。

〔**释**〕　结句乃进一层说。塞上三月尚无柳，故曰“三月犹萧索”。结言纵有柳亦不觉是春时，征人之情苦矣，此所以思之垂泪也。

添新声杨柳枝词（二首）

一尺深红蒙麴尘，天生旧物不如新。

合欢桃核终堪恨，里许元来别有人。

井底点灯深烛伊，共郎长行莫围棋。
玲珑骰子安红豆，入骨相思知不知。

〔**释**〕 此二首皆乐府词也。前首起句当指衣服言，麴尘色浅黄，深红一尺，裙色也。此指深红裙上蒙以浅黄之衣。结句“人”字当本作“仁”，果核内有仁以隐喻合欢之人心中别有人，盖以讽喜新厌故者，故曰“旧物不如新”也。次首“烛”字隐喻“嘱”，“围棋”隐喻“违期”。“长行”，本古之双陆戏名，以隐喻“长别”。此首言与郎长别时，曾深嘱勿过时而不归。三四以骰子喻己相思之情，骰子各面刻有红点，以喻入骨之相思也。闺情词作者已多，此二首别开生面，设想极为新颖，庭筠本长于乐府也。

蔡中郎坟

古坟零落野花春，闻说中郎有后身。
今日爱才非昔日，莫抛心力作词人。

〔**注**〕 蔡中郎坟：《吴地志》：“坟在毗陵尚宜乡互村。”按蔡邕仕至左中郎将，故称中郎。

〔**释**〕 此感己不为人知而作，以蔡邕曾识王粲，欲以藏书赠之,伤今日无爱才如蔡者,故有“莫抛心力”之句。古来才人类多困厄,然如温之遭际者亦不多。考其生平,既不识宣宗于逆旅,又讥令狐绹之不学,已得罪于庸君权相。既被抑于沈询,又为杨收所疾,终生不得一第。既为亲表所侮辱,至不得不改名,又被逻卒所笞,诉之镇帅而不理。其遭遇如此,故过蔡坟而感慨系之也。相传蔡为张衡后身,未闻何人为蔡后身,次句不详。

段成式

成式字柯古,河南人,世客荆州,宰相文昌之子也。以荫为校书郎,研精苦学,秘阁书籍,披阅皆遍。历尚书郎、太常少卿,连典九江、缙云、庐陵三郡,坐累退居襄阳。集七卷,今存诗一卷。

汉宫词(二首录一)

歌舞初承恩宠时，六宫学妾画蛾眉。
君王厌世妾头白，闻唱歌声却泪垂。

〔注〕 厌世:倦于世事,犹言死去也。厌,倦也。

〔释〕 此题曰《汉宫》,实言唐事,与温庭筠《弹筝人》诗同。

折杨柳（七首录一）

枝枝交影锁长门，嫩色曾沾雨露恩。
凤辇不来春欲尽，空留莺语到黄昏。

〔**释**〕 此虽咏柳，实借柳以叹今昔盛衰也。

刘 驾

驾字司南，江东人。登大中进士第，官国子博士，存诗一卷。

晓登迎春阁

未栉凭栏眺锦城，烟笼万井二江明。
香风满阁花满树，树树树梢啼晓莺。

〔**释**〕 此诗写出城市晓景，如在目前，人但赏其能用叠字，未免皮相。

李郢

郢字楚望，长安人。大中十年第进士，官终侍御史。存诗一卷。

山行

小田微雨稻苗香，田畔清溪潏潏凉。
自忆东吴榜舟日，蓼花沟水半篙强。

南池

小男供饵妇搓丝，溢榼香醪倒接䍦。
日出两竿鱼正食，一家欢笑在南池。

〔注〕　接䍦:《晋书》:“山简镇襄阳，童儿歌曰:‘时时能骑马，倒着白接䍦。’”按接䍦，白帽也。

〔释〕　二诗皆即目所见，写来亲切有味。

曹邺

邺字业之，大中第进士。能文，有特操，咸通初为太常博士，议白敏中谥曰丑，议于璩谥曰刺，其守正不阿如此。后以祠部郎中知洋州。晚唐以五言古诗鸣者，邺与刘驾、聂夷中、于渍、邵谒、苏拯数家，邺才颖较胜。

庭　草

庭草根自浅，造化无遗功。
低回一寸心，不敢怨春风。

乐府体

莲子房房嫩，菖蒲叶叶齐。
共结池中根，不厌池中泥。

〔**释**〕　此二诗皆有所指。读者不必强加附会，但从诗语得其大意，自可应用于各种具体之事。诗意主要在三四句上，前首“不敢怨”，后首“不厌”，即诗人命意所在。

怨　诗（四首录一）

手推讴轧车，朝朝暮暮耕。
未曾分得谷，空得老农名。

〔**释**〕　此为农民被剥削者写怨也。

筑　城(三首)

郎有蘼芜心，妾有芙蓉质。
不辞嫁与郎，筑城无休日。

呜呜啄人鸦，轧轧上城车。
力尽土不尽，得归亦无家。

筑人非筑城，围秦岂围我。
不知城上土，化作宫中火。

〔注〕　蘼芜:《古今注》问答释义第八:“将离别相赠以芍药，亦犹相招召赠之以文无。”按“文”，“蘼”之通字，“无”乃“芜”省。　宫中火:言咸阳三月火也。《史记·项羽本纪》:“项羽引兵西屠咸阳，杀秦降王子婴，烧秦宫室，火三月不灭。”

〔释〕　此伤劳役也。第三首三四句语尤激昂。盖秦筑长城，本以御外，而劳役伤民，致召刘项之起义，而咸阳一炬，根本倾覆。故曰“城上土”“化作宫中火”。

田家效陶

黑黍春来酿酒饮，青禾刈了驱牛载。
大姑小叔常在眼，却笑长安在天外。

〔**释**〕 此田家乐词也。结言不知富贵之乐也。长安乃求富贵之地，今却笑之，言下实轻视之也。

官仓鼠

官仓老鼠大如斗，见人开仓亦不走。
健儿无粮百姓饥，谁遣朝朝入君口。

〔**释**〕 此刺贪也。鼠邪，贪官邪？二而一也。

出　关

山上黄犊走避人，山下女郎歌满野。
我独南征恨此身，更有无成出关者。

〔**释**〕 此关，乃指函谷关，出入长安者必经由此关。诗言出关之人不及田野黄犊、女郎之自由也。

聂夷中

夷中字坦之，河东人。咸通十二年登第，官华阴尉。存诗一卷。

古别离

欲别牵郎衣，问郎游何处？
不恨归日迟，莫向临邛去。

〔注〕 本篇一作孟郊作。 临邛：《汉书·司马相如传》言相如往依临邛令王吉，临邛富人卓王孙，以相如为令贵客，设宴请之。相如酒酣，令请鼓琴。卓王孙有女新寡，好音，夜奔相如。诗言“莫向临邛去”，恐郎如相如别有所恋也。

田　家（二首录一）

父耕原上田，子劚山下荒。
六月禾未秀，官家已修仓。

〔释〕 此诗刺剥削者不知人民劳苦，但知夺取人民辛勤之果实也。夷中又有五古《咏田家》一首曰：“二月卖新丝，五月粜新谷。医得眼前疮，剜却心头肉。我愿君王心，化作光明烛。不照绮罗筵，只照逃亡屋。”尤为沉痛。《唐诗纪事》称：“咸通十二年，高湜知举，膀内孤贫者夷中、公乘亿、许棠。夷中尤贫苦。”据此，知阶级不同者，其爱憎亦不同，夷中出身贫苦，故能为劳动阶级呼吁。其言皆劳动人民所欲言，与旁观同情者之言自然更为深刻。又按此题共二首，后首一作李绅，已录于前李绅诗中。

公子家

种花满西园，花发青楼道。
花下一禾生，去之为恶草。

〔**释**〕　此讥富豪子弟之无知也。

乌夜啼

众鸟各归枝，乌乌尔不栖。
还应知妾恨，故向绿窗啼。

〔**注**〕　乌夜啼：《乐府诗集·清商曲》有《乌夜啼》曲引《唐书·乐志》：“《乌夜啼》者，宋临川王义庆所作也。元嘉十七年，徙彭城王义康于豫章，义庆时为江州，至镇相见而哭。文帝闻而怪之，征还宅，大惧。伎妾夜闻乌夜啼声，扣斋阁云，明日应有

赦。其年更为南兖州刺史,因此作歌。故其和云:‘夜夜望郎来,笼窗窗不开。’今所传歌辞,似非义庆本旨。”

〔**释**〕 乌乌何知,啼岂有意,此种无理牵涉,正以见其情之怨也。

长安道

此地无驻马,夜中犹走轮。
所以路傍草,少于衣上尘。

〔**释**〕 此讽奔走名利者也。长安为求名利之地,人皆日夜奔走其中,以致路草亦为之践踏。衣尘多,亦以见奔走者之众。

武　瓘

瓘,咸通中登第,唐末宰益阳。

感　事

花开蝶满枝,花谢蝶还稀。
惟有旧巢燕,主人贫亦归。

〔**释**〕 此讽趋附炎势之人而赞不忘故者也。

张　乔

乔，池州人。有诗名于咸通中，与许棠、俞坦之、剧燕、任涛、吴宰、张蠙、周繇、郑谷、李栖远、温宪、李昌符，谓之十哲。按据《唐诗纪事》称十哲而有十二人，其中有诗传世者，亦止数人也。乔存诗二卷。

台　城

官殿余基长草花，景阳宫树噪村鸦。
云屯雉堞依然在，空绕渔樵四五家。

〔注〕　景阳宫：宫在台城内。按《南畿志》："景阳井在台城内。陈后主与张丽华、孔贵嫔投其中以避隋兵。旧传阑有石脉，以帛拭之作胭脂痕。一名辱井。"

〔释〕　此兴亡之感也。语指南朝，意实在唐代。

河湟旧卒

少年随将讨河湟，头白时清返故乡。
十万汉军零落尽，独吹边曲向残阳。

〔注〕　河湟：《玉海》："长庆二年，刘元鼎使吐蕃，逾湟水至龙泉谷西三百里曰紫山，东距长安五千里，河源其间，故世谓西戎

地曰河湟。”按唐宣宗大中五年，张义潮略定瓜、伊、西、甘、肃、兰、鄯、河、岷、廓十州，遣使入献图籍，于是吐蕃所侵河湟之地尽复。

〔**释**〕　此为老卒抒久戍之情也。

皮日休

日休字袭美，一字逸少，襄阳人。性傲诞，隐居鹿门，自号间气布衣，咸通八年登进士第。崔璞守苏，辟军事判官，入朝授太常博士。黄巢陷长安，署学士，使为谶文，疑其讥己，遂及祸。集二十八卷，今存十卷。

馆娃宫怀古（五首录一）

半夜娃宫作战场，血腥犹杂宴时香。
西施不及烧残蜡，犹为君王泣数行。

〔**注**〕　馆娃宫：《吴郡志》：“灵岩山在平江府城西，吴王别苑在焉，有馆娃宫。”

〔**释**〕　首二句太直率，三四句设想轻灵，吴亡后，西施有随范蠡之说也。

晚秋吟

东皋烟雨归耕日，免去玄冠手刈禾。
火满酒垆诗在口，今人无计奈侬何。

陆龟蒙

龟蒙字鲁望，苏州人，举进士不第，辟苏、湖二郡从事，退隐松江甫里，多所论撰，自号天随子，以高士召，不赴。李蔚、卢携素重之，及当国，召拜拾遗，诏方下卒。集二十卷，今存。

筑城词（二首）

城上一培土，手中千万杵。
筑城畏不坚，坚城在何处？

莫叹将军逼，将军要却敌。
城高功亦高，尔命何劳惜。

〔**释**〕　前首言筑城不如修德也，后首更明讥筑城只为将军立功，何惜民命，语不嫌直，情最真也。

雁

南北路何长，中间万弋张。
不知烟雾里，几只到衡阳。

〔**释**〕　此非咏雁，借雁言世乱多危机也。

月成弦

孤光照还没，转益伤离别。
妾若是嫦娥，长圆不教缺。

孤烛怨

前回边使至，闻道交河战。
坐想鼓鞞声，寸心攒百箭。

〔**注**〕　以上二首录自《乐府杂咏六首》。

雁

自遣诗（三十首录五）

花濑蒙曚紫气昏，水边山曲更深村。
终须拣得幽栖处，老桧成双便作门。

〔注〕 花濑：陆氏自注：“紫花濑在顾渚步。”

本来云外寄闲身，遂与溪云作主人。
一夜逆风愁四散，晓来零落傍衣巾。

南岸春田手自农，往来横截半江风。
有时不耐轻桡兴，暂欲蓬山访洛公。

〔注〕 洛公：见陶宏景《真诰》，盖道家者流也。

无多药圃近南荣，合有新苗次第生。
稚子不知名品上，恐随春草斗输赢。

〔注〕 南荣：荣，屋翼也。 斗输赢：古儿童斗草戏也。

一派溪随箬下流，春来无处不汀洲。
漪澜未碧蒲犹短，不见鸳鸯正自由。

〔注〕 箬下：一作“若下”，按“若下”酒名，见邹阳《酒赋》；又《吴地记》曰：“若下出美酒。”箬，竹皮也。作“箬”似非。

〔释〕 《自遣诗》颇得隐居恬适之趣，当是退隐松江时所作者。

北　渡

江客柴门枕浪花，鸣机寒橹任呕哑。
轻舟过去真堪画，惊起鸬鹚一阵斜。

夜泊咏栖鸿

可怜霜月暂相依，莫向衡阳趁队飞。
同是江南寒夜客，羽毛单薄稻粱微。

溪思雨中

雨映前山万绚丝，橹声冲破似鸣机。
无端织得愁成段，堪作骚人酒病衣。

冬　柳

柳汀斜对野人窗，零落衰条傍晓江。
正是霜风飘断处，寒鸥惊起一双双。

岛　树

波涛漱苦盘根浅，风雨飘多着叶迟。
迥出孤烟残照里，鹭鸶相对立高枝。

晚　渡

一波飞雨半波晴，渔曲飘秋野调清。
各样莲船逗村去，笠檐蓑袂有余声。

〔注〕　逗：《集韵》："曲行也。"

〔释〕　上录各首，皆乡村所见所闻之小小景物，诗人一时兴会所至，便写以韵语，今日诵之，光景犹新。

泰伯庙

故国城荒德未荒，年年椒奠湿中堂。
迩来父子争天下，不信人间有让王。

〔**注**〕 泰伯:《史记·周本纪》:“古公有长子曰泰伯,次曰虞仲。太姜生少子季历,季历生昌,有圣瑞。古公曰:‘我世当有兴者,其在昌乎!’长子泰伯、虞仲,知古公欲立季历以传昌,乃二人亡如荆蛮,文身断发以让季历。”

〔**释**〕 “德未荒”者,吴人年年祭奠泰伯也。“父子争天下”一语,道破封建宫廷丑恶之事。

白 莲

素蘤多蒙别艳欺,此花真合在瑶池。
还应有恨无人见,月晓风清欲堕时。

〔**注**〕 蘤:《唐韵》韦委切,音芳。《玉篇》:“花荣也。”

〔**释**〕 此亦借白莲咏怀也。结句得白莲之神韵,故古今传诵以为佳句。

馆娃宫怀古(五首录二)

几多云榭倚青冥,越焰烧来一片平。
此地最应沾恨血,至今春草不匀生。

江色分明练绕台,战帆遥隔绮疏开。

波神自厌荒淫主，勾践楼船稳贴来。

钓　侣(二首录一)

雨后沙虚古岸崩，鱼梁移入乱云层。
归时月堕汀洲暗，认得妻儿结网灯。

虎丘寺西小溪闲泛(三首录一)

荒柳卧波浑似困，宿云遮坞未全痴。
云情柳意萧萧会，若问诸余总不知。

〔注〕　虎丘:《越绝书》:“阖闾冢在阊门外，名虎丘，筑之日而白虎踞上，故号虎丘。”

〔释〕　《泰伯庙》以下皆和皮日休者，陆作较佳，故录陆作。“云情”句颇有远致，诗人盖谓世事不堪问，托言“不知”惟“云情柳意”差堪领会耳。柳意似困，云情未痴，即诗人所领会者，亦诗人之自道也。

司空图

图字表圣，河中虞乡人。咸通末擢进士第，由宣歙幕历礼部郎中。僖宗行在用为知制诰、中书舍人。归隐中条山王官谷。龙纪、乾宁间，征拜旧官，及以户、兵二部侍郎召，皆不起。迁洛后，被诏入朝，以野耄丐归。朱全忠受禅，召为礼部尚书，不食卒。图少有俊才，晚年避世栖遁，自号知非子、耐辱居士。有先世别墅，泉石林亭，颇惬幽趣，日与名僧高士游咏其中。有《一鸣集》三十卷，今存诗文集共十五卷。

杂　题

孤枕闻莺起，幽怀独悄然。
地融春力润，花泛晓光鲜。

〔**释**〕　三四句体会静细，非有高度技巧亦不能表达。

河　上(二首)

惨惨日将暮，驱羸独到庄。
沙痕傍墟落，风色入牛羊。

新霁田园处，夕阳禾黍明。
沙村平见水，深巷有鸥声。

〔**释**〕　此二诗写村景亦佳，总由诗人心情恬适所致。

退居漫题（七首录二）

花缺伤难缀，莺喧奈细听。
惜春春已晚，珍重草青青。

燕语曾来客，花催欲别人。
莫愁春又过，看着又新春。

〔释〕 此二诗贵无衰飒气，两结句皆有新意。

独　望

绿树连村暗，黄花出陌稀。
远陂春草绿，犹有水禽飞。

〔释〕 二十字构成一幅田园佳景，苏轼极赏此诗。

即　事（九首录一）

宿雨川原霁，凭高景物新。
陂痕侵牧马，云影带耕人。

〔释〕 确是新霁景象。

涔阳渡

楚田人立带残晖，驿迥村幽客路微。
两岸芦花正萧飒，渚烟深处白牛归。

虞乡北原

泽北村贫烟火狞，稚田冬旱倩牛耕。
老人惆怅逢人诉，开尽黄花麦未金。

〔注〕 虞乡:唐县,在河东道河中府。

〔释〕 此二诗皆写田家,《虞乡北原》诗用“狞”字甚险,此字训恶,“烟火”恶,亦不可解。

河湟有感

一自萧关起战尘，河湟隔断异乡春。
汉儿尽作胡儿语，却向城头骂汉人。

〔注〕 萧关:《唐书·地理志》:“大中五年以萧关置武州。”又

《括地志》:“陇山关在原州,即古萧关。”

〔释〕 三四言河湟地沦陷之久也。此或是张义潮未复河湟前作。

力疾山下吴村看杏花(十九首录一)

浮世荣枯总不知，且忧花阵被风欺。
侬家自有麒麟阁，第一功名只赏诗。

〔注〕 麒麟阁:汉武帝图尽功臣十一人于麒麟阁,见《汉书·苏武传》。

林 宽

宽,侯官人,存诗一卷。

终南山

标奇耸峻壮长安，影入千门万户寒。
徒自倚天生气色，尘中谁为举头看。

〔释〕 此讽长安奔竞之徒也。

闻雁

接影横空背雪飞，声声寒出玉关迟。
上阳宫里三千梦，月冷风清闻过时。

〔释〕 此亦宫怨诗也。“月冷风清”，承宠者不得知。

来鹄

鹄，豫章人，咸通中举进士不第，存诗一卷。

蚕妇

晓夕采桑多苦辛，好花时节不闲身。
若教解爱繁华事，冻杀黄金屋里人。

云

千形万象竟还空，映水藏山片复重。
无限旱苗枯欲尽，悠悠闲处作奇峰。

〔**释**〕 此借云以讽不恤民劳者之词。

鹭 鸶

袅丝翘足傍澄澜，消尽年光伫思间。
若使见鱼无羡意，向人姿态更应闲。

〔**释**〕 此借鹭鸶讽自命清高而未忘利禄之辈。刘勰所讥“志深轩冕，而泛咏皋壤。心缠几务，而虚述人外”，即此辈矣。

梅 花

枝枝倚槛照池冰，粉薄香残恨不胜。
占得早芳何所利，与他霜雪助威棱。

〔**释**〕 此亦讽诗也，但未免唐突梅花矣。

李山甫

山甫，咸通中累举不第，依魏博幕府为从事。尝逮事乐彦祯、罗弘信父子。文笔雄健，名著一方。存诗一卷。

柳（十首录一）

弱带低垂可自由，傍他门户倚他楼。
金风不解相抬举，露压烟欺直到秋。

〔释〕 此士不遇赋也。

赠宿将

校猎燕山经几春，雕弓白羽不离身。
年来马上浑无力，望见飞鸿指似人。

〔释〕 此美人迟暮之感也。

李咸用

咸用工诗不第，尝应辟为推官。有《披沙集》六卷，今编三卷。

自君之出矣

自君之出矣，鸾镜空尘生。
思君如明月，明月逐君行。

方 干

干字雄飞，新定人。徐凝一见器之，授以诗律。始举进士，谒钱塘太守姚合。合视其貌陋，甚卑之，坐定览卷，乃骇目变容，馆之数日，登山临水，无不与焉。咸通中，一举不得志，遂遁会稽，渔于鉴湖。太守王龟以其亢直，宜在谏署，欲荐之，不果。自咸通得名迄文德，江之南无有及者。殁后十余年，宰臣张文蔚奏名儒不第者五人，请赐一官，以慰其魂，干其一也。后进私谥曰玄英先生。门人杨弇与释子居远收得诗三百七十余篇。集十卷，今存八卷。

君不来

远路东西欲问谁，寒来无处寄寒衣。
去时初种庭前树，树已胜巢人未归。

将归湖上留别陈宰

归去春山逗晚晴，萦回树石罅中行。
明时不是无知己，自忆湖边钓与耕。

〔释〕 方干是实行其志，归隐会稽，渔钓鉴湖者，故知此诗非姑为此言，以示高洁也。

题宝林寺禅者壁

邃岩乔木夏藏寒，床下云溪枕上看。
台殿渐多山更重，却令飞去即应难。

〔注〕 宝林寺：《西溪丛话》："能大师传法衣处在曹溪宝林寺。宝林后枕双峰。"按方干题下自注："山名飞来峰。"

题君山

曾于方外见麻姑，闻说君山自古无。
元是昆仑山顶石，海风吹落洞庭湖。

〔注〕 君山：《水经注》："洞庭湖中有君山、编山。君山有石穴，潜通吴之包山。郭景纯所谓巴陵地道者也。是山湘君之游处，故曰君山矣。"

〔释〕 此二诗写山均设奇想。惟其如此，所以不及初、盛唐，不及王、孟、李、杜。盖诸公皆兴发情至，与山水景物融会而出，晚唐诗人则不免用思虑经营，有时似精工胜于初、盛唐，而不及初、盛唐亦正在此。

罗　邺

邺，余杭人，累举进士不第。光化中，以韦庄奏，追赐进士及第，赠官补阙。有诗一卷。

雁（二首）

暮天新雁起汀洲，红蓼花开水国愁。
想得故园今夜月，几人相忆在江楼。

早背胡霜过戍楼，又随寒日下汀洲。
江南江北多离别，忍报年年两地愁。

〔释〕　前首不言己思乡，却写人思己，与《陟岵》诗不写己思父母、兄弟而思父母、兄弟念己，同一机杼。

河　湟

河湟何计绝烽烟，免使征人更戍边。
尽放农桑无一事，遣教知有太平年。

〔释〕　此叹征戍之苦也。

望仙台

千金垒土望三山，云鹤无踪羽卫还。
若说神仙求便得，茂陵何事在人间。

〔**释**〕 此讽求仙也。唐自宪宗李纯、穆宗李恒、武宗李炎、宣宗李忱皆服金石之药，或亲受法箓，求长生不死之道，故诗人多以秦皇、汉武事讽之。

汴　河

炀帝开河鬼亦悲，生民不独力空疲。
至今呜咽东流水，似向清平怨昔时。

温　泉

一条春水漱莓苔，几绕玄宗浴殿回。
此水贵妃曾照影，不堪流入旧宫来。

秋　怨

梦断南窗啼晓乌，新霜昨夜下庭梧。
不知帘外如珪月，还照边城到晓无。

江　帆

别离不独恨蹄轮，渡口风帆发更频。
何处青楼方凭槛，半江斜日认归人。

赏　春

芳草和烟暖更青，闲门要路一时生。
年年点检人间事，惟有春风不世情。

水　帘

万点飞泉下白云，似帘悬处望疑真。
若将此水为霖雨，更胜长垂隔路尘。

〔**释**〕　此与来鹄咏云同意。此类诗意非不佳，但以议论出之，感人之力便较唱叹出之者逊一筹。

罗　隐

隐字昭谏，余杭人。本名横，十上不中第，遂更名，从事湖南、淮、润，无所合，归投钱镠，累官钱塘令、镇海军掌书记、节度判官、盐铁运副使、著作佐郎，奏授司勋郎。朱全忠以谏议大夫召，不行。魏博罗绍威推为叔父，表荐给事中，年七十七卒。罗少聪敏，既不得志，其诗以讽刺为主，有《歌诗集》十四卷、《甲乙集》三卷、外集一卷，今存诗十一卷。

雪

尽道丰年瑞，丰年事若何？
长安有贫者，为瑞不宜多。

〔释〕　此仁者别有用心，与寻常但描写雪色、寒气者不同。

严陵滩

中都九鼎动英髦，渔钓牛蓑且遁逃。
世祖升遐夫子死，原陵不及钓台高。

〔注〕　升遐：帝王死称为升遐。　原陵：光武帝陵名。
〔释〕　诗以帝王陵不及隐士钓台高，见权势不足重之意。

铜雀台（二首录一）

台上年年掩翠蛾，台前高树夹漳河。
英雄亦到分香处，能共常人较几多。

〔注〕　铜雀台：《魏志》：“建安十五年冬，太祖乃于邺作铜爵台。”《邺都故事》：“魏武帝遗命诸子曰：‘吾死之后，葬于邺之西冈上，与西门豹祠相近，无藏金玉珠宝，余香可分诸夫人，不命祭。吾妾与伎人皆著铜雀台，台上施六尺床，下穗帐，朝晡上酒脯粻糒之属，每月朝十五，辄向帐前作伎。汝等时登台望吾西陵墓田。’”

〔释〕　魏武遗令，颇缠绵死后之情，罗隐殆讥其非英雄气概，故有三四句。

金钱花

占得佳名绕树芳，依依相伴向秋光。
若教此物堪收贮，应被豪门尽劚将。

〔释〕　此讥豪门贪黩也。

炀帝陵

入郭登桥出郭船，红楼日日柳年年。
君王忍把平陈业，只博雷塘数亩田。

〔注〕　雷塘：《唐书·地理志》：“扬州广陵郡县江都东有雷塘。”按炀帝在江都，被宇文化及所害，葬吴公台下，及唐平江南后，改葬雷塘。

淮上军葬

一阵孤军不复回，更无分别只荒堆。

莫言赋分须如此，曾作文皇赤子来。

〔释〕 文皇之赤子，遂令如此牺牲，穷兵者可不戒哉！

蜂

不论平地与山尖，无限风光尽被占。

采得百花成蜜后，为谁辛苦为谁甜。

〔释〕 诗意似有所悟，实乃叹世人之劳心于利禄者。

高蟾

蟾，河朔人，乾符三年登进士第，乾宁间为御史中丞。存诗一卷。

渔家

野水千年在，闲花一夕空。

近来浮世狭，何似钓船中！

〔释〕 三四奇语，亦愤语也。

即　事

三年离水石，一旦隐樵渔。
为问青云上，何人识卷舒？

〔释〕 “卷舒”犹言出处也。

宋汴道中

平野有千里，居人无一家。
甲兵年正少，日久戍天涯。

长安旅怀

马嘶九陌年年苦，人语千门日日新。
惟有终南寂无事，寒光不入帝乡尘。

〔释〕 此以一“寂”字与“马嘶”“人语”作对照，亦讽奔竞者之词也。

唐彦谦

彦谦字茂业，并州人。咸通时举进士，十余年不第。乾符末，携家避地汉南。中和中，王重荣镇河中，辟为从事，光启末，贬汉中掾曹。杨守亮镇兴元，署为判官，累官至副使，阆、壁、绛三州刺史。彦谦博学多艺，文词壮丽，至于书画音乐，无不出于辈流，号鹿门先生。集三卷，今存二卷。

渔

相聚即为邻，烟火自成簇。
约伴过前溪，撑破蘼芜绿。

〔**释**〕 蘼芜绿当是形容水色之词。

春　风（四首）

春风吹愁端，散漫不可收。
不如古溪水，只望乡江流。

新花红烁烁，旧花满山白。
昔日金张门，狼藉余废宅！

〔**注**〕　金张:《汉书·盖宽饶传》:“宽饶上无许、史之属,下无金、张之托。”注:“许伯,宣帝皇后父;史高,宣帝外家也。金,金日磾也。张,张安世也。许氏、史氏有外属之恩,金氏、张氏自托在于近狎也。”

回头语春风,莫向新花丛。
我见朱颜人,多金亦成翁!

多金不足恃,丹砂亦何益!
更种明年花,春风自相识。

〔**释**〕　此四诗以讽当时权贵也。唐末朝政混浊,权豪贵要起伏无常,所谓“新花”“旧花”,即此辈也。诗以前二句衬托出下二句,有古诗遗意。

克复后登安国寺阁

千门万户鞠蒿藜,断烬遗垣一望迷。
惆怅建章鸳瓦尽,夜来空见玉绳低。

〔**注**〕　鞠:穷也,尽也。　建章:《汉书·郊祀志》:“武帝起建章宫,千门万户,周三十里。”　玉绳:《春秋元命苞》:“玉衡北两

星为玉绳。”谢朓诗：“玉绳低建章。”

〔**释**〕 唐都长安，自安禄山乱后，屡次沦陷。僖宗李儇广明元年，黄巢入长安，中和元年，再陷长安，三年，李克用收复，光启元年，田令孜逼帝出奔凤翔，文德元年始还长安。昭宗李杰乾符三年，李茂贞引兵犯阙，昭宗奔华州，天复元年，中尉韩全诲劫昭宗如凤翔，三年，李茂贞杀全诲，帝还长安。至昭宣帝李祝天祐元年，朱全忠弑帝篡位而告终，其间宫阙被毁之惨可知。此诗所称克复，当指中和间克用收复长安言。

周 朴

朴字太朴，吴兴人。避地福州，寄食乌石山寺，黄巢入闽，欲降之，不从遂见害。诗存一卷。

塞上曲

一阵风来一阵沙，有人行处没人家。
黄河九曲冰先合，紫塞三春不见花。

〔**注**〕 紫塞：《古今注》：“秦筑长城土色紫，汉塞亦然。一云雁门草皆色紫，故名紫塞。”

郑　谷

谷字守愚，袁州人。光启三年擢第，官右拾遗，历都官郎中。幼时即能诗，名盛唐末。有《云台编》三卷，《宜阳集》三卷，外集三卷，今存四卷。

感　兴

禾黍不艳阳，竞栽桃李春。
翻令力耕者，半作卖花人。

〔释〕　此讥逐末忘本也，亦可作用人但取浮华观。

采　桑

晓陌携笼去，桑林路隔淮。
何如斗百草，赌取凤皇钗。

〔释〕　此亦《感兴》诗意。凤皇钗非寻常儿童可赌取者，故知意别有在。

雪中偶题

乱飘僧舍茶烟湿，密洒歌楼酒力微。
江上晚来堪画处，渔人披得一蓑归。

〔**释**〕 首二句虽亦写雪,但为三四句作陪耳。

十月菊

节去蜂愁蝶不知,晓庭还绕折残枝。
自缘今日人心别,未必秋香一夜衰。

〔**释**〕 此似讥世态炎凉也。“富贵他人合,贫贱亲戚离”,非人心别而何?

莲　叶

移舟水溅差差绿,倚槛风摇柄柄香。
多谢浣纱人不折,雨中留得盖鸳鸯。

鹭　鸶

闲立春塘烟澹澹,静眠寒苇雨飕飕。
渔翁归后汀沙晚,飞下滩头更自由。

淮上渔者

白头波上白头翁,家逐船移浦浦风。
一尺鲈鱼新钓得,儿孙吹火荻花中。

淮上渔者

初还京师寓止府署偶题屋壁

秋光不见旧亭台，四顾荒凉瓦砾堆。
火力不能销地力，乱前黄菊眼前开。

〔**释**〕 三四句于凋残中见生意，无此二句则但伤乱语耳。

淮上与友人别

扬子江头杨柳春，杨花愁杀渡江人。
数声风笛离亭晚，君向潇湘我向秦。

〔**释**〕 明胡元瑞称此诗有一唱三叹之致，许学夷不以为然，谓"'渭城朝雨'自是口语，而千载如新"，并谓此诗"气韵衰飒"。按气韵衰飒，乃唐末诗人所同有之病，盖唐末国势衰微，乱祸频繁，反映入诗，自然衰飒也。

读前集

殷璠裁鉴英灵集，颇觉同才得旨深。
何事后来高仲武，品题间气未公心。

〔注〕 殷璠选盛唐二十四人,诗二百三十四首为三卷,名曰《河岳英灵集》。高仲武选中唐二十六人,五言一百四十首,七言附之为二卷,名曰《中兴间气集》。

〔释〕 《唐诗纪事》:"谷不喜高仲武《间气集》,而喜殷璠《河岳英灵集》,尝有诗云云。"即此诗也。题曰《读前集》者,前人诗集也。唐选唐诗,各有所见,《唐音癸签》论之甚详。

偶书

承时偷喜负明神,务实那能庇此身。
不会苍苍主何事,忍饥多是力耕人。

〔释〕 "承时"者与"务实"者不相同,首二句已明言之,第三句故作疑问语,使结句之意更有力。

崔涂

涂字礼山,江南人。光启四年登进士第,诗一卷。

感花

绣轭香鞯夜不归,少年争惜最红枝。
东风一阵黄昏雨,又到繁华梦觉时。

〔释〕 三四句讽意宛然，黄昏雨后梦觉之人亦不易得。

韩偓

偓字致尧，京兆万年人。龙纪元年擢进士第，佐河中幕府，召拜左拾遗，累迁谏议大夫，历翰林学士、中书舍人、兵部侍郎，以不附朱全忠，贬濮州司马，再贬荣懿尉，徙邓州司马。天祐二年复原官，偓不赴召，南依王审知而卒。有《翰林院集》一卷、《香奁集》三卷，今存，合编诗四卷。

醉着

万里清江万里天，一村桑柘一村烟。

渔翁醉着无人唤，过午醒来雪满船。

自沙县抵龙溪县，值泉州军过后，村落皆空，因有一绝

水自潺湲日自斜，尽无鸡犬有鸣鸦。

千村万落如寒食，不见人烟空见花。

〔注〕 沙县：唐江南道汀州，今福建沙县。 龙溪：唐江南道漳州，今福建龙溪县。 泉州：唐江南道领县四，闽王氏置五县。

泉州军事未详，待考。

〔**释**〕　此偓南依王审知于闽时所作，二十八字中一片乱后荒芜景象。如寒食者，无有举火之人家也。

观斗鸡

何曾解报稻粱恩，金距花冠气遏云。
白日枭鸣无意问，惟将芥羽害同群。

〔**注**〕　金距：《左传》：“季郈之鸡斗，季氏介其羽，郈氏为之金距。”注：“捣介子而播其羽也。”“芥”“介”同。

〔**释**〕　此讥同类相残也。

已　凉

碧阑干外绣帘垂，猩血屏风画折枝。
八尺龙须方锦褥，已凉天气未寒时。

新上头

学梳松鬓试新裙，消息佳期在此春。
为爱好多心转惑，遍将宜称问傍人。

〔释〕　《已凉》一首如工笔仕女图，古今传诵以此。《新上头》一首写女子爱好心情亦极工细，偓以香奁诗得名一时，《唐诗纪事》以为五代间和凝嫁名，葛立方《韵语阳秋》据《香奁集》中《无题》诗序证为偓作，许学夷《诗源辩体》又举出吴融集有和偓《无题》三首，与《香奁集》中《无题》诗同韵，断定香奁非和嫁名。考晚唐诗有两种，一沿白居易新体乐府道路，诗中多寓讽刺，流为宋代以议论为诗。一效温、李绮丽之体而有香奁一类之作，流为五代之闺情词。盖风气推移有如此者，不足怪也。

吴　融

融字子华，越州山阴人。龙纪初及进士第。韦昭度讨蜀，表掌书记，累迁侍御史。去官依荆南成汭，久之，召为左补阙，拜中书舍人。昭宗反正，造次草诏，无不称旨，进户部侍郎。凤翔劫迁，融不克从，去客阌乡，俄召还翰林，迁承旨卒。有《唐英集》三卷，今编存四卷。

华清宫（二首录一）

四郊飞雪暗云端，惟此宫中落旋干。
绿树碧檐相掩映，无人知道外边寒。

杨　花

不斗秾华不占红，自飞晴野雪蒙曚。
百花长恨风吹落，惟有杨花独爱风。

〔释〕　此诗似嘲似赞，当有所指。

秋　色

染不成乾画未销，霏霏拂拂又迢迢。
曾从建业城边路，蔓草寒烟锁六朝。

〔注〕　建业城：《吴志·孙权传》："十六年徙治秣陵，明年城石头，改秣陵为建业。"

〔释〕　结句七字抵多少咏六朝遗迹诗。

卢汝弼

汝弼登进士第，以祠部员外郎知制诰，从昭宗迁洛，后依李克用。克用表为节度副使。诗存八首。

和李秀才边庭四时怨(四首)

春风昨夜到榆关，故国烟花想已残。
少妇不知归不得，朝朝应上望夫山。

〔注〕 榆关:《唐书·地理志》:“胜州榆林县东有榆林关，贞观十三年置。”按胜州唐关内道有榆林县。 望夫山:《方舆胜览》:“望夫山在当涂县，正对和州郡楼。昔人往楚，累岁不还，其妻登此山，化为石。”

卢龙塞外草初肥，雁乳平芜晓不飞。
乡国近来音信断，至今犹自着寒衣。

〔注〕 卢龙塞:唐河北道北平郡有卢龙县，卢龙塞在县城北西二百里。

八月霜飞柳半黄，蓬根吹断雁南翔。
陇头流水关山月，泣上龙堆望故乡。

〔注〕 龙堆:《汉书·匈奴传》:“岂为康居、乌孙能逾白龙堆而寇西边哉，乃以制匈奴也。”孟康注曰:“龙堆形如土龙身，无头

有尾，高大者二三丈，埤者丈余，皆东北向相似也，在西域中。”

朔风吹雪透刀瘢，饮马长城窟更寒。
半夜火来知有敌，一时齐保贺兰山。

〔注〕 饮马长城窟：《乐府诗集·瑟调曲》有《饮马长城窟行》，注曰：“一曰《饮马行》，长城秦所筑以备胡者，其下有泉窟，可以饮马。” 火来：举烽火也。 贺兰山：《北边备对》：“贺兰山在灵州保靖县，山有林，木青白，望如驳马。北人呼驳马为贺兰。”

〔释〕 四诗写边塞戍卒之苦，极苍凉之致。

王 驾

驾字大用，河中人。大顺元年登进士第，仕至礼部员外郎，自号守素先生。集六卷，今存诗六首。

古 意

夫戍萧关妾在吴，西风吹妾妾忧夫。
一行书信千行泪，寒到君边衣到无。

〔注〕　此诗一作驾妻陈玉兰作，《全唐诗》列入王驾诗中。

社　日

鹅湖山下稻粱肥，豚栅鸡埘半掩扉。
桑柘影斜春社散，家家扶得醉人归。

〔注〕　鹅湖：在江西铅山县。　埘：音时，凿垣为鸡作栖曰埘。《诗·王风》："君子于役，鸡栖于埘。"

〔释〕　此诗一作张演作，《全唐诗》人之王驾诗中。

王　涣

涣字群吉，大顺二年登第，官考功员外郎。今存诗十四首。

惆怅诗（十二首录一）

梦里分明入汉宫，觉来灯背锦屏空。
紫台月落关山晓，肠断君王信画工。

〔注〕　紫台：江淹《恨赋》："若夫明妃去时，仰天太息，紫台稍

远，关山无极。”注：“紫台，犹紫宫也。”

〔**释**〕 此题唐人作者甚多，白居易两首外，王涣此首又别出一奇。

钱　珝

珝字端文，吏部尚书徽之子，善文辞。宰相王溥荐知制诰，进中书舍人。溥得罪，珝贬抚州司马。

江行无题(百首录十二)

霁云疏有叶，雨浪细无花。
稳放扁舟去，江天自有涯。

翳日多乔木，维舟取束薪。
静听江叟语，尽是厌兵人。

山雨夜来涨，喜鱼跳满江。
岸沙平欲尽，垂蓼入船窗。

月下江流静，村荒人语稀。
鹭鸶虽有伴，仍共影双飞。

岸草连荒色，村声乐稔年。
晚晴贪获稻，闲却采菱船。

映竹疑村好，穿芦觉渚幽。
渐安无旷土，姜芋当农收。

见底高秋水，开怀万里天。
旅吟还有伴，沙柳数枝蝉。

兵火有余烬，江村才数家。
无人争晓渡，残月下寒沙。

岸绿野烟远，江红斜照微。
撑开小渔艇，应到月明归。

咫尺愁风雨，匡庐不可登。

只疑云雾窟，犹有六朝僧。

细竹渔家路，晴阳看结罾。
喜来邀客至，分与折腰菱。

万木已清霜，江边村事忙。
故溪黄稻熟，一夜梦中香。

〔**释**〕 此题共百首，皆咏谪抚州时途中见闻，诗人对乡村景物，兴会甚佳，故人咏者多，今兹所录亦以此类诗为主。

杜荀鹤

荀鹤字彦之，池州人。有诗名，自号九华山人。大顺二年，第一人擢第，复还旧山。宣州田頵遣至汴通好，朱全忠厚遇之，表授翰林学士，主客员外郎，知制诰，恃势侮易缙绅。众怒，欲杀之而未及，天祐初卒。自序其文为《唐风集》十卷，今编诗三卷。

春闺怨

朝喜花艳春，暮悲花委尘。
不悲花落早，悲妾似花身。

钓　叟

茅屋深湾里，钓船横竹门。
经营衣食外，犹得弄儿孙。

再经胡城县

去岁曾经此县城，县民无口不冤声。
今来县宰加朱绂，便是生灵血染成。

〔**注**〕　朱绂:绂,绶也。绶,所系印者。绂以色别官之尊卑。

〔**释**〕　三四句所以斥责之意严矣,非止于讽刺也。如此县官,实乃民贼。盖唐末兵祸频繁,因而剥削加剧,县令乃直接人民之官,剥削人民即由其经手,剥削愈甚,则愈得上级之欢心,于是有朱绂之赐。荀鹤另有《乱后逢村叟》七律一首,反映更为具体,其诗曰:"乱后衰翁居破村,村中何事不伤魂。因供寨木无桑柘,为点乡兵绝子孙。还似平宁征赋税,未尝州县略安存。至今鸡犬皆星散,日落前山独倚门。"如此诗篇,剥削者见之,安得不欲杀之耶!

蚕　妇

粉色全无饥色加，岂知人世有荣华。
年年道我蚕辛苦，底事浑身着苎麻。

〔释〕　荀鹤又有《山中寡妇》诗曰："夫因兵死守蓬茅，麻苎衣衫鬓发焦。桑柘废来犹纳税，田园荒后尚征苗。时挑野菜和根煮，旋斫生柴带叶烧。任是深山最深处，也应无计避征徭。"皆代乡村妇女呼吁之作也。

田　翁

白发星星筋力衰，种田犹自伴孙儿。
官苗若不平平纳，任是丰年也受饥。

伤硖石县病叟

无子无孙一病翁，将何筋力事耕农。
官家不管蓬蒿地，须勒王租出此中。

〔释〕　两诗所反映者，皆被惨重剥削者之无告苦情也。

韦　庄

庄字端己，杜陵人，见素之后。疏旷不拘小节，乾宁元年第进士，授校书郎，转补阙。李询为两川宣谕和协使，辟为判官，以中原多故，潜依王建。建辟为掌书记，寻召为起居舍人，建表留之，后相建为平章事。集二十卷，今存诗五卷，补遗一卷。

古离别

晴烟漠漠柳毵毵，不那离情酒半酣。
更把玉鞭云外指，断肠春色在江南。

〔注〕　不那：不奈何也。

金陵图

谁谓伤心画不成，画人心逐世人情。
君看六幅南朝事，老木寒云满故城。

台　城

江雨霏霏江草齐，六朝如梦鸟空啼。
无情最是台城柳，依旧烟笼十里堤。

〔**释**〕 “六朝如梦”，一切皆空也。“依旧”之物，惟柳而已，故曰“无情”。然则有情者不免感慨可知矣。此种写法，王士祯所谓“神韵”也。

稻　田

绿波春浪满前陂，极目连云䆉稏肥。
更被鹭鸶千点雪，破烟来入画屏飞。

悯耕者

何代何王不战争，尽从离乱见清平。
如今暴骨多于土，犹点乡兵作戍兵。

虎　迹

白额频频夜到门，水边踪迹渐成群。
我今避世栖岩穴，岩穴如何又见君。

张　蠙

蠙字象文，清河人。初与许棠、张乔齐名，登乾宁二年进士第，为校书郎、栎阳尉、犀浦令，入蜀，拜膳部员外，终金堂令，有诗一卷。

古战场

荒骨潜销垒已平，汉家曾说此交兵。
如何万古冤魂在，风雨时闻有战声。

吊万人冢

兵罢淮边客路通，乱鸦来去噪寒空。
可怜白骨攒孤冢，尽为将军觅战功。

崔道融

道融，荆州人。以征辟为永嘉令，累官右补阙，避地入闽。有《申唐诗》三卷、《东浮集》九卷，今存诗一卷。

田　上

雨足高田白，披蓑半夜耕。
人牛力具尽，东方殊未明。

月　夕

月上随人意，人闲月更清。
朱楼高百尺，不见到天明。

〔**释**〕　三四句讽意甚明，楼纵高而人不闲，不知辜负若干风月。

牧　竖

牧竖持蓑笠，逢人气傲然。
卧牛吹短笛，耕却傍溪田。

拟乐府子夜四时歌(四首录一)

银缸照残梦，零泪沾粉臆。
洞房犹自寒，何况关山北。

溪上遇雨(二首)

回塘雨脚如缫丝，野禽不起沉鱼飞。
耕蓑钓笠未暇取，秋田有望从淋漓。

牧竖

坐看黑云衔猛雨，喷洒前山此独晴。
忽惊云雨在头上，却是山前晚照明。

〔**释**〕　二诗深得夏雨之趣。

读杜紫微集

紫微才调复知兵，长觉风雷笔下生。
还有枉抛心力处，多于五柳赋闲情。

〔**注**〕　紫微：指杜牧也。《唐百官志》："开元元年改中书省为紫微省。"杜曾官中书舍人，故称紫微。　五柳赋闲情：陶潜有《闲情赋》。昭明太子以为"白璧微瑕"。

〔**释**〕　杜牧为人倜傥，好言兵，所著有《战论》《守论》，故有"风雷笔下生"之句。牧又不拘细节，诗有咏冶游之作，故曰"多于五柳赋闲情"。

徐　夤

夤字昭梦，莆田人。登乾宁进士第，授秘书省正字。依王审知，礼待简略，遂拂衣去，归隐延寿溪。著有《探龙》《钓矶》二集，今存诗四卷。

偶　题（二首录一）

买骨须求骐骥骨，爱毛宜采凤凰毛。
驽骀燕雀堪何用，仍向人前价例高。

〔**释**〕　此屈子《九章·涉江》“鸾鸟凤皇日以远兮，燕雀乌鹊巢堂坛兮”之叹也。

曹　松

松字梦征，舒州人。学贾岛为诗，久困名场，至天复初，杜德祥主文，放松及王希利、刘象、柯崇、郑希颜等及第，年皆七十余，时号“五老榜”。授秘书省正字。集三卷，今存二卷。

己亥岁（二首录一）

泽国江山入战图，生民何计乐樵渔。
凭君莫话封侯事，一将功成万骨枯。

〔**释**〕　题著《己亥岁》，题下注：“僖宗广明元年。”按己亥为广明前一年，是年高骈大破黄巢兵。广明元年，巢势复振，是年冬陷东都，入潼关，破长安，非“一将功成”之时也。末句极沉痛，以万骨换侯封，是何政策！

商　山

垂白商於原下住，儿孙共死一身忙。
木弓未得长离手，犹与官家射麝香。

〔注〕　商山：《十道山川考》：“商山在商州上洛县南十四里，商洛县南一里，亦名地肺山，亦名楚山，四皓所隐。”　商於：《史记·屈原传》：“张仪谓楚王曰：‘王为仪闭关而绝齐，今使使者从仪西取故秦所分楚商於之地六百里。’”按商於唐属山南道商州。

裴　说

说，天祐三年登进士第，官终礼部员外郎，有诗一卷。

乱中偷路入故乡

愁看贼火起诸烽，偷得余程怅望中。
一国半为亡国烬，数城俱作古城空。

〔**释**〕 唐末诗人悯乱之作，所谓“亡国之音哀以思”也。

胡令能

令能，莆田隐者，少为负锼钉之业，梦人剖其腹，以一卷内入，遂能吟咏，远近号为胡钉铰。诗存四首。

喜韩少府见访

忽闻梅福来相访，笑着荷衣出草堂。
儿童不惯见车马，走入芦花深处藏。

〔**注**〕 梅福：《汉书·梅福传》：“梅福字子真，九江寿春人也，为郡文学，补南昌尉。”按《容斋四笔》：“尉曰少府。”

〔**释**〕 此诗状山野儿童颇逼真。诗不说自身高洁而以“儿童不惯见车马”作点染，故佳。

小儿垂钓

蓬头稚子学垂纶，侧坐莓苔草映身。
路人借问遥招手，恐畏鱼惊不应人。

〔释〕　此写儿童情态亦自生动。

李九龄

九龄，洛阳人，唐末进士，有诗一卷。

荆溪夜泊

点点渔灯照浪清，水烟疏碧月胧明。
小滩惊起鸳鸯处，一只采莲船过声。

〔注〕　荆溪：《常州志》："荆溪在荆南山北。《汉书·地理志》云'中江出芜湖之西南，东至阳羡入海'，即此溪也。盖荆溪上通芜湖，下注震泽，达松江而入于海。溪流既远，澄澈可鉴。溪南峰峦相映如画。名贤多取此为隐处之胜。"

黄　巢

巢，冤句人，举进士不第。唐末朝政紊乱，内而宦官专横，外而藩镇弄兵，加之水旱频繁，百姓流殍，人心不安。僖宗李儇乾符元年，濮州人王仙芝起义，陷曹濮，次年黄巢起而应之。广明元年，巢陷长安，称帝，国号齐，中和四年为李克用所破，奔兖州，自刎于泰山狼虎谷。

题菊花

飒飒西风满院栽，蕊寒香冷蝶难来。
他年我若为青帝，报与桃花一处开。

〔**释**〕　张端义《贵耳集》：“巢五岁时，侍其翁与父为菊花诗。翁未就，巢信口曰：‘堪与百花为总首，自然天赐赭黄衣。’父怪，欲击之。翁曰：‘可令再赋。’巢应声云云。”按五岁小儿，能吟此诗，或系好事者增益之言，未必可信。然言为心声，诗虽未必作于五岁，谅非伪造。至陶谷《五代乱离记》所载巢《自题像》诗，则原为元稹《智度师二首》之一。其诗曰：“三陷思明三突围，铁衣抛尽衲禅衣。天津桥上无人识，闲凭阑干望落晖。”至陶谷所记巢《自题像》诗，首句作“记得当年草上飞”，次句“抛尽衲禅”作“着尽着僧”，结句“闲凭”作“独倚”，“望”作“看”。又按陆游有“他年不死君须记，会在天津看落晖”诗句。封建士大夫，皆目黄巢为“贼”，未必引巢诗以自喻，故知此诗决非巢作。

孟宾于

宾于字国仪，连州人。天福九年登第，还乡为马氏从事，后归南唐，为涂阳令，坐系，赦归。后主起为水部员外致仕。有《金鳌集》二卷，今存诗八首。

公子行

锦衣红夺彩霞明，侵晓春游向野庭。
不识农夫辛苦力，骄骢踏烂麦青青。

〔释〕 唐人《公子行》皆形容纨袴子弟之无知，但务享乐而不知稼穑之艰难，一旦得祖父余荫，出仕朝中，安得不举措乖方，殃民误国！

江 为

为，宋州人。避乱家建阳，游庐山，师陈贶为诗。有集一卷，今存诗八首。

塞下曲

万里黄云冻不飞，碛烟烽火夜深微。
胡儿移帐寒笳绝，雪路时闻探马归。

张　泌

泌字子澄，淮南人。仕南唐为句容令尉，累官至内史舍人。存诗一卷。

寄　人（二首录一）

别梦依依到谢家，小廊回合曲阑斜。
多情只有春庭月，犹为离人照落花。

〔释〕　《古今词话》："泌少与邻女浣衣善，经年夜必梦之，女别字，泌寄以诗云云，浣衣流泪而已。"按泌有《江城子》二阕，即记此事。词曰："碧阑干外小中庭。雨初晴。晓莺声。飞絮落花，时节近清明。睡起卷帘无一事，匀面了，没心情。"又"浣花溪上见卿卿。脸波明。黛眉轻。高绾绿云，低簇小蜻蜓。好是问他来得么？和笑道，'莫多情。'"据此，则亦一崔、张故事也。唐人男女之防不似宋代之严，然有情人不得成眷属者亦多。故诗人每喜咏叹及之。

沈　彬

彬字子文，高安人。唐末应进士，不第，浪迹湖湘，尝与僧虚中、齐己为诗友，事吴为秘书郎，以吏部郎中致仕，年八十余。李璟以旧恩召见，赐粟帛，官其子。诗存十九首。

都门送别

岸柳萧疏野荻秋，都门行客莫回头。
一条灞水清如剑，不为离人割断愁。

吊边人

杀声沉后野风悲，汉月高时望不归。
白骨已枯沙上草，家人犹自寄寒衣。

〔释〕 此诗三四句与陈陶《陇西行》用意相同，可以参看。

陈 陶

陶字嵩伯，岭南人。大中时，游学长安。南唐升元中，隐洪州西山，后不知所终。诗十卷，今存二卷。

续 古（二十九首录三）

吴洲采芳客，桂棹木兰船。
日晚欲有寄，徘徊春风前。

秦家无庙略，遮虏续长城。
万姓陇头死，中原荆棘生。

战地三尺骨，将军一身贵。
自古若吊冤，落花少于泪。

水调词（十首录一）

长夜孤眠倦锦衾，秦楼霜月苦边心。
征衣一倍装绵厚，犹虑交河雪冻深。

〔注〕 水调:《水调》本隋炀帝制，唐又有新《水调》。 交河:《唐书·地理志》:“西州交河郡都督府，贞观十四年平高昌置。”

陇西行（四首录一）

誓扫匈奴不顾身，五千貂锦丧胡尘。
可怜无定河边骨，犹是春闺梦里人。

〔注〕 陇西行:《乐府诗集·相和歌辞·瑟调曲》有《陇西

行》。　无定河：《元和郡县志》："关内道夏州朔方县无定河，一名朔水，一名奢延水，源出县南百步。"

〔**释**〕　此诗以第三句"无定河边骨"与第四句"春闺梦里人"一对照，自然使人读之生感，较沈彬之"白骨已枯"二句，沉着相同而辞采则此诗为胜。王世贞《艺苑卮言》虽赏此诗工妙，却谓"惜为前二句所累，筋骨毕露，令人厌憎"。其立论殊怪诞。不知无前二句则不见后二句之妙。且貂锦五千乃精练之军，一旦丧于胡尘，尤为可惜，故作者于前二句着重描绘，何以反病其"筋骨毕露"，至"令人厌憎"邪？

歌风台

蒿棘空存百尺基，酒酣曾唱大风词。
莫言马上得天下，自古英雄尽解诗。

〔**注**〕　歌风台：在徐州沛县东南泗水西岸。汉高祖征英布还，宴父老于此，有《大风》之歌，后人因以名台。

李　中

中字有中，陇西人。仕南唐为淦阳宰。有《碧云集》三卷，今编存四卷。

再到山阳寻故人不遇(二首)

维舟登野岸，因访故人居。
乱后知何处，荆榛满弊庐。

欲问当年事，耕人都不知。
空余堤上柳，依旧自垂丝。

溪边吟

鸂鶒双飞下碧流，蓼花蘋穗正含秋。
茜裙二八采莲去，笑冲微雨上兰舟。

忆溪居

竹轩临水静无尘，别后凫鹭入梦频。
杜若菰蒲烟雨歇，一溪春色属何人。

村　行

极目青青垅麦齐，野塘波阔下凫鹭。
阳乌景暖林桑密，独立闲听戴胜啼。

〔注〕　戴胜:《广韵》:"戴胜,鸟也,头上毛似胜。"按胜,妇人首饰,汉世谓之"华胜"。

〔释〕　上录数诗皆能说村居景色者,作者盖于此中得其乐趣,故言之津津。

渔　父(二首)

偶向芦花深处行,溪光山色晚来晴。
渔家开户相迎接,稚子争窥犬吠声。

雪鬓衰髯白布袍,笑携赪鲤换村醪。
殷勤留我宿溪上,钓艇归来明月高。

〔释〕　此两首于村人真情盛意,写来亦亲切有味。

蒋贻恭

贻恭,江淮人。唐末入蜀。孟氏时,官大井县令,存诗二首。

咏　蚕

辛勤得茧不盈筐,灯下缫丝恨更长。
着处不知来处苦,但贪衣上绣鸳鸯。

孙光宪

光宪字孟文，陵州人。为荆南高从诲书记，历检校秘书，兼御史大夫。有集五十余卷，今存诗八首。

竹枝词（二首录一）

门前春水白蘋花，岸上无人小艇斜。
商女经过江欲暮，散抛残食饲神鸦。

八拍蛮

孔雀尾拖金线长，怕人飞起入丁香。
越女沙头争拾翠，相呼归去背斜阳。

〔**释**〕 五代诗人所作乐府每与词曲不分。光宪有《采莲曲》"菡萏香连十顷陂"，即诗、词并收。

颜仁郁

仁郁字文杰，泉州人。仕王审知为归德场长，存诗二首。

农　家

夜半呼儿趁晓耕，羸牛无力渐艰行。
时人不识农家苦，将谓田中谷自生。

王　周

周登进士第,曾官巴蜀,存诗一卷。

霞

拂拂生残晖，层层如裂绯。
天风翦成片，疑作仙人衣。

巴　江

巴江江水色，一带浓蓝碧。
仙女瑟瑟衣，风梭晚来织。

〔**释**〕　杨慎极称此诗为晚唐诗中第一。按此与咏霞一首皆设想甚新,杨氏称之以此。以为第一,则好奇之过。

采桑女(二首)

渡水采桑归，蚕老催上机。
扎扎得盈尺，轻素何人衣。

采桑知蚕饥，投梭惜夜迟。
谁夸罗绮丛，新画学月眉。

金昌绪

昌绪，余杭人，存诗一首。

春　怨

打起黄莺儿，莫教枝上啼。
啼时惊妾梦，不得到辽西。

朱　绛

世次爵里无考，存诗一首。(《万首唐人绝句》作朱绎。)

春女怨

独坐纱窗刺绣迟，紫荆花下啭黄鹂。
欲知无限伤春意，尽在停针不语时。

辛弘智

诗存三首。

自君之出矣

自君之出矣，宝镜为谁明。
思君如陇水，常闻呜咽声。

西鄙人

天宝中，哥舒翰为安西节度使，控地数千里，甚著威令，故西鄙人歌之。

哥舒歌

北斗七星高，哥舒夜带刀。
至今窥牧马，不敢过临洮。

〔注〕 临洮：唐属陇右道临洮郡。

太上隐者

《古今诗话》："太上隐者，人莫知其本末，好事者从问其姓名，不答，留诗一绝云。"

答　人

偶来松树下，高枕石头眠。
山中无历日，寒尽不知年。

七岁女子

女子南海人，武后召见，令赋送兄诗，应声而就。

送　兄

别路云初起，离亭叶正飞。
所嗟人异雁，不作一行归。

黄崇嘏

崇嘏临邛人。喜为男子装，游蜀因事下狱，献诗蜀相周庠。庠以为司户参军，政事明敏，庠欲妻以女，嘏作诗辞婚，有“自服蓝衫居郡掾，永抛鸾镜画蛾眉”及“愿天速变作男儿”之句。庠大惊，问之，乃黄使君女也。

下狱贡诗

偶辞幽隐住临邛，行止坚贞比涧松。
何事政清如水镜，绊他野鹤在深笼。

张文姬

文姬，鲍参军妻也。诗存四首。

池上竹

此君临此地，枝低水相近。
碧色绿波中，日日流不尽。

〔注〕 此君：《晋书·王徽之传》："尝寄居空宅中，便令种竹。或问其故，但啸咏，指竹曰：'何可一日无此君耶？'"

溪口云

溶溶溪口云，才向溪中吐。
不复归溪中，还作溪中雨。

晁 采

采小字试莺，大历时人，少与邻生文茂约为伉俪，及长，茂时寄诗通情，采以莲子达意，坠一于盆，逾旬，开花并蒂。茂以报采，乘间欢合。母得其情，叹曰："才子佳人，自应有此。"遂以采归茂。诗存二十二首。

寄文茂

花笺制叶寄郎边，的的寻鱼为妾传。
并蒂已看灵鹊报，倩郎早觅买花船。

池上竹

〔**释**〕　此女之母，胜莺莺之母矣。坠盘事，显系傅会。

子夜歌（十八首录五）

何时得成匹，离恨不复牵。
金针刺菡萏，夜夜得见莲。

相逢逐凉候，黄花忽复香。
颦眉腊月露，愁杀未成霜。

寄语闺中娘，颜色不常好。
含笑对棘实，欢娱须是枣。

相思百余日，相见苦无期。
搴裳摘藕花，要莲敢恨池。

侬赠绿丝衣，郎遗玉钩子。
郎欲系侬心，侬思著郎体。

〔**释**〕　此乐府诗也，颇得民歌真朴之致。诗中“莲”，怜也，

"霜",双也,"枣",早也,"池",迟也,皆双关语,民歌中多有之。

崔莺莺

贞元中,随母郑氏寓居蒲东佛寺。有张生者,与之赋诗赠答,情好甚笃。后张生弃之另娶,崔亦别嫁,张欲见之,作诗绝张。

寄　诗

自从销瘦减容光,万转千回懒下床。
不为傍人羞不起,为郎憔悴却羞郎。

告绝诗

弃置今何道,当时且自亲。
还将旧来意,怜取眼前人。

姚月华

尝梦月坠妆台,觉而大悟,聪慧过人。少失母,随父寓扬子江,见邻舟书生杨达诗,命侍儿乞其稿。达立缀艳诗致情,自后屡相酬和。会其父有江右之行,踪迹遂绝。存诗六首。

制履赠杨远

金刀翦紫绒，与郎作轻履。
愿化双仙凫，飞来入闺里。

〔注〕　双凫:《后汉书·王乔传》:“乔为叶令,有神术,每月朔望,诣台朝帝,怪其来数,而不见车骑,密令太史伺望之,有双凫从东南飞来,举网张之,得一凫,乃所赐尚书官属履也。”

怨诗寄杨达(二首)

春水悠悠春草绿，对此思君泪相续。
羞将离恨向东风，理尽秦筝不成曲。

与君形影分吴越，玉枕经年对离别。
登台北望烟雨深，回身泣向寥天月。

刘　媛

存诗三首。

长门怨(二首录一)

雨滴梧桐秋夜长，愁心和雨到昭阳。
泪痕不共君恩断，拭却千行更万行。

葛鸦儿

存诗三首。

怀良人

蓬鬓荆钗世所稀，布裙犹是嫁时衣。
胡麻好种无人种，正是归时底不归？

刘　瑶

一作裴瑶，存诗三首。

阖闾城怀古

五湖春水接遥天，国破君亡不记年。
惟有妖娥曾舞处，古台寂莫起寒烟。

关盼盼

盼盼，徐州妓也，张建封纳之。张殁，独居彭城故燕子楼，历十余年。白居易赠诗讽其死。盼盼得诗泣曰："妾非不能死，恐我公有从死之妾，玷清范耳。"乃和白诗，旬日不食而卒，存诗四首。

燕子楼（三首）

楼上残灯伴晓霜，独眠人起合欢床。
相思一夜情多少？地角天涯未是长。

北邙松柏锁愁烟，燕子楼中思悄然。
自埋剑履歌尘散，红袖香销已十年。

〔注〕 北邙：北邙山在洛阳县。

适看鸿雁岳阳回，又睹玄禽逼社来。
瑶瑟玉箫无意绪，任从蛛网任从灰。

刘采春

采春越州妓也，存诗六首。

罗唝曲(六首录二)

不喜秦淮水，生憎江上船。
载儿夫婿去，经岁又经年。

莫作商人妇，金钗当卜钱。
朝朝江口望，错认几人船。

〔注〕 罗唝曲:《唐音癸签》:“《罗唝曲》一名《望夫歌》。罗唝,古楼名,陈后主所建。元稹廉问浙东,有妓女刘采春自淮甸而来,能唱此曲,闺妇、行人闻者莫不涟泣。”

张窈窕

窈窕寓居于蜀,当时诗人雅相推重,今存诗六首。

春　思(二首录一)

门前梅柳烂春辉，闭妾深闺绣舞衣。
燕子不知肠欲断，衔泥故故傍人飞。

武昌妓

诗一首。

续韦蟾句

悲莫悲兮生别离，登山临水送将归。
武昌无限新栽柳，不见杨花扑面飞。

〔注〕 韦蟾句:韦蟾廉问鄂州,及罢,宾僚祖饯,韦以笺书《文选》句授坐客请续。有妓口占二句,无不嘉叹,蟾赠数十千纳之。

盛小丛

小丛,越妓。李讷为浙东廉使,夜登城楼,闻歌声激切,召至,乃小丛也。时崔侍御元范在府幕,赴阙,李饯之,命小丛歌饯,在座各赋诗赠之。小丛存诗一首。

突厥三台

雁门山上雁初飞，马邑阑中马正肥。
日旰山西逢驿使，殷勤南北送征衣。

〔注〕　突厥三台:《乐府诗集·杂曲歌辞》有《突厥三台》。雁门山:《清统志》:“雁门关在山西马邑县东南,山岩峭拔,中有路盘旋崎岖,绝顶置关,南通代州。”

徐月英

月英,江淮间妓也,有集行世,今存诗二首。

送　人

惆怅人间万事违,两人同去一人归。
生憎平望亭前水,忍照鸳鸯相背飞。

〔注〕　平望亭:《水经注》:“平望亭在平寿县故城西北八十里,或言秦始皇升以望海,因曰望海台。”

薛　涛

涛字洪度,本长安良家女,随父宦,流落蜀中,遂入乐籍,辩慧工诗,有林下风致。韦皋镇蜀,召令侍酒赋诗,称为女校书,出入幕府,历事十一镇,皆以诗文受知。暮年屏居浣花溪,著女冠服,好制松花小笺,时号薛涛笺。

有《洪度集》一卷，今存。

春望词（四首）

花开不同赏，花落不同悲。
欲问相思处，花开花落时。

揽草结同心，将以遗知音。
春愁正断绝，春鸟复哀吟。

风花日将老，佳期犹渺渺。
不结同心人，空结同心草。

那堪花满枝，翻作两相思。
玉箸垂朝镜，春风知不知。

送友人

水国蒹葭夜有霜，月寒山色共苍苍。
谁言千里自今夕，离梦杳如关塞长。

题竹郎庙

竹郎庙前多古木，夕阳沉沉山更绿。
何处江村有笛声，声声尽是迎郎曲。

〔注〕 竹郎：夜郎侯也。《后汉书·西南夷传》："夜郎春，初有女子浣于遁水，有三节大竹，流入足间，闻其中有号声，剖竹视之，得一男，归而养之，及长有才武，自立为夜郎侯，以竹为姓。"

鱼玄机

玄机字幼微，长安里家女，喜读书，有才思。补阙李亿纳为妾，爱衰，遂从冠帔于咸宜观。后以笞杀女童绿翘事，为京兆温璋所戮。今存诗一卷。

江陵愁望寄子安

枫叶千枝复万枝，江桥掩映暮帆迟。
忆君心似西江水，日夜东流无歇时。

景　云

景云善草书，与岑参同时，存诗三首。

画　松

画松一似真松树，且待寻思记得无。
曾在天台山上见，石桥南畔第三株。

灵　一

灵一姓吴氏，广陵人。居余杭宜丰寺，禅诵之暇，辄赋诗歌，与朱放、张继、皇甫曾诸人为尘外友。存诗一卷。

送朱放

苦见人间世，思归洞里天。
纵令山鸟语，不废野人眠。

灵　澈

灵澈字源澄，姓汤氏，会稽人，云门寺律僧也。少从严维学诗，后至吴兴与僧皎然游。贞元中，皎然荐之包佶，又荐之李纾，名振辇下，缁流嫉之，造飞语激中贵人，贬徙汀州，会赦归乡。存诗十六首。

天姥岑望天台山

天台众峰外，华顶当寒空。
有时半不见，崔嵬在云中。

〔注〕 天姥岑：《太平寰宇记》："天姥山在越州剡县南八十里。"《清统志》："天姥峰在台州天台县西北，与天台山相对，其峰孤峭，下临嵊县，仰望如在天表。"

皎 然

皎然名昼，姓谢氏，长城人，灵运十世孙也。居杼山，文章俊丽，颜真卿、韦应物并重之，与之酬唱。贞元中，敕写其文集入于秘阁，存诗七卷。

秋晚宿破山寺

秋风落叶满空山，古寺残灯石壁间。
昔日经行人尽去，寒云夜夜自飞还。

子　兰

子兰,昭宗朝文章供奉,存诗一卷。

长安早秋

风舞槐花落御沟，终南山色入城秋。
门门走马征兵急，公子笙歌醉玉楼。

贯　休

贯休字德隐,俗姓姜氏,兰溪人,七岁出家,日读经书千字,过目不忘,既精奥义,诗亦奇险,兼工书画。初为吴越钱镠所重,后谒成汭荆南。汭欲授书法。休曰:“须登坛乃授。”汭怒,递放之黔。天复中,入益州,王建礼遇之,署号禅月大师,或呼为得得来和尚,终于蜀,年八十一。初有《西岳集》,吴融为序,极称之。后弟子昙域更名《宝月集》。其全集三十卷已亡。胡震亨谓宋睦州刻本多载他人诗不足信,其说亦不知何据。胡存诗仅三卷,今编存十二卷。

边上作(三首录一)

阵云忽向沙中起，探得胡兵过辽水。
堪嗟护塞征戍儿，未战已疑身是鬼。

宿深村

行行一宿深村里，鸡犬丰年闹如市。
黄昏见客合家喜，月下取鱼戽塘水。

〔注〕 戽：音户。《广韵》：“戽斗，舟中渫水器也。”

齐 己

齐己名得生，姓胡氏，潭之益阳人，出家大沩山同庆寺，复栖衡岳东林，后欲入蜀，经江陵，高从诲留为僧正，居之龙兴寺，自号衡岳沙门。有《白莲集》十卷，外编一卷，今编诗十卷。

赠琴客

曾携五老峰前过，几向双松石上弹。
此境此身谁更爱，掀天羯鼓满长安。

折杨柳（四首录一）

馆娃宫畔响廊前，依托吴王养翠烟。
剑去国亡台殿毁，却随红树噪秋蝉。

处　默

处默初与贯休同剃染，后入庐山与修睦、栖隐游，有诗一卷，今存八首。

织　妇

蓬鬓蓬门积恨多，夜阑灯下不停梭。
成缣犹自陪钱纳，未直青楼一曲歌。

郑　遨

遨字云叟，滑州白马人。昭宗时举进士，不第，入少室山为道士，徙居华阴，种田自给。与道士李道殷、罗隐之友善，世目为三高士。唐明宗以左拾遗，晋高祖以谏议大夫召，皆不起，赐号逍遥先生，天福中卒。存诗十七首。

富贵曲

美人梳洗时，满头间珠翠。
岂知两片云，戴却数乡税。

伤　农

一粒红稻饭，几滴牛颔血。
珊瑚枝下人，衔杯吐不歇。

宿洞庭

月到君山酒半醒，朗吟疑有水仙听。
无人识我真闲事，赢得高秋看洞庭。

乐府词

胡震亨《唐音癸签》卷十三“乐通二”列举唐代乐曲题义无考者凡二百九十七曲曰:“其录自《乐府诗集》者,多谱初、盛唐人绝句为曲,录自《教坊记》者,律绝诗及填词为曲者互有之。”盖唐乐工多采唐诗人绝句入乐。其中如《水调歌》《凉州调》《伊州歌》等,其乐谱或系旧有,或系边塞都督所进,而乐工采当时律绝为乐词,其题义有可考知者,有不可考知者,故胡氏有此论也。今略录数曲于此。

戎　浑

风劲角弓鸣，将军猎渭城。
草枯鹰眼疾，雪尽马蹄轻。

〔注〕 此王维《观猎》诗前四句;一作张祜作。

叹疆场

闻道行人至，妆梳对镜台。
泪痕犹在颊，笑靥自然开。

〔注〕 此诗与乐府题不合,故有作《欢场曲》者,然乐府诗用古曲名非古曲题义者多,恐改作《欢场曲》者非也。

甘 州

欲使传消息，空书意不任。
寄君明月镜，偏照故人心。

濮阳女

雁来书不至，月照独眠房。
贱妾多愁思，不堪秋夜长。

盖罗缝

音书杜绝白狼西，桃李无颜黄鸟啼。
寒雁春深归去尽，出门肠断草萋萋。

濮阳女

〔**注**〕　白狼:《水经注》:“辽水又右会白狼水,水出右北平白狼县。”

镇　西

天边物色更无春，只有牛羊与马群。
谁家营里吹羌笛，哀怨教人不忍闻。

无名氏

杂　诗(七首)

石沉辽海阔，剑别楚山长。
会合知无日，离心满夕阳。

〔**注**〕　剑别:鲍照诗:“双剑将别离,先在匣中鸣。”

青天无云月如烛，露泣梨花白如玉。
子规一夜啼到明，美人独在空房宿。

〔**释**〕　前三句皆为结句设想。

不洗残妆并绣床，却嫌鹦鹉绣鸳鸯。
回针刺到双飞处，忆着征人泪数行。

眼想心思梦里惊，无人知我此时情。
不如池上鸳鸯鸟，双宿双飞过一生。

一去辽阳系梦魂，忽传征骑到中门。
纱窗不肯施红粉，图遣萧郎问泪痕。

〔注〕 萧郎：本王俭称萧衍之词，后人以泛指才郎。

水纹珍簟思悠悠，千里佳期一夕休。
从此无心爱良夜，任他明月下西楼。

数日相随两不忘，郎心如妾妾如郎。
出门便是东西路，把取红笺各断肠。

六言绝句附

六言诗亦绝句之一体，但唐人作者不多，今亦附录数首，以备一格。

王　维

田园乐（七首录四）

采菱渡头风急，策杖村西日斜。
杏树坛边渔父，桃花源里人家。

萋萋春草秋绿，落落长松夏寒。
牛羊自归村巷，童稚未识衣冠。

山下孤烟远村，天边独树高原。
一瓢颜回陋巷，五柳先生对门。

〔注〕　一瓢：《论语·雍也》："子曰：'贤哉回也！一箪食，一瓢饮，在陋巷，人不堪其忧，回也不改其乐，贤哉回也！'"　五柳先生：《晋书·陶潜传》："尝著《五柳先生传》以自况，曰：'先生不

知何许人，不详姓字，宅边有五柳树，因以为号焉。’”

桃红复含夜雨，柳绿更带春烟。
花落家童未扫，莺啼山客犹眠。

韦应物

三台词(二首录一)

冰泮寒塘始绿，雨余百草皆生。
朝来门合无事，晚下高斋有情。

刘长卿

寻张逸人山居

危石才通鸟道，空山更有人家。
桃源定在深处，涧水浮来落花。

皇甫冉

送郑二之茅山

水流绝涧终日，草长深山暮云。
犬吠鸡鸣几处，条桑种杏何人？

〔注〕　茅山：《唐书·地理志》：“润州延陵县有茅山。”　条桑：《诗经》“蚕月条桑”，郑玄笺：“条桑枝落之，采其叶也。”　种杏：《神仙传》：“董奉居庐山，为人治病辄愈，重者种杏五株，轻者一株。”

〔释〕　末句“条桑”，指蚕业，“种杏”，指医务，二者人生要事，故并言之，且以此二事为郑二劝也。

顾　况

归　山

心事数茎白发，生涯一片青山。
空林有雪相待，古道无人独还。

附　录

历代诗家论绝句选录

宋杨万里《诚斋诗话》

五七字绝句最少而最难工，虽作者亦难得四句全好者。晚唐人与介甫最工于此。如李义山忧唐之衰云“夕阳无限好，其奈近黄昏”，如“青女素娥俱耐冷，月中霜里斗婵娟”，如“芭蕉不解丁香结，同向春风各自愁”，如“莺花啼又笑，毕竟为谁春”。唐人《铜雀台》云“人生富贵须回首，此地岂无歌舞来”，《寄边衣》云“寄到玉关应万里，戍人犹在玉关西”，《折杨柳》云“羌笛何须怨杨柳，春风不度玉门关”，皆佳句也。……然鲜有四句全好者。杜牧之云：“清江漾漾白鸥飞，绿净春深好染衣。南去北来人自老，夕阳长送钓船归。”唐人云：“树头树底觅残红，一片西飞一片东。自是桃花贪结子，错教人恨五更风。”韩偓云：“昨夜三更雨，临明一阵寒。蔷薇花在否，侧卧卷帘看。”……四句皆好矣。

宋范晞文《对床夜话》卷四

唐人五言四句，除柳子厚“钓雪”一诗外，极少佳者。今偶得四首漫录于此。《玉阶怨》云：“玉阶生白露，夜久侵罗袜。却下水精帘，玲珑望秋月。”《拜月》云：“开帘见月时，便即下阶拜。细语人不闻，北风吹裙带。”《芜城怀古》云：“风吹城上树，草没城边路。城里月明时，精灵自来去。”《秋日》云：“返照入闾巷，忧来与谁语。古道无人行，秋风动禾黍。”前二篇备婉恋之深情，后两首抱荒寂之余感。

元杨载《诗法家数》

绝句之法要婉曲回环，删芜就简，句绝而意不绝，多以第三句为主，而第四句发之，有实接，有虚接。承接之间，开与合相关，反与正相依，顺与逆相应，一呼一吸，宫商自谐。大抵起承二句固难，然不过平直叙起为佳，从容承之为是，至如宛转变化，工夫全在第三句，若于此转变得好，则第四句如顺流之舟矣。

元范德机《木天禁语·绝句篇法》

首句起　《画松》：“画松一似真松树，待我寻思记得无。曾在天台山上见，石桥南畔第三株。”

次句起　《金陵即事》。

第三句起　前二句皆闲，至第三句方咏本题。

扇对　《存殁口号》：“席谦不见近弹棋，毕曜仍传旧小诗。玉局他年无限笑，白杨今日几人悲。”“郑公彩绘随长夜，曹霸丹青已白头。天下何曾有山水，人间不解重骅骝。”

问对　首句闲，次句说本题，第三句闲，结句再说本题，应第二句，即《摩笄山》诗也。

顺去　“松下问童子”，“问余何事栖碧山”，“湘中老人”，“行到水穷处”，“首座茶”。

藏咏　《江南逢李龟年》：“岐王宅里寻常见，崔九堂前几度闻。正是江南好风景，落花时节又逢君。”

中断别意　前二句说本题，后二句说题外意，“愿领龙骧十万兵”是也。

四句两联　“两个黄鹂鸣翠柳”，“迟日江山丽”。

借喻　借本题说他事，如咏妇人者必借花为喻，咏花者必借妇人为比。

右十法，绝句之篇法也。此最为紧，推此以往，思过半矣。

明杨慎《升庵诗话》卷十一

绝句者，一句一绝。起于《四时咏》，“春水满四泽，夏云多奇峰。秋月扬明辉，冬岭秀孤松”是也。或以为陶渊明诗，非。杜诗“两个黄鹂鸣翠柳”实祖之。王维诗：“柳条拂地不忍折，松树披云从更长。藤花欲暗藏猱子，柏叶初齐养麝香。”宋六一翁亦有一首云：“夜凉吹笛千山月，路暗迷人百种花。棋散不知人世换，酒阑无奈客思家。”皆此体也。乐府有“打起黄莺儿”一首，意连句圆，未尝间断，当参此意，便有神圣工巧。

绝句四句皆对，杜工部“两个黄鹂”一首是也，然不相连属，即是律中四句也。唐绝万首，惟韦苏州“踏阁攀林恨不同”，及刘长卿“寂寂孤莺啼杏园”二首绝妙，盖字句虽对而意则一贯也。其余如李峤《送司马承祯还山》云：“蓬阁桃源两地分，人间海上不相闻。一朝琴里悲黄鹤，何日山头望白云。”柳中庸《征人怨》云：“岁岁金河复玉关，朝朝马策与刀镮。三春白雪归青冢，万里黄河绕黑山。”周朴《边塞曲》云：“一队风来一队沙，有人行处没人家。黄河九曲冰先合，紫塞三春不见花。”亦其次也。

《升庵集》卷二

唐人之诗，乐府本自古诗而意反近，绝句本自近体而意实远。故求《风》《雅》之仿佛者，莫如绝句。唐人之所偏长独至，而后人力追莫嗣者也。擅场则王江宁，骖乘则李彰明，偏美则刘中山，遗响则杜樊川。少陵虽号大家，不能兼善，以拘于对偶，且汩于典故，乏性情尔。（按胡震亨《唐音癸签》卷十引杨慎此条加按语曰：“按唐乐府五言绝法齐梁，然体制自别，七言亦有作乐府者。然如《宫词》《从军》《出塞》等，虽用乐府题，自是唐人绝句，与六朝不同。”）

明谢榛《四溟诗话》卷一

七言绝句，盛唐诸公用韵最严。大历以下，稍有旁出者。作者当以盛唐为法。盛唐人突然而起，以韵为主，意到辞工，不假雕饰，或命意得句，以韵发端，浑成无迹，此所以为盛唐也。宋人专重转合，刻意精炼，或难于起句，借用傍韵，牵强成章，此所以为宋也。

左舜齐曰：“一句一意，意绝而气贯，此绝句之法。一句一意，不工亦下也，两句一意，工亦上也。以工为主，勿以句论。

赵、韩所选唐人绝句，后两句皆一意。”舜齐之说，本于杨仲宏。

同书卷二

赵章泉、韩涧泉所选唐人绝句，惟取中正温厚，闲雅平易，若夫雄浑悲壮，奇特沉郁，皆不之取，惜哉。洪容斋所选唐人绝句，不择美恶，但备数尔，间多仙鬼之作，出于偏稗小说，尤不可取。

明王世贞《艺苑卮言》卷一

绝句固自难，五言尤甚，离首即尾，离尾即首，而腰腹亦自不可少，妙在愈小而大，愈促而缓。吾尝读《维摩经》得此法，一丈室中，置恒河沙诸天宝座，丈室不增，诸天不减。

同书卷四

（李攀龙《唐诗选序》）又云：“太白五七言绝句，实唐三百年一人，盖以不用意得之，即太白亦不自知其所至，而工者顾失焉。”……余谓七言绝句，王江陵与太白争胜毫厘，俱是神品，而于鳞不及之。

五七言绝太白神矣……太白之七言律，子美之七言绝，皆变体，间为之可耳，不足多法也。

七言绝句，盛唐主气，气完而意不尽工，中晚唐主意，意工而气不甚完，然各有至者，未可以时代优劣也。

李于鳞言唐人诗句当以“秦时明月汉时关”压卷，余始不信，以少伯集中有极工妙者，既而思之，若落意解，当别有所取，若以有意无意可解不可解间求之，不免此诗第一耳。

绝句李益为胜，韩翃次之，权德舆、武元衡、马戴、刘沧五言，皆铁中铮铮者。“猿啼洞庭树，人在木兰舟”，真不减柳吴兴“回乐峰”一章，何必王龙标、李供奉。

“可怜无定河边骨，犹是深闺梦里人”，用意工妙至此，可谓绝唱矣，惜为前二句所累，筋骨毕露，令人厌憎。“葡萄美酒”一绝，便是无瑕之璧，盛唐地位不凡乃尔。

谢茂秦论诗，五言绝以少陵“日出篱东水”作诗法。又宋人以“迟日江山丽”为法，此皆学究教小儿号嗄者。若“打起黄莺儿，莫教枝上啼。啼时惊妾梦，不得到辽西”，与“山中何所有，岭上多白云。只可自怡悦，不堪持赠君”一法，不惟语意之高妙而已，其篇法圆紧，中间增一字不得，着一意不得，起结极斩绝，然中自舒缓，无余法而有余味。

明胡应麟《诗薮》内编卷六

五七言绝句，盖五言短古、七言短歌之变也。五言短古，杂见汉魏诗中，不可胜数。唐人绝体，实所从来。七言短歌始于垓下，梁陈以降，作者坌然。第四句之中，二韵互叶，转换既迫，音调未舒。至唐诸子，一变而律吕铿锵，句格稳顺。语半于近体而意味深长过之，节促于歌行而咏叹悠永倍之，遂为百代不易之体。

唐初五言绝，子安诸作已入妙境。七言初变梁陈，音律未谐，韵度尚乏。惟杜审言《度湘江》《赠苏绾》二首，结皆作对，而工致天然，风味可掬。至张说《巴陵》之什，王翰《出塞》之吟，句格成就，渐入盛唐矣。

太白五七言绝，字字神境，篇篇神物。于鳞谓即太白不自知所以至也，斯言得之。

摩诘五言绝穷幽极玄，少伯七言绝超凡入圣，俱神品也。

五七言律，晚唐尚有一联半首可入盛唐，至绝句则晚唐诸人，愈工愈远，视盛唐不啻异代，非苦心自得，难领斯言。

晚唐绝如“清江一曲柳千条”，真是神品，然置之王、李二集，便觉短气。“一将功成万骨枯”是疏语，“可怜无定河边骨”是词语；少时皆剧赏之，近始悟前之失。

“数声风笛离亭晚，君向潇湘我向秦”，“日暮酒醒人已远，满天风雨下西楼”，岂不一唱三叹，而气韵衰飒殊甚。“渭城朝雨”自是口语，而千载如新。此论盛唐、晚唐三昧。

“公道世间惟白发，贵人头上不曾饶”，“年年点检人间事，只有春风不世情”，“世间甲子须臾事，逢着仙人莫看棋”，“虽然万里连云际，争似尧阶三尺高”，“坑灰未冷山东乱，刘项元来不读书”，皆仅去张打油一间，而当时以为工，后世亦亟称之，此诗所以难言。

“明月自来还自去，更无人倚玉栏干”，“解释东风无限恨，沉香亭北倚栏干”，崔鲁、李白同咏玉环事，崔则意极精工，李则语由信笔，然不堪并论者，直是气象不同。

唐五言绝，得右丞意者，惟韦苏州，然亦有中盛别。

中唐绝，如刘长卿、韩翃、李益、刘禹锡，尚多可讽咏。晚唐则李义山、温庭筠、杜牧、许浑、郑谷，然途轨纷出，渐入宋元。多歧亡羊，信哉！

初唐绝“蒲桃美酒”为冠，盛唐绝“渭城朝雨”为冠，中唐绝“回雁峰前”为冠，晚唐绝“清江一曲”为冠。“秦时明月”，在少伯自为常调，用修以诸家不选，故唐绝增奇，首录之，所谓前人遗珠，兹则掇拾。于鳞不察而和之，非定论也。（按杨慎谓“清江一曲柳千条，十五年前旧板桥。曾与情人桥上别，更无消息到今朝”，小说以为刘采春女周德华作。又云刘梦得，刘集中不载。今按，此白居易作，题曰《板桥》，诗共六句曰：“梁苑城西三十里，一渠春水柳千条。若为此路今重过，二十年前旧板桥。曾与美人桥上别，更无消息到今朝。”乐工采以入乐，止存四句，非刘作，杨说出《丽情集》。）

“野旷天低树，江清月近人”，神韵无伦，“天势围平野，河流入断山”，雄浑绝出，然皆未成律诗，非绝体也。

对结者须意尽，如王之涣“欲穷千里目，更上一层楼”，高达夫“故乡今夜思千里，霜鬓明朝又一年”，添着一语不得乃可。

谓七言律难于五言律，是也，谓五言绝难于七言绝，则亦未然。五言绝调易古，七言绝调易卑，五言绝即拙匠易于掩瑕，七言绝虽高手难于中的。

五言绝尚真切，质多胜文，七言绝尚高华，文多胜质，五言绝昉于两汉，七言绝起自六朝；源流迥别，体制自殊，至意当含蓄，语务舂容，则二者一律也。

王无功“眼看人尽醉，何忍独为醒”，骆宾王“昔时人已没，今日水犹寒”，初唐绝句精巧，犹是六朝余习。然调不甚古，初学慎之。

唐五言绝，初盛前多作乐府。然初唐只是陈隋遗响，开元以后，句格方超。如崔国辅《流水曲》《采莲曲》，储光羲《江南曲》，王维《班婕妤》，崔颢《长干行》，刘方平《采莲》，韩翃《汉宫曲》，李端《拜新月》《闻筝曲》，张仲素《春闺曲》，令狐楚《从军行》《长相思》，权德舆《玉台体》，王建《新嫁娘》，王涯《赠远曲》，施肩吾《幼女词》，皆酷得六朝意象。高者可攀晋宋，平者不失齐梁。唐人五言绝佳者，大半此矣。

七言绝李、王二家外，王翰《凉州词》、王维《少年行》、高适《营州歌》、王之涣《凉州词》、韩翃《江南曲》、刘长卿《昭阳曲》、刘方平《春怨》、顾况《宫词》、李益《从军》、刘禹锡《堤上行》、张籍《成都曲》、王涯《秋思》、张仲素《塞下曲》、《秋闺曲》、孟郊《临池曲》、白居易《杨柳枝》、《昭君怨》、杜牧《宫怨》、《秋夕》、温庭筠《瑶瑟怨》、陈陶《陇西行》、李洞《绣岭词》、卢弼《四时词》，皆乐府也。然音响自是唐人，与五言绝稍异。

五言绝，须熟读汉魏及六朝乐府，源委分明，径路谙熟，然后取盛唐名家李、王、崔、孟诸作，陶以风神，发以兴象，真积力久，出语自超。钱、刘以下，句渐工，语渐切，格渐下，气渐悲，便当着眼，不得草草。

七言绝，体制自唐，不专乐府。然盛唐颇难领略，晚唐最易波流。能知盛唐诸作之超，又能知晚唐诸作之陋，可与言矣。

盛唐绝句，兴象玲珑，句意深婉，无工可见，无迹可寻，中唐递减风神，晚唐大露筋骨，可并论乎！

中唐《水调》等歌，不甚类六朝语，而风格高华，似远而实近；中唐《竹枝》等歌，颇效法六朝语，而辞旨凡陋，似合而实离。

五言绝，唐乐府多法齐梁，体制自别。七言亦有作乐府体，如太白《横江词》《少年行》等，尚是古调。至少伯《宫词》《从军》《出塞》，虽乐府题，实唐人绝句，不涉六朝，然亦前无六朝矣。

七言绝以太白、江宁为主，参以王维之俊雅，岑参之秾丽，高适之浑雄，韩翃之高华，李益之神秀。

顾华玉云："五言绝以调古为上乘，以情真为得体。'打起黄莺儿，莫教枝上啼。啼时惊妾梦，不得到辽西。'调之古者；'山月晓仍在，凉风吹不绝。殷勤如有情，惆怅令人别。'此所谓情真者。"

调古则韵高，情真则意远。华玉标此二者，则雄奇俊亮，皆所不贵。论虽稍偏，自是五言绝第一义。若太白之逸，摩诘之玄，神化幽微，品格无上，又不可以是泥也。

成都以江陵为擅场，太白为偏美。历下谓太白唐三百年一人。琅琊谓李尤自然，故出王上。弇州谓俱是神品，争胜毫厘。数语咸自有旨，学者熟习二公之诗，细酌四家之论，豁然有见，则七言绝如发蒙矣。

绝句最贵含蓄，青莲"相看两不厌，惟有敬亭山"，亦太分晓。钱起"始怜幽竹山窗下，不改青阴待我归"，面目尤觉可憎。宋人以为高作，何也！

嘉州"枕上片时春梦中，行尽江南数千里"，盛唐之近晚唐者，然犹可藉口六朝。至中唐“人生一世长如客，何必今朝是别离”，则全是晚唐矣。此等最是误人。

太白七言绝，如“杨花落尽子规啼”“朝辞白帝彩云间”“谁家玉笛暗飞声”“天门中断楚江开”等作，读之真有挥斥八极，凌厉九霄意。贺监谓为“谪仙”，良不虚也。

太白诸绝句，信口而成，所谓无意于工而无不工者。少伯深厚有余，优柔不迫，怨而不怒，丽而不淫。余尝谓古诗、乐府后，惟太白诸绝近之，《国风》《离骚》后，惟少伯诸绝近之。体若相悬，调可默会。

张仲素《秋闺曲》“梦里分明见关塞，不知何路向金微”，“欲寄征人问消息，居延城外又移军”，皆去龙标不甚远。

盛唐绝亦有浅近者，如常建“太平天子无征战，兵气销为日月光”之类。建《塞下曲》五首，余四首皆直致不文，独此首诸家竞选，故及之。

太白《长门怨》：“天回北斗挂西楼，金屋无人萤火流。月光欲到长门殿，别作深宫一段愁。”江宁《西宫曲》：“西宫夜静百花香，欲卷珠帘春恨长。斜抱云和深见月，朦胧树色隐昭阳。”李则意尽语中，王则意在言外。然二诗各有至处，不可拘泥一端。大概李写景入神，王言情造极。王宫词、乐府，李不能为。李览胜、纪行，王不能作。

太白五言，如《静夜思》《玉阶怨》等，妙绝古今。然亦齐梁体格。他作视七言绝句，觉神韵小减。缘句短，逸气未舒耳。右丞《辋川》诸作，却是自出机轴，名言两忘，色相俱泯，于鳞论七言遗少伯，五言遗右丞，俱所未安。

“千山鸟飞绝”二十字，骨力豪上，句格天成，然律以《辋川》诸作，便觉太闹。青莲“明月出天山，沧茫云海间。长风几万里，吹度玉门关”，浑雄之中，多少闲雅。

五言绝，晚唐殊少作者，然不甚逗漏。七言绝，则李、许、杜、赵、崔、郑、温、韦，皆极力此道，然纯驳相糅，所当细参。

中唐钱、刘虽有风味，气骨顿衰，不如所为近体。惟韩翃诸绝最高，如《江南曲》《宿山中》《赠张千牛》《送齐山人》《寒食》《调马》，皆可参入初盛间。

七言绝，开元之下，便当以李益为第一，如《夜上西城》《从军北征》《受降》《春夜闻笛》诸篇，皆可与太白、龙标竞爽，非中唐所得有也。

江宁之后，张仲素得其遗响，《秋闺》《塞下》诸曲俱工。

中唐五言绝，苏州最古，可继王、孟，《寄丘员外》《阊门》《闻雁》等作，皆悠然；次则令狐楚乐府，大有盛唐风格。

杜之律，李之绝，皆天授神诣。然杜以律为绝，如“窗含西岭千秋雪，门泊东吴万里船”等句，本七言律壮语，而以为绝句，则断锦裂缯类也；李以绝为律，如“十月吴山晓，梅花落敬亭”等句，本五言绝句妙境，而以为律诗，则骈拇枝指类也。

晚唐绝，“东风不与周郎便，铜雀春深锁二乔”，“可怜夜半虚前席，不问苍生问鬼神”，皆宋人议论之祖，间有极工者，亦气韵衰飒，天壤开宝。然书情则怆恻而易动人，用事则巧切而工悦俗，世希大雅，或以为过盛唐，具眼观之，不待辞毕矣。（按许学夷《诗源辩体》，对于胡氏此条有辩说，见后。）

明高棅《唐诗品汇·叙论》（摘录）

洪邃云："唐人以绝句名家者多矣，其词华而艳，其气深而长，锦绣其言，金石其声，读之使人一唱而三叹。"

严沧浪《诗评》云："五言绝句，众唐人是一样，少陵是一样，韩退之是一样。"又云："律诗难于古诗，绝句难于八句，七言律诗难于五言律，五言绝句难于七言绝句。"（按严氏论五七言绝句难易，后人多有争辩。近人郭绍虞《沧浪诗话校释》征引甚备。今略录数条于此。孙鑛《唐诗品》云："昔人有言，五言绝是截古诗后四句，味之果然，然此是《子夜歌》等古体耳，如此又非难也。是必音谐调协，意圆语响，情境兴象，靡不备至，孕八句之体裁，同七言之结构，斯无愧严氏之难耳。"潘德舆《养一斋诗话》云："七言绝句，易作难精，盛唐之兴象，中唐之情致，晚唐之议论，途有远近，皆可循行，然必有弦外之言，乃得环中之妙。利其短篇，轻遽命笔，名手亦将颠蹶，初学愈腾笑声。五言绝句，古隽尤难。搦管半生，望之生畏。"陶明濬《诗说杂记》云："作绝句必须涵括一切，笼罩万有，著墨不多，而蓄意无尽，然后可谓之能手，比古诗当然为难。"）

汶阳周伯弼云："绝句之法，以第三句为主，首尾率直而无婉曲者，此异时所以不及唐人也。"

刘辰翁云："绝句难作，要一句一绝，短语长事，愈读愈有味为正。"

明许学夷《诗源辩体》卷十二

五言四句，其来既远，至王、杨、卢、骆，律虽未纯，而语多雅正。其声律尽纯者，则亦可为绝句之正宗也。

七言四句，始于鲍明远、刘孝威、梁简文、庾信、江总。至王、卢、骆三子律犹未纯，语犹苍莽。其雄伟处，则初唐本相也。

同书卷十三

七言绝自王、卢、骆再进而为杜、沈、宋三公，律始就纯，语皆雄丽，为七言绝正宗。

同书卷十五

盛唐七言绝，太白、少伯而下，高、岑、摩诘亦多入于圣矣。岑如“官军西出”“鸣笳叠鼓”“日落辕门”三篇，整栗雄丽，实为唐人正宗，而《正声》不录，不可晓。

同书卷十六

摩诘五言绝，意趣幽玄，妙在文字之外。摩诘《与裴迪书》略云：“夜登华子冈，辋水沦涟，与月上下，寒山远火，明灭林外；深巷犬吠声如豹，村墟夜舂，复与疏钟相间。此时独坐，僮仆静默，每思曩昔携手赋诗，倘能从我游乎？”摩诘胸中，滓秽净尽，而境与趣合，故其诗妙至此耳。

五言绝太白、摩诘而外，浩然诸篇亦多入于圣矣。

同书卷十八

太白五七言绝多融化无迹而入于圣。

太白七言绝多一气贯成者，最得歌行之体。其他仅王摩诘"新丰美酒""汉家君臣"、王少伯"闺中少妇"数篇而已。

同书卷二十

中唐五七言绝，钱、刘而下皆与律诗相类，化机自在而气象风格亦衰矣。

同书卷二十一

（皇甫）冉五言绝《和王给事维禁掖梨花》，宛似摩诘，七言绝《酬张继》，则入晚唐矣。

（卢）纶五言绝"月黑雁飞高"一首，气魄、音调，中唐所无。

同书卷二十二

（李）益七言绝，开宝而下，足称独步。

同书卷二十三

（韦）应物五七言律绝，萧散冲淡，与五言古相类。然所称则在古也。

同书卷二十四

（退之）七言绝，以全集观，觉太粗率。入录者亦近中晚，《遣兴》《赛神》二篇，亦似宋人。（按许有《诗选》，故曰“入录”。）

同书卷二十八

乐天七言绝，如“雪尽终南”“忆抛印绶”“今年到时”“行人南北”“野店东头”“烟叶葱茏”“青苔故里”“靖安宅里”“朱门深锁”等篇，意虽深切，亦尚为小变。如“欲上瀛州”“花纸瑶缄”“小树山榴”“紫房日照”“我梳白发”“柳老春深”等篇，亦大入游戏。如“老去将何”“墙西明月”“酒后高歌”“莫嫌地窄”“自知气发”“自学坐禅”“岁暮皤然”“卧在漳滨”“劳将白叟”“琴中有曲”“莫惊宠辱”“鹿疑郑相”“相府潮阳”等篇，亦大入议论。如“狂夫与我”“少年怪问”“重裘暖帽”“目昏思寝”“纱巾草履”“自出家来”等篇，亦快心自得。此亦以文为诗，亦开宋人之门户耳。

同书卷二十九

梦得七言绝有《竹枝词》，其源出于六朝《子夜》等歌，而格与调则子美也。黄山谷云：“刘梦得《竹枝》九章，词意高妙，元和间诚可独步。道风俗而不俚，追古昔而不愧。比之子美《夔州歌》，所谓同工而异曲也。”按今之《吴歌》，又是《竹枝》之流。

张祜元和中作宫体七言绝三十余首，多道天宝宫中事，入录者较王建工丽稍逊而宽裕胜之。其外数篇，声调亦高。

施肩吾七言绝，见《万首唐人绝句》，凡一百五十余首，中有艳词三十篇，语多新巧，能道人意中事。较微之艳诗远为胜之。

同书卷三十

杜牧七言绝，如“黄沙连海”“青冢前头”“翠屏山对”“银烛秋光”“监宫引出”五篇，声气尚胜，“清时有味”以下，尽入晚唐，而韵致可观。开成以后，当为独胜。

杜牧少年风流放荡，见于他书可考。其诗有“落魄江湖”“华堂今日”“自恨寻芳”等篇，今皆不见本集者何？按《唐书》，牧刚直有奇节，敢论列大事，临终悉取所为文章焚之，斯岂临终而焚之耶！中复有“娉娉嫋嫋”“多情却似”二绝，疑后人增入也。且集中多怪恶僻涩之语，与前三绝及他入录者如出二手。乃知此公情致自在，怪恶僻涩，直欲自开堂奥耳。

商隐七言绝，如《代赠》云“芭蕉不展丁香结，同向春风各自愁”，《鸳鸯》云“不须长结风波愿，锁向金笼始两全”，《春日》云“蝶衔花蕊蜂衔粉，共助青楼一日忙”，全篇较古律艳情尤丽。

五言绝，许浑声急气促，商隐意新语艳，此又大历之降，亦正变也。

开成七言绝，许浑、杜牧、李商隐、温庭筠，声皆溜亮，语多快心，此又大历之降，亦正变也。中间入议论，便是宋人门户。

七言绝，盛唐诸公意常宽裕，晚唐诸公意常窘蹙。故盛唐诸公一题可为十数篇，而晚唐诸公一题仅可为一二也。

晚唐七言绝，意亦有宽裕者，然声每急促；声亦有和平者，而调又卑弱。较之大历，已自径庭，况可望盛唐耶！

王敬美云：“晚唐诗萎苶无足言，独七言绝句脍炙人口，其妙至欲胜盛唐。予谓绝句觉妙，正是晚唐未妙处，其胜盛唐，乃其不及盛唐也。晚唐快心露骨，便非本色。议论高处，逗宋诗之径；声调卑处，开大石之门。”（原注，以上俱敬美语。）胡元瑞云：“晚唐绝，‘东风不与周郎便，铜雀春深锁二乔’、‘可怜夜半虚前席，不问苍生问鬼神’，皆宋人议论之祖。间有极工者，亦气韵衰飒，天壤开宝。然书情则恻怆而易动人，用事则巧切而工悦俗。世希大雅，或以为过盛唐。具眼观之，不待其辞毕矣。”愚按，晚唐绝句，二子乃深得之。但二诗虽为议论之祖，然“东风”二句，犹有晚唐音调，“可怜”二句，则全入议论矣。（按许所引王敬美语出其所著《艺圃撷余》，文字微有不同。）

清屈绍隆《粤游杂咏序》（摘录）（按绍隆乃屈大均之原名。）

诗以神行，使人得其意于言之外，若远若近，若无若有。云之于天，月之于水，心得而会之，口不得而言之，斯诗之神者也。而五七言绝句，尤贵以此道行之。昔之擅其妙者，在唐有太白一人，盖非摩诘、龙标之所及。吾尝以太白为五七绝之圣，所谓鼓之舞之以尽神，繇神入化为盛德之至者也。

清王夫之《姜斋诗话》卷二

七言绝句，惟王江宁能无疵颣；储光羲、崔国辅其次者。至若“秦时明月汉时关”，句非不练，格非不高，但可作律诗起句，施之小诗，未免有头重之病。若“水尽南天不见云”，“永和三日荡轻舟”，“囊无一物献尊亲”，“玉帐分弓射虏营”，皆所谓滞累，以有衬字故也。其免于滞累者，如“只今惟有西江月，曾照吴王宫里人"，"黄鹤楼中吹玉笛，江城五月落梅花"，"此夜曲中闻折柳，何人不起故园情"，则又疲苶无生气，似欲匆匆结煞。

作诗但求好句，已落下乘。况绝句只此数语，拆开作一俊语，岂复成诗？"百战方夷项，三章且易秦。功归萧相国，气尽戚夫人。"恰似汉高帝谜子，掷开成四片，全不相关通，如此作诗，所谓"佛出世也救不得"也。

论画者曰："咫尺有万里之势。"一"势"字宜著眼。若不论势，则缩万里于咫尺，直是《广舆记》前一天下图耳。五言绝句，以此为落想时第一义。惟盛唐人能得其妙，如"君家住何处？妾住在横塘。停船暂借问，或恐是同乡"，墨气所射，四表无穷，无字处皆其意也。

五言绝句自五言古诗来，七言绝句自歌行来，此二体本在律诗之前；律诗从此出，演令充畅耳。有云绝句者，截取律诗一半，或绝前四句，或绝后四句，或绝首尾各二句，或绝中两联。审尔，断头刖足为刑人而已。不知谁作此说，戕人生理。自五言古诗来者，就一意中圆净成章，字外含远神，以使人思。自歌行来者，就一气骀宕灵通，句中有余韵，以感人情。修短虽殊，而不可杂冗滞累，则一也。五言绝句有平铺两联者，亦阴铿、何逊古诗之支裔。七言绝句有对偶，如"故乡今夜思千里，霜鬓明朝又一年"，亦流动不羁，终不可作"江间波浪兼天涌，塞上风云接地阴"平实语。是绝律四句之说，牙行赚客语。皮下有血人不受他和哄。

清卢世㴶《紫房余论》

天生太白、少伯以主绝句之席，勿论有唐三百年，两人为政，亘古今来，无复有骖乘者矣。子美洽与两公同时，又与太白同游，乃恣其崛强之性，颓然自放，独成一家，可谓巧于用拙，长于用短，精于用粗，婉于用戆者也。

王士祯《唐人万首绝句选·凡例》(摘录)

五言初唐王勃独为擅场，盛唐王、裴辋川倡和，工力悉敌。刘须溪有意抑裴，谬论也。李白气体高妙，崔国辅源本齐梁，韦应物本出右丞，加以古淡。后之为五言者，于此数家求之，有余师矣。

七言初唐风调未谐，开元天宝诸名家无美不备。李白、王昌龄尤为擅场。昔李沧溟推"秦时明月汉时关"一首压卷，余以为未允，必求压卷则王维之"渭城"、李白之"白帝"、王昌龄之"奉帚平明"、王之涣之"黄河远上"，其庶几乎！而终唐之世，绝句亦无出四章之右者矣。中唐之李益、刘禹锡，晚唐之杜牧、李商隐四家亦不减盛唐之作者云。

唐绝句有最可笑者，如"人主人臣是亲家"，如"蜜蜂为主各磨牙"，如"若教过客都来吃，采尽商山枳壳花"，如"两人对坐无言语，尽日惟闻落子声"，如"今朝有酒今朝醉，明日愁来明日当"，当日如何下笔，后世如何竞传，殆不可晓。

清管世铭《读雪山房唐诗》卷二十七《五绝凡例》(摘录)

八音之内，磬最难和，以其促数而无余韵也，可悟五言绝句之妙。王勃绝句若无可喜而优柔不迫，有一倡三叹之音。读崔颢《长干曲》，宛如舣舟江上，听儿女子问答，此谓天籁。专工五言小诗自崔国辅始，篇篇有乐府遗意。王维妙悟，李白天才，即以五言绝句论之，亦古今之岱、华也。裴迪辋川唱和不失为摩诘劲敌。王之涣"黄河远上"之外，五言如《送别》及《登鹳雀楼》二篇，亦当入旗亭之画。王维"红豆生南国"，王之涣"杨柳东门树"，李白"天下伤心处"，皆直举胸臆，不假雕镂。祖帐离筵，听之惘惘，二十字移情，固至此哉。韦苏州五言高妙，刘宾客七律沉雄，以作小诗，风流未远。

钱起《江行》、卢纶《塞下》，大历之高唱也。李君虞声情凄惋，尤篇篇可入管弦。孟郊之《古别离》，即其古诗。王建之《新嫁娘》，即其乐府。

司空曙之"知有前期在"，金昌绪之"打起黄莺儿"，张仲素之"提笼忘采叶"，于武陵之"远天明月出"，刘采春所歌之"不喜秦淮水"，盖嘉运所进之"北斗七星高"，或天真烂漫，或寄意深微，虽使王维、李白为之，未能远过。张祜"故国三千里"，亦自激楚动人。李义山《乐游原》诗消息甚大，为绝句中所未有。

同书卷二十九《七绝凡例》

初唐七绝，味在酸咸之外，"人情已厌南中苦，鸿雁那从北地来"，"独怜京国人南窜，不似湘江水北流"，"即今河畔冰开日，正是长安花落时"，读之初似常语，久而自知其妙。摩诘、少陵、太白三家鼎足而立，美不胜收。王之涣独以"黄河远上"篇当之，彼不厌其多，此不愧其少，可谓拔戟自成一队。王、李之外，岑嘉州独推高步，惟去乐府意渐远。常建、贾至作虽不多，亦臻大雅。少陵绝句，《逢李龟年》一首而外，皆不能工，正不必曲为之说，然质重之中，时得《铙吹》《竹枝》之遗意，则亦诸家所无也。

韦苏州《和人求橘》一章潇洒独绝，匪特世所称“门对寒流”、“春潮带雨”而已。大历以还，韩君平之婉丽，李君虞之悲慨，犹有两王遗韵，宜当时乐府传播为多。李庶子绝句，出手即有羽歌激楚之音，非古伤心人不能及此。刘宾客无体不备，蔚为大家，绝句中之山海也。始以议论入诗，下开杜紫微一派。玄都观前后看桃二作，本极浅直，转不足存。张仲素《塞下》《秋闺》诸曲，升王江宁之堂。张籍《秋思》《凉州》等篇，入岑嘉州之室。《竹枝》始于刘梦得，《宫词》始于王仲初，后人仿为之者，总无能掩出其上也。“树头树底觅残红”，于百篇中宕开一首，尤非浅人所解。王涯诸作，佳者几可乱群。

张祜喜咏天宝遗事，合者亦自婉约可思。杜紫微天才横逸，有太白之风，而时出入于梦得，七言绝一体，殆尤专长。观玉溪生“高楼风雨”云云，倾倒之者至矣。于鹄、雍陶名不甚著，而绝句颇多雅音。

李义山用意深微，使事稳惬，直欲于前贤之外，另辟一奇，绝句秘藏，至是尽泄，后人更无可以展拓处也。王阮亭司寇删定洪氏《万首唐人绝句》，以王维之“渭城”、李白之“白帝”、王昌龄之“奉帚平明”、王之涣之“黄河远上”为压卷，韪于前之举“葡萄美酒”、“秦时明月”者矣。近沈归愚宗伯亦效举数首以续之。今按其所举为杜牧“烟笼寒水”一首为当，其柳宗元之“破额山前”，刘禹锡之“山围故国”，李益之“回乐峰前”，诗虽佳而非其至。郑谷“扬子江头”不过稍有风调，尤非数诗之匹也。必欲求之，其张潮之“茨菇叶烂”，张继之“月落乌啼”，钱起之“潇湘何事”，韩翃之“春城无处”，李益之“边霜昨夜”，刘禹锡之“二十余年”，李商隐之“珠箔轻明”，与杜牧《秦淮》之作，可称媲美。

唐末之绝句不少名篇。司空图《赠日本鉴禅师》，崔涂《读庾信集》，骨色神韵，俱臻绝品，可以俯视众流矣。曹唐《小游仙》、王涣《惆怅诗》至为凡陋，然“玉诏新除沈侍郎”，“他年江令独来时”，未尝无孤鹤出群之致。罗虬《比红儿》百首，胡曾《咏古》诸篇，轻佻浅鄙，又下二人数等，不识何以流传至今。选中亦各收其一，此外皆当付之秉炬矣。

诗中谐隐始于古“稿砧”诗，唐贤绝句间师此意。刘梦得“东边日出西边雨，道是无晴却有晴”，温飞卿“玲珑骰子安红豆，入骨相思知不知”，古趣盎然，勿病其俚与纤也。李商隐“只应同楚水，长短入淮流”，亦是一家风味。

清沈德潜《唐诗别裁集·凡例》(摘录)

五言绝句，右丞之自然，太白之高妙，苏州之古淡，纯是化机，不关人力。他如崔颢《长干曲》，金昌绪《春怨》，王建《新嫁娘》，张祜《宫词》等篇，虽非专家，亦称绝调，后人当于此问津。

七言绝句，贵言微旨远，语浅情深，如清庙之瑟，一倡而三叹，有遗音者矣。开元之时，龙标、供奉，允称神品。外此高、岑起激壮之音，右丞作凄惋之调，以至“蒲桃美酒”之词，“黄河远上”之曲，皆擅场也。后李庶子、刘宾客、杜司勋、李樊南、郑都官诸家，托兴幽微，克称嗣响。

清沈德潜《说诗晬语》卷上

绝句，唐乐府也。篇止四语，而倚声为歌，能使听者低回不倦。旗亭妓女，犹能赏之，非以扬音抗节，有出于天籁者乎！着意求之，殊非宗旨。

七言绝句，以语近情遥，含吐不露为主。只眼前景、口头语，而有弦外音、味外味，使人神远，太白有焉。

王龙标绝句，深情幽怨，意旨微茫。“昨夜风开露井桃”一章，只说他人之承宠，而己之失宠，悠然可思。此求响于弦指外也。“玉颜不及寒鸦色”两言，亦复优柔婉约。

“秦时明月”一章，前人推奖之，而未言其妙。盖言师劳力竭，而功不成，繇将非其人之故；得飞将军备边，边烽自熄。即高常侍《燕歌行》，归重“至今人说李将军”也。防边筑城，起于秦汉，明月属秦关属汉，诗中互文。

李沧溟推王昌龄“秦时明月”为压卷，王凤洲推王翰“蒲桃美酒”为压卷，本朝王阮亭则云：“必求压卷，王维之‘渭城’，李白之‘白帝’，王昌龄之‘奉帚平明’，王之涣之‘黄河远上’，其庶几乎！而终唐之世，亦无出四章之右者矣。”沧溟、凤洲主气，阮亭主神，各自有见。愚谓李益之“回乐峰前”，柳宗元之“破额山前”，刘禹锡之“山围故国”，杜牧之“烟笼寒水”，郑谷之“扬子江头”，气象稍殊，亦堪接武。

诗有当时盛称而品不贵者：王维之“白眼看他世上人”，张谓之“世人结交须黄金”，曹松之“一将功成万骨枯”，章碣之“刘项原来不读书”，此粗派也；朱庆余之“鹦鹉前头不敢言”，此纤小派也；张祜之“淡扫蛾眉朝至尊”，李商隐之“薛王沉醉寿王醒”，此轻薄派也。又有过作苦语而失者，元稹之“垂死病中惊起坐，暗风吹雨入船窗”，情非不挚，成蹙蹶声矣；李白“杨花落尽子规啼”，正不须如此说。

清施闰章《蠖斋诗话》(唐人绝句条)

太白、龙标外，人各擅能。有一口直述，绝无含蓄转折，自然入妙，如“昔年今日此门中，人面桃花相映红。人面不知何处去，桃花依旧笑春风”，“清江一曲柳千条，二十年前旧板桥。曾与美人桥上别，恨无消息到今朝”，“画松一似真松树，待我寻思记得无。曾在天台山上见，石桥南畔第三株”，此等著不得气力学问，所谓诗家三昧，直让唐人独步。宋贤要入议论、著见解，力可拔山，去之弥远。

清宋荦《漫堂说诗》

五言绝句，起自古乐府，至唐而盛。李白、崔国辅号为擅场。王维、裴迪辋川倡和，开后来门径不少。钱、刘、韦、柳，古淡清逸，多神来之句，所谓好诗必是拾得也。历代佳什，往往而有。要之词简而味长，正难率意措手。六言作者寥寥，摩诘、文房偶一为之，不过诗人之余技耳。

诗至唐人七言绝句，尽善尽美。自帝王公卿、名流方外，以及妇人女子，佳作累累。取而讽之，往往令人情移，回环含咀，不能自已，此真《风》《骚》之遗响也。洪容斋《万首唐人绝句》，编辑最广，足资吟咏。大抵各体有初盛中晚之别，而三唐七绝，并堪不朽。太白、龙标绝伦逸群。龙标更有“诗天子”之号。杨升庵云：“龙标绝句无一篇不佳。”良然。少陵别是一体，殊不易学。宋元以后，颇有名篇。较之唐人，总隔一尘在。

清叶燮《原诗》

七言绝句，古今推李白、王昌龄。李俊爽，王含蓄。两人辞、调、意俱不同，各有至处。李商隐七绝，寄托深而措辞婉，实可空百代无其匹也。

杜七绝轮囷奇矫，不可名状。在杜集中，另是一格，宋人大概学之。宋人七绝，大约学杜者什六七，学李商隐者什三四。

清薛雪《一瓢诗话》

平生最爱随笔纳忠触景垂戒之作，如“昨日到城郭，归来泪满巾。遍身罗绮者，不是养蚕人”，“锄禾日当午，汗滴禾下土。谁知盘中餐，粒粒皆辛苦”，“子规啼彻四更时，起视蚕稠怕叶稀。不信楼头杨柳月，玉人歌舞未曾归”，“地湿莎青雨后天，桃花红近竹林边。游人本是农桑客，记得春深欲种田”，“一曲清歌一束绫，美人犹自意嫌轻。不知织女寒窗下，多少工夫织得成”，“一株杨柳一株花，云是官家卖酒家。惟有吾乡风土异，春深无处不桑麻"，"采采西风雪满篮，御寒功已倍春蚕。世间多少闲花草，无补生民亦自惭"之类，不论唐宋元明，中华异域，男子妇人所作，凡似此等，见必手录。信口闲哦，未尝忘之。

樊川"东风不与周郎便，铜雀春深锁二乔"，妙绝千古。言公瑾军功止借东风之力。苟非东风之便，以破曹兵，则二乔亦将被虏，贮之铜雀台上。"春深"二字，下得无赖，正是诗人调笑妙语。许彦周谓："孙氏霸业，系此一战。社稷存亡、生灵涂炭都不问，只恐捉了二乔，可见措大不识好恶。"此老专一说梦，不禁齿冷。

清钱木庵《唐音审体》(律诗五言绝句论)

二韵律诗，谓之绝句，所谓四句一绝也。《玉台新咏》有古绝句，古诗也。唐人绝句多是二韵律诗，亦不论用韵平仄，其辨在于声韵。古今人语音讹变，遂不能了了。其第二字或用平仄平仄，或用仄平仄平，不相黏缀者，谓之折腰体。五言、七言皆然。宋人有谓绝句是截律诗之半者，非也。

同书(律诗七言绝句论)

绝句之体，五言七言略同。唐人谓之小律诗，或四句皆对，或四句皆不对，或二句对，二句不对，无所不可。所稍异者，五言用韵，不拘平仄，七言则以平韵为正，然仄韵亦非不可用也。其作法则与四韵律诗迥别。四韵气局舒展，以整严为先；绝句气局单促，以警拔为上。唐人名作，家弦户诵者，绝句尤多。其"离合”、“叠字”诸体，近于儿戏。然古人业有此格，不可不知。

清马位《秋窗随笔》

李益诗：“早雁忽为双，惊秋风水凉。夜长人自起，星月满空江。”所谓“不著一字，尽得风流”者耶？

郑云叟《富贵曲》云：“美人梳洗时，满头间珠翠。岂知两片云，戴却数乡税！”李山甫《公子家》：“不知买尽长安笑，活得苍生几户贫！”唐人犹有《咏蚕》诗云：“遍身罗绮者，不是养蚕人。”此等诗读之令人知衣食艰难，有关风化，得《三百篇》遗意焉。（按《公子家》乃七律末二句，《咏蚕》乃北宋张俞作。）

清黄子云《野鸿诗的》

绝句字无多，意纵佳，而读之易索，当从《三百篇》中化出，便有韵味。龙标、供奉擅场一时，美则美矣，微嫌有窠臼，其余亦互有甲乙。总之，未能脱调，往往至第三句意欲取新，作一势喝起，末或顺流泻下，或回波倒卷，初诵时殊觉醒目，三遍后便同嚼蜡。浣花深悉此弊，一扫而新之，既不以句胜，并不以意胜，直以风韵动人，洋洋乎愈歌愈妙。如寻花也，有曰：“诗酒尚堪驱使在，未须料理白头人。”又曰：“桃花一簇开无主，可爱深红更浅红。”余童子时，闻一二老宿尝云：“少陵五律各体尽善，七绝独非所长。”及年二十，于少陵五律稍有得，越数年从海外归，七古歌行亦有得；迨三十七八时，奔走岭外，五古、七律始窥堂户；明年于新安道上，方悟少陵七绝，实从《三百篇》来，高驾王、李诸公多矣。

清李重华《贞一斋诗说》

五言绝发源《子夜歌》，别无谬巧，取其天然，二十字如弹丸脱手为妙。李白、王维、崔国辅各擅其胜，工者俱吻合乎此。

七绝乃唐人乐章，工者最多。朱竹垞云：七绝至境，须要诗中有魂，“入神”二字，未足形容其妙。李白、王昌龄后，当以刘梦得为最，缘落笔朦胧缥缈，其来无端，其去无际故也。杜老七绝欲与诸家分道扬镳，故尔别开异径，独其情怀最得诗人雅趣。

清施补华《岘佣说诗》

谢朓以来，即有五言四句一体，然是小乐府，不是绝句。绝句断自唐始。五绝只二十字，最为难工，必语短意长而声不促，方为佳唱。若意尽言中，景尽句中，皆不善也。

摩诘《临高台送黎拾遗》：“相送临高台，川原杳何极。日暮飞鸟还，行人去不息。”所谓语短意长而声不促也。可以为法。

辋川诸五绝，清幽绝俗。其间“空山不见人”“独坐幽篁里”“木末芙蓉花”“人闲桂花落”四首尤妙，学者可以细参。

王昌龄：“棕榈花满院，苔藓入闲房。彼此名言绝，空中闻异香。”句中有禅理，句外有神韵，可法也。

张仲素《春闺》：“袅袅城边柳，猗猗陌上桑。提笼忘采叶，昨夜梦渔阳。”归愚尚书谓暗用“采采卷耳，不盈顷筐。嗟我怀人，置彼周行”意，甚是。

七绝用意宜在第三句，第四句只作推宕，或作指点，则神韵自出。若用意在第四句，便易尽矣。若一二句用意，三四句全作推宕、作指点，又易空滑。故第三句是转柁处。求之古人，虽不尽合，然法莫善于此也。

王翰《凉州词》："葡萄美酒夜光杯，欲饮琵琶马上催。醉卧沙场君莫笑，古来征战几人回！"作悲伤语读便浅，作谐谑语读便妙，在学人领悟。

"秦时明月"一首，"黄河远上"一首，"天山雪后"一首，"回乐峰前"一首，皆边塞名作，意态绝健，音节高亮，情思悱恻，百读不厌也。

清刘熙载《艺概》卷二《诗概》

绝句取径贵深曲，盖意不可尽，以不尽尽之。正面不写，写反面；本面不写，写对面、旁面，须如睹影知竿乃妙。

绝句于六义多取风、兴，故视他体尤以委曲、含蓄、自然为高。

以鸟鸣春，以虫鸣秋，此造物之藉端托寓也。绝句之小中见大，似之。

绝句意法无论先宽后紧，先紧后宽，总须首尾相衔，开阖尽变。至其妙用，惟在藉端托寓而已。